地獄の道化師

江戸川乱歩

春陽堂

目次

地獄の道化師

彫像轢死事件《ちょうぞうれきし》

東京市《とうきょうし》を一周する環状国鉄には、今もなお昔ながらの田舎めいた踏切が数カ所ある。踏切番の小屋があって、電車の通過するごとに、白黒だんだら染めにした遮断《しゃだん》の棒がおり、番人が旗を振るのだ。豊島区I駅の大踏切といわれている箇所も、その骨董的《こっとうてき》踏切の一つであった。

そこは市の中心から、人口の多い豊島区外郭《がいかく》にかけてのただひとつの交通路なので、昼となく夜となく、徒歩の通行者はもちろん、客自動車、トラック、自転車、サイドカーなどの交通頻繁《ひんぱん》をきわめ、それらが、長い貨物列車などを待合わせる場合は、踏切の遮断棒も折れんばかりに、あとからあとからと詰めかけて、戦争のような騒ぎを演じ、月に一二度は必ず物騒な交通事故をひき起す慣《なら》いであった。

春もなかば、なま暖かくドンヨリと薄曇ったある夕暮のことである。午後五時二十分の東北行貨物列車が、踏切附近の人家を震動させて、ノロノロと通過していた。例によって大踏切の遮断棒の前には、あらゆる種類の乗物が河岸《かし》のごもくのように蝟集《いしゅう》し、遮断棒の上がるのを待ちかねて一寸でも一尺でも他の人々の先に出ようと、有利な地位を争いながら、人も車もひしめき合っていた。

やっと長い長い列車の最後部が、そこの窓からのぞく車掌の顔とともに、ひしめく人々を嘲笑《あざわら》うかのように、ゆっくりゆっくり過ぎ去って行った。踏切番の笛が鳴って、遮断棒が宙天《ちゅうてん》にはね上がって行く。たちまち自動車の警笛がさまざまの音色をもって、お互いに威嚇《いかく》し合うように鳴り響き、種々雑多の車どもは、洪水《こうずい》の堤《つつみ》を切ったように、線路の上へとあふれはじめた。

遮断棒は線路の両側にあるのだから、車の洪水もその両側から押し流されて、狭い踏切の通路をすれ違うのだ。洪水の波頭《なみがしら》が何本かのレールの上でぶつかり合うのだ。まったくの混乱状態である。踏切番は声をからして整理しようとするのだが、この勢いを阻止する力はない。トラックの運転手が自転車の小僧《こぞう》さんをどなりつける。自転車は自転車で徒歩のお神《かみ》さんを叱りつけて、石畳みの通路の外へ追い落とす。子供は泣き叫び、老人や娘さんは顔色を変えて、線路の横断を思いとどまるという有様である。

その混乱の自動車行列の中に、一台の異様なオープン・カーがまじっていた。箱型《セダン》自動車ばかりの中に、オープン・カーというだけでも人目をひくのに、その上、その車の客席には、人間ではなくて奇妙な、異様に目立つ品物が乗せられていた。

五尺以上の長いもので、それに白い大風呂敷のようなものがかぶせてあるのだが、その白布の凹凸《おうとつ》によって察するに、中身はどうやら人間の形をしたものらしいのである。それが強直《きょうちょく》したように直立の姿勢で、客席のクッションから後部の幌《ほろ》の上までななめにヌーッと頭を突き出しているのだ。混乱の中で、注意する人もなかったけれど、もし神経的な観察者がこれを見たならば、その形が人間の裸体に酷似《こくじ》しているのに、ギョッとしたかも知れない。

あの白布の中には、裸体《はだか》にされた人間がはいっているのではないか。もしかしたら、強直状態になった死骸《しがい》ではないのか。それをあの運転手のやつ、昼日中、なに食わぬ顔で、どこか秘密の場所へ運んでいるのではないか。などと白昼の悪夢にうなされた人もなかったとはいえない。

だが、その白布の中の物体が何であるかは、やがて、不幸な偶然から、衆人の目の前にさらされることとなった。

自動車の警笛が、悲鳴のようにけたたましく鳴り響いた。踏切番のすさまじい怒号《どごう》が人々をハッとさせた。そして、何かしら恐ろしい物音がした。はげしく物のぶつかり合う響きが感じられた。

人々は何が何だかわからないまま、自己防衛の身構えをして立ちすくんだ。大きなトラックがレールの上を地震のように波打ちながら進んで行った。その上から小さい荷箱が五六個、こぼれるように地上に転落した。

トラックが過ぎ去ったあとには、例のオープン・カーが車輪を石畳みの外へ踏みはずして、車体をかしげて停まっていた。泥除《どろよ》けが無残にねじ曲っている。運転手が車上からほうり出されたと見えて、今砂を払いながら起き上がっているところだ。いや、それよりも、客席に横たわっていたあの不思議な荷物が影を消している。どうしたのかと見廻すと、今の衝突のはずみを食らって、その白布に包まれた大荷物は電車のレールの上へほうり出されていたのだ。

ほうり出された拍子に、白布の覆《おお》いものがとれて、中身がすっかり現われていた。それは案にたがわず人間であった。だが生きた人間ではない。石膏《せっこう》で造った裸女の立像なのだ。おそらく彫刻家のアトリエから展覧会へでも運ぶ途中であったのに違いない。

美術展覧会の会場には、林のように立ち並んでいるあの彫像の一種であった。しかし、それが、この雑沓の中の、しかも電車のレールの上に、あらわな裸身を横たえた光景は、人々に何ともいえぬ異様な感じを与えた。あり得べからざることが起ったような気持であった。白昼まっぱだかの人を見た、あの羞恥《しゅうち》と驚きであった。

若い美女の彫像は、大破《たいは》もしないで、冷たいレールを枕に、捨て鉢のように仰《あお》向《む》きに寝転んでいた。まっ白な裸身全体に大きなひび割れが走っていたけれど、首も手も足もそろっていた。頭髪だとか、手足の指だとか、出っぱった部分が少しばかり欠け落ちているほかは、五体のそろった若い娘であった。「どんなにか恥かしいことだろう。まあ可哀そうに」と、群集の中の若い娘さんなどは、眼をそらしたかも知れない。

オープン・カーの運転手は、しばらくは打身の痛さに、顔をしかめて立ちすくんでいたが、ふと向うのレールの上の裸女に気がつくと、あわてふためいて、その方へかけ出そうとした。同時に向う側からは、立腹した踏切番が手に信号旗を持ち、顔をまっかにして、何かわめきながら、裸女の方へ走り寄っていた。

けたたましく呼笛《よびこ》が鳴り響いた。遠くからの電車の警笛が悲鳴を上げた。「危ないッ、危ないッ！」という叫び声が群集の中からまき起った。そして、黒山の群集がワーッと後ずさりをはじめた。踏切番は線路に片足をかけて立ちはだかり、死もの狂いに赤い信号旗を振り廻した。時も時、国鉄電車が、裸女の石膏像のころがっているレールを、まっしぐらに突進して来たのだ。

群集は恐ろしい地響きと、速度のまき起す嵐を感じた。心臓が早鐘《はやがね》のように鼓動した。五輛連結の電車は、電車自身が裸女を傷つけまいとする恐ろしい苦悶《くもん》を示していた。急停車のブレーキのきしみが、巨大な動物のうめき声のように響いた。

恐らく乗客は車内で将棋倒《しょうぎ》しになったことであろう。電車は惰力《だりょく》の法則を無視したかのような無理な恐ろしいとまり方をした。だが、熟練な運転手の懸命の努力もついに及ばなかった。裸女の石膏像は前部車輪にかかって、一間《けん》ほど引きずられてしまった。

切断はされなかったけれど、車輪の食い入った裸女の腰の部分の石膏が、しぶきのように飛び散った。そして、電車が静止した時には、石膏像はレールの外へ押し出され、無残な傷口を露出して、俯伏《うつぶ》しに横たわっていた。

人々は遠くからこれをながめて、まるで生きた人間が轢《ひ》き殺されたような衝動を感じた。彫像がそれほど生々しく巧みに造られていたからである。裸女の姿体がそれほどなまめかしくいきいきとして感じられたからである。腰部にパックリと開いた傷口から、血潮が吹き出さないのが不思議にさえ思われた。

電車の運転手は、車台から地上に降りて、踏切番に何かどなりつけていた。五輛の電車の窓からは、男女の乗客の首が鈴なりになっていた。電車から飛び降りて来る気の早い若者も見えた。

群集の目は傷ついた石膏像に集中されていた。その曲線の美しさと、無残な傷口との対照が、何かしら彼らをひきつけたのだ。

「君、ごらんなさい。変ですぜ。あの石膏の割れ目から、何だかにじみ出して来たじやありませんか」

群集の最前列にいた若い会社員風の男が、となりの大学生に話しかけた。

「そうですね。赤いものですね。まさか、石膏像から血の流れるわけはないが……」

学生もその方へ瞳をこらして真剣な口調で答えた。

「君にも赤く見えますか」

そういう会話が、群集の中の諸所にまき起っていた。彫像の中にあんなまっかな液体がはいっているはずはない。しかも、今眼前の裸女の立像の傷口からは赤いものが見えるのだ。

群集の中から、ワーッというただならぬざわめきが起った。

電車の運転手と踏切番とは、石膏像の上へかがみこんで青ざめた顔で傷口をしらべていた。

「死んだ人間でも塗りこめてあるんじゃないか？」

運転手が不気味そうにささやいた。

「ウン、そうかも知れない。この手の中にだって、ほんとうの人間の手が隠れているのかも知れない」

踏切番はそういって、手にしていた信号旗の柄《え》で、石膏像の一方の手首を、はげしくたたきつけた。

それにしても、何という途方もない着想であろう。本ものの人間を芯にして石膏像を製作するなんて、これが正気の沙汰《さた》であろうか。これほど巧みに出来ているところを見れば、専門の彫刻家の手になったものに違いないが、ではその彫刻家は気違いなのであろうか。

「これを運んで来た自動車はあすこにえんこしているあれだね。運転手はどうしたんだ」

「そうだ、あいつを探し出さなくっちゃ」

踏切番は群集に向って、怪自動車の運転手を探してくれるように、大声で頼んだ。

しかし、運転手の姿は、いつの間にか混雑にまぎれて、どこかへ消え失せていた。彼はこの彫像の中に人間の死骸が塗りこめてあることを承知していたのか、それとも石膏像出血の騒ぎに気も顚動《てんどう》して、後難《こうなん》を恐れて逃亡したのか。群集の協力も甲斐《かい》なく、いつまでたっても自動車運転手の姿は現われなかった。

そうしている間にも、後から別の電車が進行して来るので、運転手は事件にかかわりあっていることは出来ない。石膏像はそのままにしておいて、電車は乗客の首を鈴なりにしたまま発車して行った。

踏切番も任務がある。彼はあわてて群集を線路の外へ追いやった上、騒ぎを聞いてかけつけたI駅の駅員に、この事を警察へ知らせてくれるように頼んだ。

それから、I駅長をはじめ多数の係員がかけつける。電話の知らせによって、I警察署の係官数名がやって来る。騒ぎは刻一刻大きくなっていった。

「こいつは大きな犯罪事件になりますぜ。まるで探偵小説にでもありそうな話じゃありませんか、裸体美人の像の中に、若い美しい女の死骸が塗りこめてあるなんて？」

警官に追いまくられて、遠くの柵《さく》の外に黒山を築いた群集の中に、こんな会話が取かわされていた。

「ほんとうですね。この犯人はよっぽどわる賢《がしこ》いやつだ。ああしてただの石膏像に見せかけて、展覧会へでも出品するつもりだったかも知れませんぜ」

「気違い沙汰だ。だが、気違いにしても、ひどく利口なやつですね」

追われても追われても、群集はふえる一方であった。踏切の両側には、いつの間にか又自動車や自転車の洪水が、あふれんばかりに押し寄せていた。警笛の音、どなりあう声、女子供の悲鳴。それを物ともせず、野次馬《やじうま》は後から後へと群がり集まって来た。

怪彫刻家

死体を包んだ石膏像は、ひとまずI警察署の一室に運ばれ、検事立会いの上裁判医の手によって検屍が行われた。石膏像のまま写真を撮影した上、全部石膏をはがして、死体を露出して見ると、想像の通り、それは二十二三歳の美しい女の死体であった。

だが、美しいというのは身体《からだ》のことであって、顔のことではなかった。なぜというのに、この死体の顔面はほとんどその原形をとどめていなかったからである。

いうまでもなく殺人事件であった。あの群集の中の物知り顔な会話は見事に的中していた。殺人も殺人、I署はもちろん警視庁全管下にも前例を見ない極悪非道の大殺人事件であった。

顔が分らぬ上身体にこれという特徴もないので、被害者の身元を調べることは非常な困難を覚悟しなければならなかった。又、例の怪自動車の運転手も、どこへ姿を隠したのかまったく行方不明であったが、幸いなことには、怪自動車そのものが、ちゃんと番号札をつけて、現場に取残されていたので、まずその自動車の持主を調べた上、もし自家用車でなかったならば、そのガレージに石膏像運搬を依頼した人物を尋ね出すという、手取り早い方法があった。運搬を依頼した人物こそ、おそらくは犯人に違いないのである。

調査の結果、自動車の持主はたちまち判明した。I署管内の柴田《しばた》というハイヤー専門のガレージであった。そこで刑事がそのガレージをたずねて探って見ると、例の運転手はかかり合いを恐れるあまり、行方をくらましてしまったと見えて、まだ帰っていなかったが、運搬依頼者はわけもなくたずね出すことが出来た。やはりI署管内のSという淋《さび》しい町に住む、彫刻家綿貫創人《わたぬきそうじん》という人物がそれであった。

柴田ガレージの主人の話によると、この創人という彫刻家は、三十五六歳の髪を長く伸ばしたヒョロ長い男で、自分の建てたアトリエにただ一人住んでいる、奇人の独身者であった。別に友達もないらしく、滅多《めった》にたずねて来る人もないという噂《うわさ》だし、別にどの美術団体に属しているということも聞かぬ。一風変った男だということであった。

そのアトリエのあるS町というのは、問題の起った大踏切からは、そんなに遠いところでもないので、もしこの綿貫創人が犯人とすれば、とっくに騒ぎを知って身を隠しているに違いないが、ともかく附近まで行って様子を探って見ようと、刑事はその足でS町へ出かけて行った。

アトリエは新開住宅地の、生垣にはさまれた物淋しい場所に建っていた。型ばかりの門柱《もんちゅう》があって、扉も開いたままなので、そこをはいって行くと、すぐ木造の荒れはてたアトリエの入口であった。ニスの剝《は》げたドアが閉め切ってある。把手《とって》を廻して見ても、ガタガタいうばかりで開かない。鍵がかかっているのだ。

声をかけて見たが、返事がないので、刑事は建物の横に廻ってガラス窓からアトリエの内部をのぞきこんだ。等身大の男女の立像が三つ四つ、布もかけないで隈っこに立ててある。そのそばに古い鎧櫃《よろいびつ》が置いてある。一方の壁際には黒っぽい汚ならしい鎧が立ててある。石膏で作った男の首がころがっている。腕や脚がほうり出してある。一方の台の上には、粘土《ねんど》のかたまりのようなものが積み上げてある。そうかと思うと、一方の隅には水のはいったバケツが置いてある。ガス七輪の上に琺瑯《ほうろう》塗りの薬罐《やかん》がかけたままになっている。汚ない机があって、その上に、スケッチブックといっしょに缶詰や茶碗がほうり出してあるという、非常な乱脈、まるで化物屋敷である。

広い仕事場のそばに、寝室のような小部屋がついているが、そこもあけっぱなしで、万年床の敷いてあるのが丸見えなのだから、主人創人は不在に違いない。隠れようといっても、ひと目で見渡せるこのアトリエの中に、隠れるような場所もないのだ。

刑事はひととおり屋内の様子を見届けてから門を出て、通り合わせた隣家の女中をとらえ、アトリエの主人がどこへ出かけたか知らないかとたずねて見たが、女中は顔をしかめて、「あんな風来坊《ふうらいぼう》の行く先なんか知るもんですか」という挨拶《あいさつ》であった。この一言によって、綿貫創人の近所での不人気《ふにんき》はおよそ推察することが出来た。

そのほか附近の家を二三軒聞き廻ったが、創人が想像以上の奇人であることが判明するばかりで、いつどの方角へ出かけたかということは少しもわからなかった。

この刑事の報告によって、ちょうどI署へかけつけていた警視庁捜査係長や、I署の司法主任や、数名の刑事などが、すぐさまアトリエへ出かけて、ひととおり屋内の捜索を行なったが、これという発見もなく、創人は風を食らって逃亡したものと推定された。

この上は、一方各署に被疑者の人相風体《にんそうふうてい》を報告して、非常線を張ると同時に、被疑者と多少でも交際のあった彫刻家仲間を探し出して、創人の立廻り先をつきとめるほかはないと、衆議一決し、それぞれその手配が行われた。

ところが、ここに一人、上官の決定に不満をいだく人物があった。それは最初アトリエの調査をしたあの刑事であった。名は園田《そのだ》という三十歳を越したばかりの血気の若者である。

彼はまだ新米の刑事だったので、上官に遠慮して口に出しては主張しなかったが、

心のうちでは、

「とんでもない手抜かりじゃないか。なぜあのアトリエに張込みをさせないのだ。被疑者は何もかもほうりっぱなしにして逃げ出したのだから、ひょっとして夜の闇にまぎれて、もう一度アトリエへ帰って来ないものでもない。いやきっと帰って来る。あんな変人を匿《かくま》ってくれる友達なんてあるはずがない。元の古巣へ逆戻りして来るにきまっている。

「よし、俺《おれ》がひとつ張込みをやってやろう。なあに、たかがヘボ美術家なんか、一人で充分だ。幸い今夜は非番だから、手弁当で一つ張込んでやれ。うまく行けば昇級ものだからな。同僚に手柄を分けてやるのは勿体《もったい》ないて」

血気にはやる野心家の園田は、そんなふうに自問自答して、いったん署から帰宅すると、腹ごしらえをした上、身軽な服装に着かえて、S町の怪アトリエへ出かけて行った。

もう夜の八時に近く、昼間でも淋しいその附近は、まるで深夜のように静まり返っていた。曇っているので、星影一つ見えず、何となく不気味な夜であった。

昼間聞いたところによると、綿貫創人はこの頃ひどく窮していて、電燈料さえ支払わないので、送電を断たれてしまって、夜は蠟燭《ろうそく》の光で暮らしているということであったが、なるほど門燈もなければ、アトリエの中もまっ暗闇である。

園田刑事は闇の中を手探りで、昼間覚えておいたアトリエの横のガラス窓をソッとあけて、そこから屋内へ忍び込んで行った。そして、用意して来た懐中電燈で、アトリエの内部を照らしてみたが、別に異状はない。創人が立戻ったらしい様子は見えぬ。

「さて、ひと晩ゆっくり籠城《ろうじょう》するかな。隠れ場所はこの鎧櫃だ。なんとうまい思いつきじゃないか。たとえあいつが帰って来て、蠟燭をふり照らしたところで、鎧櫃の中までは気がつくまいて」

刑事は得意らしく心のうちにつぶやいて、鎧櫃の蓋《ふた》を開き、何もはいっていないことを確かめた上、その中へスポリと身を入れた。園田が小柄な上に、ひどく大きな鎧櫃なので、足を曲げて少し窮屈《きゆうくつ》な思いをすれば、頭の上からピタリ蓋をしめることも出来た。

「フフフ、こいつは案外居心地がいいぞ。眠くなったら居眠りをしてやるかな。だが、宵の内《ま》は先ずキャラメルでもしゃぶって……」

園田はポケットに忍ばせて来たキャラメルをさっそく頰張《ほおば》りながら、鎧櫃の蓋を細目にあけて、闇の中に目を見はっていた。

時々窮屈な姿勢のまま難儀をして懐中電燈を点じ、腕時計を見るのだが、時間は遅《ち》遅《ち》として進まなかった。死に絶えたような暗闇と静寂《せいじゃく》の中では、時計まで速度がにぶるのではないかと疑われた。

八時から九時までの一時間はひと晩ほど長かったが、それから十時までの一時間はさらに一層長く感じられ、この調子で朝まで我慢が出来るかしらと危ぶまれるほどであった。

だが、十時少し過ぎた頃、戸外にけたたましい犬の鳴き声がしばらくつづいたかと思うと、アトリエの外に人の足音が聞こえた。どうやら門をはいってこちらへ近づいて来るらしい。

園田はそのかすかな物音にハッと緊張して、思わず聞き耳を立てたが、すると、足音はちょうどアトリエの入口とおぼしきあたりで止まって、やがて、カチカチと鍵を廻すらしい音が聞こえて来た。

「ああ、やっぱりそうだ。創人が帰って来たのだ。創人でなくて、ほかに鍵を持っている者があろうとは考えられぬ。それにしても、まだ十時じゃないか。なんてずうずうしいやつだ。よしッ、いよいよ戦争だぞ」

園田は胸躍らせて、鎧櫃の蓋の隙間《すきま》から、入口の方角をにらみつけた。

たてつけの悪いドアがギーッときしむ音がした。それからコツコツと床を踏む靴音、闇の中をためらいもせず歩く様子が、確かにアトリエの主人である。

足音はどこか部屋の向うの隅の辺で立ち止まったまま、しばらく途絶《とだ》えた。何をしているのかカタカタとかすかな音が聞こえていたが、やがて、シュッとマッチをする音がして、パッと赤い光が射した。ああ蠟燭をともしたのだ。

燭台《しょくだい》を手にして、ソロソロと部屋のまん中へ歩いて来る姿が真正面からながめられる。頸筋《くびすじ》まで下げた長髪、ダブダブの背広服、折り目の全く見えなくなった太いズボン、非常にヒョロ長い背恰好《せかっこう》まで、話に聞いた綿貫創人に間違いはない。

だが、ああ、こいつは何という恐ろしい形相《ぎょうそう》をしているのだ。蠟燭の陰影のせいもあったのだろうが、頰骨の突き出た、思いきり痩《や》せ細った顔は、まるで骸骨《がいこつ》そっくりではないか。その畸形な細長い顔の中に、二つの目だけが異様に大きく飛び出して、熱病やみのように爛々《らんらん》と輝いている。気違いだ。気違いの目だ。

「待てよ、こいつ一体ここへ何をしに帰って来たのだろう。まさか呑気《のんき》にアトリエの中で寝るつもりじゃあるまい。よし、こいつが何をするか、ゆっくり見届けてやろう。とらえるのはそれからでもおそくはない」

園田は自問自答しながら、一刻も怪人物から目を離さなかった。燭台を持った男は、部屋のまん中まで来ると、そこに立ち止まって、何か不審らしくあたりを見廻していたが、妙なしゃがれ声で独《ひと》り言《ごと》をはじめた。

「おや、変だぞ。誰かここへはいったやつがあるな。フフン」

いいながら、怪人物はジロリと鎧櫃の方を見たので、園田はハッとして首をすくめた。

「あいつ俺の隠れているのを悟って、当てこすりをいったのかしら。だが、まさか鎧櫃の中とは気がつくまい。なあに、いざとなりゃ一人と一人だ。力ずくでひけを取るはずはない。もう少し様子を見てやろう」

園田がそんなことを考えている間に、怪人物は又部屋の隅へ行って、そこの机の抽《ひき》斗《だし》をあけて、何かガタガタいわせていたが、やがて、ゆっくりゆっくり、こちらの方へ歩いて来る。

「すてきだぞ。すばらしいインスピレーションだ。ワハハハハハ、さあ仕事だ。すてきな仕事を始めるぞ。愉快、愉快、ワハハハハハ」

訳の分らぬことをわめいて、さもおかしくてたまらないというように笑い出した。笑うたびに、長髪を振り乱して骸骨のような顔を天井に向けるのだが、すると、蠟燭の赤茶けた光に照らされて、上下の黄色い長い歯がむき出しになり、異様にドス黒い舌がヘラヘラと動いて、この世の人とも思われぬ不気味さである。

仕事といって、この夜中に、あれほどの大罪を犯したあとで、大胆不敵にも、何か彫刻の仕事でもはじめるのであろうか。手には大きな金槌《かなづち》を下げている。さい前《ぜん》何かポケットへ入れた様子だが、あれが鑿《のみ》だったのかしら。そしてこれから木彫《もくちょう》でも始めるつもりなのであろうか。

相手のあまりに意表外な突飛な行動に、何を考える暇もなく、園田は鎧櫃の蓋の隙間を出来るだけ細くして、なおもじっと様子をうかがっていた。

怪人物は、右に金槌、左手に燭台を持った異様な姿で、そろそろとこちらへ近づいて来たが、鎧櫃から五六歩の距離になると、何を思ったのか、まるで飛鳥《ひちょう》のようなす早さで、パッと鎧櫃に飛びかかり、その上に腰をおろしてしまった。

「ワハハハハハ、愉快愉快、オイ、中にいるやつ、俺の声が聞こえるかね。ワハハハハ、俺が鎧櫃の隙間に気づかないような、そんなのろまだとでも思っていたのかい。俺の目はね、猫の目だよ。いや、豹《ひょう》の目だよ。どんな暗いところでも昼間のようにハッキリ見えるのだ。

「俺が仕事をするといったのを聞いていたかね。一体何の仕事だと思ったね。ワハハハハ、つまり釘と金槌の仕事さ。早くいえば貴様を生捕《いけど》りにする仕事さ。ホラ、こうするのだ。聞こえるかね。これは釘を打つ音だぜ」

怪人物は、憎々《にくにく》しく喋《しゃべ》りながら、鎧櫃の蓋に長い釘を打ち込みはじめた。

園田はその音を聞いて、やっと相手の真意を悟ることが出来た。ああ、油断であった。さい前謎のような言葉を聞いた時、そこへ気がつかなければならなかったのだ。それにしても、何という恐ろしいやつであろう。まるで狂人のような譫言《たわごと》をはきながら、この暗闇の中で、咄嗟《とっさ》に彼の隠れ場所を発見し、間髪《かんはつ》をいれず、蓋の上に腰をおろしてしまうとは。青二才の園田などが、とても太刀打ち出来る相手ではない。

しかしかなわぬまでもと、園田は満身の力をこめて、下から鎧櫃の蓋を押し上げようとしたが、悲しいかな、足を折り曲げた窮屈な姿勢では充分力を出すことも出来ず、あの痩せっぽちの身体が、千鈞《せんきん》の重さでのしかかっているように感じられ、頑丈《がんじょう》な被《かぶ》せ蓋は微動《びどう》だもしないうちに、一本、二本、三本、またたく間に釘づけにされて行くのであった。

園田は力ずくでは駄目だと悟ると、今度は精一杯の声でどなりはじめた。動かす余地のある限り、手足をバタバタさせながら、喉《のど》も裂けよとわめきにわめいた。

しかし、隙間もなく密閉された、頑丈な鎧櫃だ。たとえ声が漏《も》れたにしても、遠くまで聞こえるはずはない。ああこんなことなら同僚の誰かを連れて来るのだったと、悔んでみても、もう取返しはつかない。

叫んだりあばれたりしたのと、焦燥《しょうそう》の気持のために、喉はカラカラに乾き、心臓は恐ろしい早さで搏《う》っている。いや、それよりも、何だか息苦しくなって来た。酸素がとぼしいのだ。昔の職人が手間を構わずこしらえた鎧櫃のことだから、密閉してしまえば息の通う隙間もないのに違いない。

園田刑事は、それを思うとゾッとしないではいられなかった。彼は酸素がなくなるという予感におびえて、もう鯉《こい》のように口をパクパクさせ、その口をだんだん大きく開きながら喉をゼイゼイいわせて、窒息の一歩前にもがきあえぐのであった。

焔《ほのお》の中の芋虫

泣いてもわめいても、何の甲斐もなかった。怪人物は何か訳の分らぬ呪いの言葉をはきながら、鎧櫃の蓋を踏みつけ、たちまちのうちに釘を打ちつけてしまった。

「ワハハハハハ、こうしておけば大丈夫、さて、貴様のもがく音でも聞きながら、それを肴《さかな》に一杯やるかな」

何という大胆不敵の曲者であろう。怪彫刻師はそんなことをつぶやきながら、部屋の隅へ行って、ウイスキーの瓶《びん》とコップとを持ち出して来た。そして、鎧櫃の上にドッカリ腰をおろし、チビリチビリとやりはじめたのである。

光といっては、床に置いた燭台のただ一本の蠟燭ばかり。その赤茶けた光線が、骸骨のような創人の顔を、顎の下から照らしている。まるで冥府《めいふ》からはい出して来たような恐ろしい形相だ。パクパク開くたびに暗い洞穴のように見える口、皺《しわ》だらけの頰、ギラギラ光る野獣のような目。

「ワハハハハハ、しきりにもがいているね。もっともがくがいい。この鎧櫃は貴様なんかの力では、なかなか毀《こわ》れないぞ」

そんなことを繰り返しどなっては、気違いのように笑い出す。そして、ウイスキーをあおっては、長い舌でペロペロと舌なめずりをするのだ。

「だが、待てよ。このままでは面白くない。ああ、そうだ。オイ、先生、いいことを思いついたぞ。待て、待て、今貴様を楽にしてやるからな。ちょっとの辛抱《しんぼう》だ。楽になるぞハハハハハ、楽にしてやるぞ」

創人は何か訳の分らぬことをわめいて、ヨロヨロと立ち上がった。もうひどく酔っている様子だ。

鎧櫃の中では、園田刑事が無我夢中でもがいていたが、外からかすかにかすかに、「楽にしてやる」という声が繰り返し聞こえて、腰かけていた怪彫刻師が立ち上がった様子に、思わずギョッとして、身動きをやめた。

「楽にしてやる」とは一体何を意味するのであろう。もしや、あいつは俺を殺すのじゃあるまいか。そうだ。それに違いない。ただこの中へとじこめただけでは、犯人はここを立ち去るわけにはいかぬではないか。俺に顔を見られてしまっているからだ。犯人にしては、俺を殺してしまわなければ、安心が出来ないのだ。

そんな事を考えているうちに、創人は鎧櫃の側へ帰って来た。かすかな足音が一度遠ざかって、又近づいて来たのだ。「楽にする」道具を取りに行ったのに違いない。ピストルじゃないのか。あいつは櫃の外から、いきなりピストルを発射して、ひと思いに俺を殺すつもりじゃないのか。

園田刑事は心臓も凍る思いで、全身に冷汗をかいて、身を縮めていた。あいつは気違いだ。あの目は気違いの目だ。殺人狂に違いない。そいつが「楽にしてやる」といって、櫃の外へ忍び寄って来たのだ。

今にも、パンと音がして、鎧櫃に穴があき、胸の中へ鉛の丸《たま》が食い込むのではないかと思うと、生きた心地もなかった。

ところが、ピストルの音はいつまでも聞こえなかった。その代りに、妙な板のきしむような音が聞こえはじめた。そして、鎧櫃がかすかに震動するのが感じられた。何かで鎧櫃に傷をつけているのだ。いや、穴をあけようとしているのだ。きっと鋭いものに違いない。刀じゃないか。そうだ、刀だ、刀の切先で、櫃の板をゴシゴシこすっているのだ。

わかった。気違いめ、櫃の外から刀を突き刺して、俺を殺す気だな。

園田刑事はその刹那《せつな》、妙な光景を思い浮べた。いつか見た奇術の一場面である。舞台に、ちょうどこの鎧櫃のような木の箱が置いてあった。その中へ一人の少女がとじこめられる。そこへ、西洋の魔法使いのような姿をした奇術師が、ピカピカ光る長剣を七八本も携えて現われるのだ。

奇術師はその長剣を、一本一本、木箱の中へ突き通して行く。上からも、横からも、ななめからも、そして中の少女は無残な芋刺《いもざ》しになるのだ。箱の中からキャーッという物悲しい悲鳴が聞こえて来る。

あれだ。今俺はあれとそっくり同じ目にあうのだ。

ギリギリという刃物の音は、だんだん櫃の板へ食い込んで来る。やがて鋭い切先が現われるだろう。身を躱《かわ》そうにもかわす余地がないのだ。切先はまともに胸を刺すに違いない。

園田はもうたまらなくなって、あの奇術の少女のように悲鳴を上げようかと思った。

プツッと音がして、櫃に穴があいた。暗くてわからぬけれど、刀の切先のようなものが突き出て来た様子だ。

ハッとして目をつむったが、何事もなかった。変だ。刀はそれ以上中へはいって来ないのだ。目を開いて見ると、そこに大きな穴があいていた。蠟燭の光がさし込んでいる。今まで息苦しかったのが、気のせいか呼吸が楽になったような気がする。

「ハハハハハ、やっこさんびっくりしているな。殺されると思ったのか。ワハハハハ、まだ殺さないよ。ちょいと寿命を延ばしてやったのさ。窒息されてしまっちゃ面白くないからね。息抜きの穴をこしらえてやったのさ。どうだ、俺の声がよく聞こえるだろう」

如何《いか》にも、怪人物の嗄《しゃが》れ声が、今までよりもハッキリ聞こえて来た。酒くさい息の匂いさえするような気がした。

「オイ、君は、僕をどうしようっていうんだ」

板の穴に口をよせるようにして、叫ぶと、怪彫刻師は又さもおかしそうに笑った。

「ワハハハハ、心配かね。なあに取って食おうとはいわないよ。ただね、ちょっと酒の肴にするまでさ。貴様の声が聞こえなくては、一向《いっこう》肴にならないからね。ワハハハハハ」

怪物は又鎧櫃に腰かけて、舌なめずりの音を立てながら酒を飲みはじめた様子だ。

ひと口飲んでは何か毒口をたたいた。そして、途方もない笑い声を立てた。最初から気違いのようなやつが、酔っぱらって来たのだから、もう言うことは支離滅裂《しりめつれつ》であった。

初めのうちは、園田も真剣に受け答えをしていたが、やがて、ばかばかしくなった。酔っぱらいに何をいって見ても仕方がないと思った。そして、黙り込んだまま、しきりと鎧櫃を抜け出す方法を考えめぐらすのであった。

創人は一時間ほど、云いたいままの毒口をたたいて悦《えつ》に入《い》っていたが、そのうちに、だんだん言葉が不明瞭になって行った。呂律《ろれつ》が廻らなくなった。そして、しばらくすると、怪しげな戯言《たわごと》の間に、妙な物音がまじるようになった。鼾《いびき》だ。腰かけたまま鼾をかきはじめたのだ。

ガチャンとガラスの割れるような音がした。手に持っていた洋酒の瓶かコップが床に落ちたのであろう。それからつぎには、もっと大きなにぶい音を立てて、創人自身が床の上に転がり落ちた。そして、あとはひっそりと静まり返ったアトリエの中に、怪物の鼾だけが、絶えては続いていた。

この機会だ。この間に鎧櫃を破って、あいつをしばりあげるのだ。

園田は力をこめて、何度も何度も、鎧櫃の蓋に頭突きを試みた。だが、頑丈な櫃はなかなか毀れない。ただ釘がゆるんだのか、蓋がいくらか持ち上がったように思われるばかりだ。

力が尽きてぐったりとなっていると、櫃の外にふと何かの気配が感じられた。かすかな物音がしているのだ。では創人が目をさましたのかと聞き耳を立てたが、やはり鼾は聞こえている。その鼾にまじって、別のかすかな物音が聞こえるのだ。

創人のほかに何者かがいるのだ。それにしても、いつの間に誰がはいって来たのであろう。ドアのあく音も聞かなかった。足音もしなかった。しかし、確かに誰かがいる。かすかにかすかに息遣いの音さえ聞こえて来るのだ。

園田はなぜかゾーッとした。もう十二時を過ぎた真夜中、蠟燭も燃え尽きようとするアトリエの中へ、何者かが忍び込んで、声も立てず、ゴソゴソと動き廻っている。人間かそれとも人間よりももっと恐ろしいものか。

じっと息をこらして聞き耳を立てていると、やがて、そのかすかな物音はやんでしまったが、別に立去る足音も聞こえない。薄暗い部屋の隅にじっとうずくまっているのかも知れない。だが、何のために？　ああ、一体何のために？

創人の鼾は、何事も知らぬかのごとくつづいている。泥酔《でいすい》して前後不覚に眠っているのだ。

園田はどうしていいのか見当がつかなかった。その誰とも知れぬ闖入者《ちんにゅうしゃ》に声をかけて見ようか。しかし、もし創人の同類であったら……。

とつおいつ、ためらううちに時がたって行った。いくら待っても、もう身動きの音は再び聞こえて来なかった。だが、あれは何だろう。人の気配ではない。何かしら異様な音が、部屋の一方からかすかに響いて来る。パチパチと物のはぜるような音だ。かすかだけれど、何となくただならぬ物音だ。

妙な匂いがする。物の焦げる匂いだ。では、あのかすかなパチパチいう音は、火が燃えているのだろうか。誰かが外で焚火《たきび》をはじめたのかしら。

オオ、そうだ、やっぱり何かが燃えている。匂いは強くなるばかりだ。パチパチとはぜる音もだんだんはげしくなる。そればかりではない。櫃の穴から、スーッとひとすじの煙がはいこんで来るように感じられた。煙だ。むせっぽい。では火の燃えているのは部屋の中かしら。

何か妙に胸騒ぎがした。途方もないことが起っているような予感がした。

煙はますますはげしくなっていった。そして、もう一刻も櫃の中にいたたまらなくなった頃、ほのかな暖かみが園田の身体にまで感じられ、櫃の穴に、蠟燭の光と違った、異様に不気味な赤い光がチロチロまたたきはじめた。

火事だ。アトリエは火焔《かえん》につつまれているのだ。

それと知ると、園田はもう気違いのようにあばれ出した。全身の力をふりしぼって、もがき廻った。身体の諸所にすり傷が出来、血さえ流れたが、そんなことをかまっている余裕はなかった。もがきにもがき、あばれにあばれているうちに、死もの狂いの力は恐ろしいもので、さしも頑丈な鎧櫃もメリメリと音を立ててこわれはじめた。いや、こわれるよりも、蓋を打ちつけた釘のゆるむ方が早かった。ハッと思う間に、彼は渦巻《うずま》く煙の中に身をさらしていた。蓋がとれて、櫃の中に立ち上がることが出来たのだ。

見廻せば、アトリエの中は昼のように明るかった。一方の板壁はすでになかば焼けくずれて、まっかな火焔が千百の毒蛇の舌のように、天井をなめていた。床には黄色い煙が渦巻き流れ、その煙の底から、赤いものがチロチロとひらめいていた。

創人はと見ると、その煙の中に倒れたまま、むせ返りながら、ゴロゴロと転げ廻っていた。酔いつぶれて足も立たないのかと思ったが、そうではない。いつの間に、誰がしたのか、怪彫刻家は、麻縄で全身をグルグル巻きにしばられていたのだ。

手足の自由を失った殺人鬼は、ただ芋虫のようにのたうち廻るほかはなかった。まだほんとうに酔いがさめぬのかえたいの知れぬたわごとを口走りながら、煙の中にうめきもだえるのであった。

芋虫だ。焚火の中に投げ込まれて、苦悶するあの不気味な虫けらにそっくりだ。だが、このままほうっておくわけにはいかぬ。ほうっておけば焼け死ぬにきまっているからだ。誰がしたのかわからぬけれど、幸い、縄がかけてある。もう逃げ出す心配はないのだ。よしッ、こいつを警察署へかつぎこんでやろう。

園田は咄嗟に思案をきめて、いきなり創人をだきあげると、小脇にかかえ、引きずるようにして、走り出した。渦巻く火焔と煙の中を、入口とおぼしき方角へ突進した。入口のドアを蹴開《けひら》き、無我夢中で冷たい闇の中へかけだして、ホッと息をつく暇《ひま》もなく、

「火事だア、火事だア」

と近隣の人々にどなりながら、ぐったりとなっている創人を引きずって、I警察署へと急ぎに急いだ。

新参の刑事は、この激情的な功名手柄に、有頂天《うちょうてん》になっていた。新聞に出る自分の写真が目先にちらついた。そして、もし老練な刑事なれば当然いだくべき疑念を、物忘れでもしたように気づかなかった。

いったいこの火災はどうして起ったのだ。酔いつぶれた創人自身が蠟燭を倒したの

か。いや、どうもそうではないらしい。第三者がいるのだ。何とも知れぬ異様な人物が介在しているのだ。でなければ、創人がグルグル巻きにしばられるはずがないではないか。

園田刑事も、心の底ではそれを知っていた。しかし、不意の火災に気をとられ、犯人をとらえたうれしさに我を忘れて、ついそこまで考えめぐらす余裕がなかったのだ。

刑事の立去ったあとに、一軒建ちの木造アトリエは、まっかなひとかたまりの火焔となっていた。闇夜の中に血のような焔が燃え狂っていた。何千何万とも知れぬ赤い蛇が軒《のき》を伝い、屋根にはい上がり、闇の空に昇天しようとしているかに見えた。

アトリエを囲む木立は、絵の具をぬったようにまっかにいろどられていた。そして、何とも知れぬ不気味な風が、その辺一帯を狂い廻り、モクモクと上がる黄色い毒煙《どくえん》を、右に左にあおっていた。

その渦巻く煙の中から、木材のはぜ割れる物音にまじって、異様な声が聞こえて来た。物狂わしい声であった。時ならぬ火焔にたわむれる夜の怪鳥《けちょう》の鳴き声であろうか。いやいや、そうではない。鳥があのように笑うはずはない。それは明かに笑い声であった。毒煙の蔭《かげ》に、何者かが笑い狂っているのだ。それは渦巻く火焔そのものが、世を呪う嘲笑のようにも聞こえた。どこか地の底からわき上がる冥府の鬼の笑い声のようにも聞きなされた。

怪アトリエの不思議な火災、いつの間にかしばられていた犯人、この異様な謎は、いったい何を意味するのであろう。もしこれを第三者の仕業とすれば、その第三者とはそもそも何者であろう。

怪人の正体

園田刑事がグッタリとなった怪彫刻家をかかえて、I警察署にかけこむと、署内はたちまち大騒ぎとなった。署長の官舎へ電話がかけられる、司法主任の宅へ使いが走る、警察医が呼びよせられる、そして、深夜の三時というに、調べ室には明々《あかあか》と電燈が点じられ、時ならぬ被疑者の取調べが開始されたのである。

ほんとうに頭から水をぶっかけられて、やっと正気にかえった綿貫創人は、まるで狐につままれたように頓狂《とんきょう》な顔をして、調べ室の机の前によろめきながら立っていた。

「しっかりしろ、君のアトリエは、すっかり焼けてしまったんだぞ」

司法主任がどなりつけると、怪彫刻家は不思議そうに目をパチパチまたたきながら、だらしなく舌なめずりをした。首を左右に振って、何かしきりと考えている様子だ。

「オイ、何をぼんやりしているんだ。まだ酔いがさめないのか」

司法主任が、拳《こぶし》でドンと机をたたいた音に、創人はビクッとして、又目をパチパチやった。

「アッ、そうだ。火事だった。……おれは焼き殺されるのかと思った。……すると、警官がおれを助け出してくれたんだね」

創人はやっと思い出したらしく、異様に無邪気《むじゃき》な調子でつぶやくのであった。

「そうとも、ほうっておいたら、君は今頃は黒焦げになっていたところだ」

それを聞くと、なぜか創人の顔に恐怖の表情が浮かんだ。青ざめていた顔がいっそう灰色になって、不気味に大きな目が飛び出すかと見開かれ、鼻の頭に脂汗《あぶらあせ》がわいて来た。

「いけないッ。大変だ。君、大変だ。おれはすっかり忘れていた。俺は人を殺してしまった」

わけのわからぬ事をわめき出した。殺人犯人が人を殺したといっているのだから、別に不思議はないわけだが、何となく変である。辻褄《つじつま》の合わぬところがある。

「オイ、しっかりしろ。何をいっているんだ。人を殺したって、あの女のことか」

「女だって？　いや女じゃない。男だ、おれは見知らぬ男を、アトリエの鎧櫃の中へとじ込めたんだ。そして、酒をのみはじめたんだ。そこまでは覚えている。それから何が何だかわからなくなってしまった。しかし、アトリエが焼けたとすると、あの男は……オイ、君、火事場のあとに、人間の死体が見つからなかったか。ああ、おれは大変なことをしてしまった。あの男、あの頑丈な鎧櫃を破ることはとても出来なかっただろう。きっと、焼け死んでしまったに違いない。君、どうだった。死骸はなかったか。それとも、誰か鎧櫃を運び出してくれた人があるのか。エ、君、そいつを調べてくれ。ああ、大変なことになったぞ」

どうも狂言《きょうげん》ではなさそうであった。綿貫創人はほんとうに半狂乱の体《てい》で、園田刑事の身の上を心配しているのだ。だが、今にも殺しかねない権幕《けんまく》を見せていた彼が、園田刑事が焼死したかも知れぬといって、何も今さら騒ぎ出すことはないはずだ。いったいこれはどうしたというのであろう。

「ハハハハハ、安心しろ。君が鎧櫃にとじこめた人はちゃんとここにいる。オイ、しっかり目をあいて見ろ、この人だ。貴様にあんなひどい目にあわされながら、その恨《うら》みも忘れて、貴様を火事場から救い出してくれたのもこの人なんだぞ。よく礼をいうがいい」

司法主任が、何食わぬ顔でかたわらに腰かけていた園田刑事をさし示した。

そういわれて、創人ははじめて園田刑事の存在に気づいたらしく、キョトンとした

顔でその方をながめたが、

「よく見ろ、おれだよ」

と、からかい顔に突き出す刑事の顔を、じっと見ているうちに、彼の大きな眼が、また飛び出しはじめ、何ともいえぬ驚愕《きょうがく》の表情になった。

「ヤッ、貴様、あいつだな。畜生ッ」

叫びざま、何を思ったのか恐ろしい勢いで刑事に飛びかかり、いきなりその胸倉をつかんだ。

「ウヌ、もう逃がさないぞ。ざまあ見ろ……。オイ、君、何をボンヤリしているんだ。こいつは泥棒なんだ。さいぜん俺のアトリエへ忍び込んでいた空巣狙《あきすねら》いだ。早く縄をかけてくれ」

園田刑事にむしゃぶりついて、わけのわからぬことをわめき立てる創人を、司法主任が立上がって、突き離した。

「オイ、何をばかなことをいっているのだ。この人は泥棒どころか、警察官だ。園田という腕利きの刑事だよ」

「エッ、ほんとうですか。だが、この顔には確かに見覚えがある。……どうしても鎧櫃にとじこめたやつにちがいない」

面食らったように立ちすくむ創人を、園田刑事はやおら立ち上がってにらみすえた。

「オイ、つまらない狂言はよせッ。貴様はおれを泥棒と思い違えて、鎧櫃へとじこめたと云いのがれるつもりだな」

「エッ、何だって？　サッパリわけがわからなくなって来たぞ。だが、君はどうやらほんものの刑事さんらしいね。でなくて、警察署の中でいばっているはずはないからね。……しかし、そうだとすると、君はなぜ、おれのアトリエなんか へ忍び込んでいたんだ。いくら刑事だって、無断で人のアトリエへはいって、鎧櫃の中へもぐり込むという法はなかろう」

園田刑事はそれを聞くと、何だか腑《ふ》に落ちないという顔で、司法主任と目を見合わせた。どうも変だ。創人は石膏像の轢死事件を、まるで知らぬ様子である。知っていてこんなヌケヌケしたとぼけ面《づら》が出来るはずはない。ほんとうに刑事を泥棒と思い込んだのかも知れぬ。

「オイ、綿貫君、君は今日の夕方、いや、正確にいえばもうきのうの夕方だが、柴田ガレージの自動車を頼んで、大きな石膏像をどこかへ運ばせただろう。その石膏像がどうなったか、君はまだ知らないと見えるね」

司法主任が静かに尋ねた。

「エッ、石膏像を？　俺が自動車で運ばせたって？　きのうの夕方、そりゃ何かの間違いだろう。おれはこの頃、そんな景気のいいんじゃないんだ。スランプになっちまって毎日おでん屋をのみ歩いている始末《しまつ》なんだからね」

創人はますます意外の面持ちである。

「ハハハハ、空っとぼけても駄目だ。この辺には、君のほかに彫刻家なんて住んでいないんだからね。それに、ちゃんと証人がある。柴田ガレージの主人が、あの像は確かに君に頼まれて運搬したといっているんだ」

「へェー、柴田ガレージのね。だが、おれは柴田ガレージなんていっこう知らないね。この頃自動車なんてものと縁がないのでね。しかし、何だか妙だぞ。まさか警官ともあろうものがうそをいうわけはないし、……いったいその石膏像がどうかしたのですか」

創人のとぼけ方が真《しん》に迫っていて、どうもお芝居とも考えられなくなったので、司法主任はきのうの夕方大踏切での椿事《ちんじ》をかいつまんで話して聞かせた。それを聞いた彫刻家は又しても鼻の頭におびただしい脂汗を浮かべて、灰色になって震え上がってしまった。余りの驚きに、しばらくは口をきく力もないように見えたが、やがて、妙なうなり声を立てはじめた。

「ウーム、……それで刑事さんが、僕のアトリエへ忍び込んでいたのですね。そうですか。そうだったのですか。それとは知らぬものですから、あんなひどい真似《まね》をして、実に申訳ありません」

　彼はぞんざいな言葉をにわかにあらためて、無邪気にピョコリとお辞儀をした。

「その上、火事場から僕を救い出して下さったのですね。実に何ともお詫びの言葉もありません。まったく泥棒だとばかり思い込んでいたのです。ああして鎧櫃へとじこめておいて、朝になったら警察へ引渡すつもりだったんです。勘弁して下さい。ね、君、勘弁して下さい」

　そういってペコペコ頭を下げる様子を見ると、アトリエで赤い蠟燭の光に照らし出された、あの恐ろしい骸骨のような顔が、妙におどけた滑稽《こっけい》な感じに変って来た。

「だが、君は僕を殺すといったぜ、あの刀で」

　園田刑事が半ば冗談のような、なかば本気のような、変な調子で詰問した。

「いや、あれは冗談ですよ。まったく冗談です。あなたを泥棒と思い込んでいたものだから、つい、あんないやがらせをやって見たのです。むろん殺す気なんてあるもんですか。僕にそんな真似が出来るもんですか。ハハハハハ」

　泣いているような笑い声であった。怪彫刻師も、見かけ倒しの臆病者に過ぎないことがだんだんわかって来た。

「そういえば、こちらにも、少し腑に落ちないことがあるんだ。君はアトリエに火災が起った時、酔いつぶれたまま麻縄でグルグル巻きにしばられていた。園田刑事は、鎧櫃の中にいたので、誰がしばったのか見ることが出来なかったのだ。まさか君が自分の身体へ縄をかけたのではなかろう。それについて、何か思い出すことはないかね」

司法主任が調子をかえて、真剣な表情で尋ねた。

指人形

「実にだらしのない話ですが、まったく記憶がないのです」

創人はそういって、恐縮したようにうなだれていたが、やがて、何を思ったのか、ヒョイと顔を上げて、大きな目を異様に光らせながら喋《しゃべ》りはじめた。

「待って下さい。これには何かわけがありそうです。僕も被害者の一人かも知れませんよ。まあ、聞いて下さい。その石膏像を造ったのはむろん僕ではありません。犯人はほかにいるのです。そして、僕を犯人の身がわりに立てて殺してしまうつもりだったのです。

「そいつは、はじめから、ちゃんと計画を立てていたのかも知れません。僕だといって自動車を呼び、その石膏像をどこかへ運ばせておいて、知らん顔をしているつもりだったのでしょう。ところが、石膏像の秘密がばれてしまったのだから、いよいよ僕を真犯人に仕立て上げようと思いついたのです。

「そいつは、ちょうど僕が酔いつぶれていたのを幸いに、身動きが出来ぬようにしばっておいて、アトリエに火をつけたのです。そうです。それに違いありません。そうして僕が焼け死んでしまえば、死人に口なしですからね。僕が犯人だったということになって、事件は落着し、そいつは生涯安全なわけですからね。畜生め、うまく考えやがったな。

「どうです。あなた方は、そうお考えになりませんか。そのほかに判断の下しようがないじゃありませんか。でなければ、僕をしばったり、アトリエに火をつけたりした理由がわからないじゃありませんか。

「ところが、そいつはまさか刑事さんが鎧櫃の中にとじこめられているとは気がつかなかった。僕にはそれが仕合《しあわ》せだったのです。でなければ、まんまと焼き殺された上、犯人の汚名を着なければならなかったのですからね」

無実の罪におびえきった彫刻家は、もう一生懸命であった。その一生懸命がこんな筋道の通った想像説を造り出した。

「で、君はその真犯人というやつに、何か心当りでもあるかね。日頃君を憎んでいる同業者とか何か」

司法主任は、おだやかな調子になって尋ねた。

「いや、そういう心当りは少しもありません。ありませんけれど、今いったように想像するほか考えようがないじゃありませんか。僕はもうそれに違いないと思うのです」

二人の警察官は顔見合わせてうなずき合った。どうやらこの男は無実らしい。お芝居にしてはうますぎるのだ。しかし、例の行方不明になった柴田ガレージの運転手を探し出して、創人と対決させるまでは迂闊《うかつ》に放免《ほうめん》するわけにはいかぬ。いずれにせよ、明朝署長とも相談した上、今後の処置を取るほかはない。司法主任はそう考えて、彫刻家はそのまま留置所に入れておくことにきめた。

取調べが終って、創人を納得させ、留置室に寝かせたのは、もう朝の五時に近い時刻であった。司法主任も、園田刑事も、今から帰宅しても仕方がないというので、そのまま署内に止《とど》まって、宿直の巡査たちと、お茶を飲みながら雑談をかわしていた。

すると、その早朝、同署に意外な訪問者があった。まだ朝の六時を過ぎたばかり、署長をはじめ誰も出勤していない時刻に、いかめしい警察には不似合いな、美しい女性が顔色をかえて飛び込んで来た。

司法主任が引見してみると、それは、まだ二十歳前後のうら若い、非常に美しい娘さんであった。気取った洋髪がよく似合って、派手な和服を美しく着こなしていた。しかし、そのあでやかな顔は紙のように色を失い、恰好のよい唇が恐怖のためにワナワナと打ふるえていた。

用件を尋ねると、I署の管内のKという町に住む野上《のがみ》あい子《こ》と名乗り、きのうの石膏像事件の女の死体が一見《いっけん》したいというのであった。

その死体は、今日解剖に附する予定で、まだ署内の一室に置いてあったので、野上あい子の希望に応じるのはわけのないことだけれど、無闇《むやみ》なものに理由もなく死体を見せるわけにはいかぬ。司法主任は先ずその理由をただしてみた。

「あの、その死体が、もしやあたくしの姉ではないかと思いますので……」

美しい娘さんは意外なことをいった。それを聞くと、司法主任もハッとして居住まいを直さないではいられなかった。

「フーム、で、あれがあんたの姉さんではないかと考えたわけは？　その姉さんというのは何という名で、いくつぐらいの人なんだね」

「ハイ、姉は野上みや子と申します。二十二でございます。三日ほど前、妙なふうにして家を出ましたきり帰らないものですから、心配していましたのですが、今朝《けさ》の新聞を見ますと、なんだかあの事件の死体が、姉ではないかと、ふとそんな気がしまして、もうじっとしていられなくなったものですから……」

「フーム、そうですか。しかし、三日も前に家出したのをなぜほうっておいたのです。あの事件で、家出人の中に相当したものはないかと調べて見たので、私はよく知っているのだが、野上なんて家出人の届け出はなかったようですぜ」

司法主任はなかなか用心深い。

「ええ、それが、家出してしまったともきまらなかったものですから……」

「フーム、なぜですか」

「あの、家を出ましてから、いちど手紙をよこしましたので……でも、その手紙が文章も筆蹟《ひっせき》も、何だか姉らしくございませんの。けれども、今朝の新聞を見るまでは、深く疑っても見なかったのですが、あの記事を読みますと、どうしても姉に違いないという気がしまして……それに、姉が家出します前に、いろいろ変なことがあったものですから……」

「変なことというのは？」

「あの、家出します前日に、姉のところへ妙な小包みが届きましたの。差出人の名も何もない小包みなんです。姉は何の気もなく、それを開いて見たのですが、すると、中から、道化師《どうけし》の指人形が出て参りました。あの、夜店などで売っております、指にはめて、首や手を動かす、おもちゃの土人形なのです。

「あたくしなんか、誰かお友達のいたずらでしょうと考えたのですが、姉は、妙なことに、一と目そのお人形を見ますと、まっさおになってしまいました。ほんとうに姉があんなに青ざめたのを、あたくし生れてから一度も見たことがございません」

「フーム、妙ですね。あなたはそのわけを尋ねてみましたか」

司法主任は、娘さんの話の異様さに、つい引入れられてだんだん熱心な聴手《ききて》になっていた。

「ええ、尋ねました。でも、姉は何もいわないのでございます。そのくせ、その晩二人が床《とこ》を並べてやすんでいました時、あい子ちゃん、もし姉さんが死んだら、あなたどうするって、いやあなことを聞いたり、それから、真夜半《まよなか》に蒲団《ふとん》をかぶって、シクシク泣いていたりしたのでございます。

「そして、その翌日、姉は、どこへともいわず、家を出たまま、今日まで帰って参りませんの」

「で、その出先からよこした手紙には住所は書いてなかったのですか」

「ええ、住所はございませんの。そして、手紙には、今お友達のところにいるから、心配しないように、近いうちに帰るからというようなことが、姉らしくない手で書いてございました」

「お友達のところへ聞き合わせてみましたか」

「ええ、お友達といっても、あたしの知っておりますのは二三人しかございませんが、その方たちには聞き合わせて見ましたけれど、皆さんご存知ないのでございます。でも姉には、あたしの知らないお友達もございましたから……。

「それから、あの、きのうの朝、又気味のわるいことが起りましたの。あたし、どうしたらいいかと思って……ほんとうに気味がわるくて、昨日の事件が起らないでも、あたしいちど警察へ御相談しようかと、思っていたのでございます」

「気味がわるいって、どんなことなのです」

「あの、これが又小包で参りましたの。そして、今度はあたくしにあてて送って来ましたの」

野上あい子は、そう云いながら、持っていた風呂敷包みを開いて、中から、赤い水玉模様の着物を着た、土製の指人形を取り出して見せたのである。

司法主任はそれを受取って、調べて見たが、別に何の変ったところもない。よく露店で見かける指人形の道化師であった。赤と白のだんだら染めの尖《とが》り帽子をかぶって、まっ白な胡粉《ごふん》の顔の両頬と顎とを、赤い絵具で丸く染めて、大きな鼻をツンと空に向けて、目を糸のように細くして、まっかな口をいっぱいに開いて、ニタニタと笑っている。

司法主任はそれを手にして、じっと眺めていたが、見ているうちに、何かしらゾーッと薄気味わるくなって来た。恐ろしい殺人事件と、無邪気な指人形の取合わせ、その人形の道化師が、何か意味ありげに、ニタニタ笑っている形相が、事になれた警察官を、ふと変な気持にしたのである。

「では、ともかく、いちど死体を見てごらんなさい。まさか、あなたの心配なさっているようなことはあるまいと思うけれど」

司法主任は、なぜかホッと溜息をつきながら、立ち上がって、美しい娘さんを、死体のある部屋へと導くのであった。

そこは何の装飾もない板敷の殺風景な部屋であった。その片隅に茣蓙《ござ》を敷いて、不気味なものが横たえてある。全身に白布がかぶせてあったけれど、その白布がそのまま女の裸身をまざまざと現わしていた。

野上あい子は、それを見ると、部屋の入口に立ちすくんでしまって、急には死体に近づく勇気もないように見えたが、ながい躊躇《ちゅうちょ》のあとで、やっと、おずおずそのそばに歩みより、ひざまずいて、打ち震う手に白布をかかげた。そして死体の頭髪をチラッと見ると、ギョッとしたように、身を動かして、もう夢中になって、次には右の腕を調べていたが、やがて、何を確かめたのか、いきなり床《ゆか》の上に打伏して、身も世もあらず泣き入るのであった。

「やっぱり見覚えがあるのですか」

司法主任は、あい子の泣き入るさまを気の毒そうに見おろしながら、やさしく尋ねた。

「ええ、こ、この右腕の疵痕《きずあと》です。……この疵痕は姉さんが十六のとしに、あやまちをして小刀で切った疵でございます。……場所も疵の恰好も、姉さんのとそっくりです。こんな同じ疵痕がこの世に二つあるはずはございません」

とぎれとぎれに、泣きじゃくりながら答えて、又してもそこに泣き伏してしまった。

幻の凶笑

それから三十分ほどのち、野上あい子は、泣きはらした眼をまぶしそうにして、とある淋《さび》しい屋敷町をトボトボと歩いていた。警察からの帰りみちである。

姉の死体とわかって、その場に泣き伏していると、しばらくして、署長さんが会うからというので、署長室へ呼び入れられ、いろいろの事を尋ねられた。あい子は問われるままに、姉は六日前に家出したこと、その家出の前に、誰からともなく姉のところへ土製の道化人形を送って来たこと、姉の家出とその小さなおもちゃの道化人形との間に、何かしら関係があるらしいこと、家出の時、姉は自分の貯金五千円(注1)ほどを、すっかり持ち出していること、犯人はひょっとしたら、その金を奪うために姉を殺したのではないかということ、などを出来るだけくわしく答えた。

何か犯人に心当りはないかと、くどく尋ねられたが、あい子はそういう心当りが何もなかった。姉をこんな目にあわせるほど、恨んでいた者があろうとは考えられなかったし、そうかといって貯金に目がくれて姉をおびき出すような人も思い当らなかった。

それだけの話では、何の手掛りもつかめないが、警察としては全力をつくして犯人を捜索する。いずれ署の刑事などがあなたの家をたずねるだろうし、又警察へ出頭してもらうこともあるだろうが、今後も気のついたことは出来るだけ早く、こちらへ知らせてもらいたい。姉さんの死骸は解剖しなければならぬかも知れぬので、すぐ引渡すことは出来ないが、決して疎略《そりやく》には扱わぬから心配しないようにという署長の言葉を聞いて、すごすごと警察署を出たのであった。

あい子はむろんあの事も署長にうちあけた。道化人形は姉のところへ送られたばかりではない。それとそっくりの人形が、今朝、自分のところへも小包みで配達された。もしや私も姉と、同じ恐ろしい目にあうのではないかと思うと、どうしていいかわからないと、恥かしい泣き声を出して保護を頼んだが、現実家の署長は、そんな怪談めいた話には取合わなかった。あなたのことも充分気をつけて上げるから、そんな人形のことなど大袈裟《おおげさ》に考えなくてもよろしいと、本気になってくれなかった。

足元を見つめながら、あれこれと思いわずらって歩いているうちに、もう家の近くまで来ていた。大通りをそれた淋しい屋敷町、両側には生垣や板塀ばかりつづいて、人通りもなく、ひっそりと静まり返っている。

朝起きぬけに、無我夢中で飛び出して行ったので、警察で三時間あまりついやしたのに、まだ十時になっていなかった。よく晴れた風のない、ウラウラと暖かい春の日であった。太陽はもう高く上って、真正面からまぶしい光を投げかけ、ひっそりとした往来には、目まいのするような陽炎《かげろう》が立ち昇っていた。

あい子はふと、署長室の机の上へ置いて来た道化人形のことを思い出していた。参考品としてあずかっておくといわれたので、これ幸いと、悪魔でもはらい落すように、警察へあずけて帰ったのだが、しかし、いくら品物を手放しても、心の底に焼きついている記憶はどうすることも出来なかった。

衣裳の下から手を入れて、土製の首と両手を指先にはめて、ヒョイヒョイと動かすと、まるで生きているように見える指人形であった。赤地に白い水玉模様の衣裳が、異様に印象的で、その上にクッキリと白い土製の首が、紅白だんだら染めのとんがり帽子をかぶって、笑っていた。

まっ白な顔の額と両頬を、まん丸に赤く染めて、眉のない目を糸のように細くして、まっかにぬれた大きな口を三日月型《みかづきがた》にして、ニタニタと薄気味わるく笑っているあの顔が、今のあい子には、どんなお化けよりも幽霊よりも恐ろしかった。

歩いていると、目の前の白くかわいた土が、チロチロと動いて見える陽炎の中に、ともすればあの道化人形の、不気味な笑い顔が、百倍にも千倍にも拡大されて、薄ぼんやりと浮上がって来た。

いけない、いけないと目をそらせば、そらす先へつきまとって来て、眼界いっぱいの人形の顔が、キューッと唇をまげて、一人ぼっちのあい子に笑いかけるのだった。

あい子は目をつむるようにして、足を早めた。だが、とじた瞼《まぶた》の闇の中にも、やっぱりあいつが笑っていた。クッキリと白い顔で笑っていた。

ふと気がつくと、向うの方から人の近づいて来る足音がする。ああ、うれしい。やっと人通りがあった。これでもう安心だと、目をあいて見ると、ヒョイと町角を曲って来る人影、何だかパッと花が咲いたように派手やかな色彩が目をうった。それは胸に太鼓《たいこ》をつり、背中に幟《のぼり》を立てた一人のチンドン屋であった。

「まあ、こんな淋しい町をチンドン屋が歩いてるなんて」

何となくいぶかしく思ったが、チンドン屋でも何でもいい、とにかく人の顔を見れば助かる。幻の恐怖から救われるのだ。

チンドン屋は妙に静かな足どりで、こちらへ近づいて来た。あい子は目を上げて正面からその顔を見たが、一と目見たかと思うと、クラクラと目まいがした。そこには幻が歩いていたのだ。指人形が人間の大きさに膨脹して、足が生えて、こちらへ歩いて来るのだ。

あい子は心を静めるために立ち止まった。

「なんてあたしはおばかさんでしょう。偶然の符合なんだわ。チンドン屋が道化師の服装をしているのは、ちっとも珍しいことじゃないのだもの」

心に云い聞かせても、偶然にしてはあまりによく似ているのが恐ろしかった。

チンドン屋は、やっぱり赤地に水玉模様の衣裳を着ていた。紅白だんだらのトンガリ帽子をかぶっていた。顔には壁のように白粉《おしろい》をぬって、額と頬とにまっかな丸がかいてあった。眉毛はなくて、目が糸のように細かった。赤い唇の両方の隅が三日月型にキューッとつり上がって、薄気味わるく笑っていた。

あい子は、気のせいだ、気のせいだ、とわれとわが心を引きたてながら、それでも相手をよけるように、道の片側に身を避けて、すれ違ったが、その時、道化師はなぜか彼女の顔を穴のあくほど見つめながら、白い歯を出してニタニタ笑いかけた。

あい子はゾーッとして、もう無我夢中で、あとをも見ずに、かけ出さんばかりにして、わが家の方へ急いだ。

すると、いったんすれ違ったチンドン屋が、クルッと向きをかえて、あい子のあとから送り狼のように足音を殺して尾行しはじめた。あい子は少しもそれを知らなかったけれど、道化師の白い顔は、彼女の背中のすぐうしろに、たえずニヤニヤと笑っていたのである。

一丁ほど歩いて、ふと気がつくと、耳朶《みみたぶ》の辺になま暖かい人の息吹《いぶき》が感じられた。あい子はギョッとして立ちすくんだ。

「振り向いてはいけない。きっとあいつがいるんだ。あいつがうしろから襲いかかっているんだ」

心のうちにそんなつぶやき声が聞えた。振向こうとすると頸《くび》の筋肉を何者かがしきりと引止めていた。

立ちすくんでいると、耳朶の辺の息吹はいっそうあたたかく近づき、いやらしい呼吸の音さえ聞こえて来た。そして、突然、ネチネチとした太い嗄れ声が鼓膜《こまく》をくすぐったのである。

「オイ、お前には、この世に絶望した人間の気持がわかるかね。ウフフフフフ、それがどんな気持だかわかるかね」

その声を聞くと、あい子はツーンと頭の中がしびれたようになって、今にも倒れそうな気がしたが、それをやっとこらえて、こわいけれども、振り向かないではいられなかった。

首をねじ向けて、ヒョイと見ると、肩の上に道化師の顎《あご》が乗っていた。目の前がまっ白な顔でいっぱいになった、その巨大な顔の皹《ひび》割れた白粉の壁の中に、細い目が異様な光をたたえて笑っていた。まっかな厚い唇が、ヌメヌメと唾《つば》にぬれて、三日月型に笑っていた。

あい子はもう我慢が出来なかった。何とも意味のわからぬ悲鳴をあげて、いきなり気違いのように走り出した。走りに走って息も絶えだえになって、やっとわが家にたどりついた。

玄関をかけあがると、待ちかねていた母親が、青ざめた涙ぐんだ顔で、おずおずと、

「どうだったね。やっぱりあれはみや子だったのかい」

とささやき声で尋ねるのに、返事をする元気もなかった。あい子は何かわけのわからないことを云い捨てて、いきなり二階の自分の部屋へかけあがり、机の前に俯伏《うつぶ》してしまった。

「お前どうしたというの？　どこか加減が悪いのかい。まあ、その顔は、まるで血の気はありやしない。さあ、お母さんに話してごらん。警察で何かあったの？」

母親がはいって来て、背中に手をあてて、やさしく尋ねても、あい子は何も答えなかった。答えるかわりに、ゾッとするようなひとりごとをはじめた。

「きっとそうだわ。あいつが姉さんを殺したのだわ。そして、今度はあたしの番だっていうのよ。あいつだわ。あのいやらしいチンドン屋に違いないわ」

譫言《うわごと》のように云いつづけて、その部屋に恐ろしい者が忍び込んででもいるように、キョロキョロとあたりを見廻すのであった。

「お母さん、玄関はよくしまっていまして？　あたしのあとから誰かはいって来やし

なかった」

視線は宙にただよったまま、しきりと階下《した》の気配を気にしている。

「まあ、何を云っているの？　誰かに追っかけられでもしたの？」

「ええ、あいつが、あたしのあとをつけて来たのよ。まだその辺にウロウロしているかも知れない」

あい子はそういったかと思うと、じっとしていられないように、ソワソワとたち上がって、表に面した窓に走り寄り、そこの障子《しょうじ》をソッと開いて、目の下の道路をのぞいて見た。

だが、白くかわいた道路には、目のとどく限り人影らしいものもなくて、ただ春の陽炎がチロチロとたち昇っているばかりであった。

いくらのぞいても、向うの町角から現われる人もなく、町全体が幻の国のように異様に静まり返っていた。

ふと気がつくと、下ばかり見ていた目のすみに、チラッと動いたものがあった。視野の外に、何かしらただならぬことが起っているような感じがした。

それはどこか上の方であった。急いで目を上げると、向う側の二階家の窓が視線に入った。道路をはさんで、十間ほど隔てた真正面に、その窓の障子がクッキリと白く見えていた。

その障子の一枚が、まるで機械仕掛けのように、ソロソロと開いているのだ。一寸ずつ、一寸ずつ、ちょうど芝居の幕でもあけるように、様子ありげに開いて行くのだ。見ていると、障子一枚分がすっかり開かれた。おや、子供のいたずらかしら。障子を開いておいて、バアと顔を出して笑うつもりかしら。

障子の中は妙に薄暗く見えた。一枚歯がかけたように、その部分だけが黒い穴になっている。そこの薄闇の中に、何かしらうごめいているように感じられたが、やがて、そのものがソロソロと、開いた窓へ近づいて来た。

あい子はハッとして顔をそむけようとしたが、もう間に合わなかった。彼女の網膜《もうまく》にそのものの姿が、焼けつくようにハッキリとうつった。

それは赤い着物を着た、まっ白な顔の人物であった。その顔がヒョイと窓の外をのぞくと、白い日光が半面に直射して、ギラギラと光った。

そいつはトンガリ帽子をかぶっていた。糸のような目をしていた。赤い唇が三日月型に笑っていた。何から何まであの指人形とソックリであった。つまり、さいぜん彼女に恐ろしい言葉をささやいた、あの道化師が、そこにいたのであった。

あい子は「アッ」とかすかに叫んで、ビッシャリ障子をしめると、その場に俯伏してしまった。

向うの窓の道化師は、あい子がおびえて障子をしめたのを見て、細い目をいっそう細くしながら、ニヤニヤと笑った。赤い、唇の両隅を異様につり上げて、真昼の化物のような白粉の顔を、明るい日光にさらしながら、いつまでもいつまでも笑いつづけていた。

ゼンマイ仕掛の小悪魔

あい子は、この白昼の悪夢のようなものを見て、そのまま気を失ったように、机の上に俯伏していたが、ちょうどその時、下の玄関の格子戸《こうしど》のあく音がして、誰かが訪ねて来た。

「お前、白井《しらい》さんだよ。白井さんが来て下すったのだよ」

母親は階段の降り口まで行って、階下《した》をのぞいて、それと察すると、救われたように、あい子に声をかけるのであった。

あい子も白井と聞いて、ひとりぼっちでお化《ば》けにおびやかされていた子供が、急にすがりつく人に出会ったようなホッとした喜びを感じた。

「お前も早く降りていらっしゃい。白井さんはきっと新聞をごらんになったのだよ。

こちらからお知らせしようと思っていたのに」

　母親はいそいそといって、もう階段を降りていた。あい子も、机のそばを離れて、鏡台の前でちょっと顔をなおしてから、急いで階下の座敷へ降りて行った。

　白井は心安い間柄なので、もうズカズカと奥の八畳の座敷に上がり込んでいた。

「やっぱりそうだったってね。僕も新聞を見て、何だか虫が知らせたものだから……」

　あい子が座敷へはいって行くと、緊張した表情で、ささやくようにいった。

　あい子は、この懐《なつ》かしい人の顔を見ると、もう何もいえなかった。我慢しようとしても涙がこみ上げて来た。まさか膝《ひざ》に取りすがることは出来なかったけれど、白井の前に身を投げ出すようにして、泣き伏すほかはなかった。

　白井清一《せいいち》は若いピアニストであった。野上の家とは遠い親戚にあたり、死んだみや子とは幼い時からの許嫁《いいなずけ》になっていた。だが、みや子の方ではそうでもないようであったが、白井はこの結婚には気が進まないように見えた。何かと口実を作っては、半年一年とその実行を延ばしていた。

　白井は姉のみや子よりは、妹のあい子にひきつけられているように見えた。あい子の方では姉にはすまぬと思いながら、このたのもしい青年芸術家への愛情を押えることが出来なかった。姉の目をはばかりながら、二人の親しみはだんだん深まっていって、今では恋人といってもいい間柄になっていた。だから、母の目さえ無ければ、いきなり白井の胸に取りすがっても、二人だけの気持では少しも不自然ではないのであった。

あい子は涙の間から、朝早く警察へかけつけた一伍一什《いちぶしじゅう》から、つい今しがた、不気味な道化師に追われたことまでくわしく物語った。

「変だなあ、いくらなんでも、みやちゃんを殺したやつがチンドン屋にばけて、向うの家《うち》に隠れているなんて、君、何かを見間違えたのじゃないかい。幻じゃないのかい」

白井はあまり変な話なので、急には信用しなかった。

「いいえ、そうじゃないわ。確かにいるのよ。今でもまだきっといるわ。二階のこちらがわの部屋よ」

「フーン、君がそれほどまでいうなら、よし、僕がこれからその家へいって、確かめて来て上げよう。きっとそんな者いやしないよ。君は姉さんがあんな目にあったので、頭が変になっているんだよ」

白井はそういったかと思うと、止めるひまもなく、もう勢いよく玄関へかけ出していた。

「お前、さっき二階で、そんなものを見たのかい」

白井の出て行く格子戸の音を聞きながら、母親はおずおずとあい子のそばによって、声をひそめるようにして尋ねるのであった。

「ええ、はっきり見たのよ。今でもまだ瞼の裏に残っているくらいよ」

「じゃ、なぜあの時私にいわなかったの？」

「いえなかったのよ、こわくって。……あんなものお母さんに見せたくなかったのよ」

「お前の目がどうかしていたんじゃないのかい。そんな怪談みたいなことがあるもんだろうか。……わたしはみや子の死んだっていうことさえ、まだほんとうには思えないくらいなのに、またお前がそんなやつにつけねらわれるなんて、もうどうしていいんだか、わけがわからなくなってしまったよ」

母親はそうつぶやいて、ホッと深い溜息《ためいき》をついた。悲しみも、こんな突飛《とっぴ》な形で襲って来ると、素直には悲しめないのであろう。彼女の頬には涙のあとがついてはいたけれど、まだ心の底からわが子の死を嘆き悲しむいとまもないのであった。

しばらくすると、白井が変な顔をして帰って来た。

「やっぱりあいちゃんの見たのは幻じゃなかったんだよ」

彼は座敷にはいって、縁側《えんがわ》に近くあぐらをかいて、小首をかしげながら、報告した。

「あの家は、二階の部屋を貸しているんだってね。前にいた人がいなくなったものだから、いい借り手がないかって方々に頼んであったらしいんだ。

「その頼んであるなんとかいう人の名をいって、今しがたチンドン屋がたずねて来たんだそうだ。部屋が借りたいから見せてくれといってね。奥さんは、チンドン屋さんではご免だと思って、体よく断わろうとしたんだが、そいつはあつかましいやつで、ともかく部屋を見せてくれといって、止めるのも聞かないで、ドンドン二階へ上がって行ったんだそうだ。

「そして、押入れをあけたり、窓を開いたりして、部屋を見ていたっていうから、君はそれを見たんだよ」

「まあ、……それじゃ、もうあいつは、あの家にいないのね」

「ウン、そのまま名もいわないで帰ってしまったそうだが、そんな手があるもんかねえ。実に大胆不敵じゃないか。

「むろん、部屋を借りたいなんて、出鱈目《でたらめ》にきまっているよ。君に顔を見せてこわがらせるためだよ」

「じゃやっぱり道で会ったチンドン屋と同じ人ですわね」

「そうらしいね。だが、変なことをするやつだね。たぶん君をこわがらせるためなんだろうが、実に手数のかかる真似《まね》をしたものじゃないか。道化人形を送ってみたり、自分で道化師に化けたり、何だか偏執狂《へんしゅうきょう》みたいな気がするね。あたりまえの人間じゃないよ」

「そうよ。ですから、あたしこわくってしょうがないのよ。正体もわからないし、これから何をするか、まるで見当もつかないんですもの」

「気違いだね。石膏像の思いつきだって、常識では考えられないような、おそろしい着想だからね。

「だが、実行力のある気違いだ。油断は出来ない。早速このことを警察へ知らせておかなくちゃ」

「ええ、そして、清ちゃんここへ泊って下さらないかしら。あたしたち、お母さんと二人きりじゃ、気味がわるくていられやしないわ」

「ウン、僕もそうした方がいいと思っているんだ。姉さんの事もあるんだからね。決して油断は出来ない」

　そんなことを話し合っているところへ、表の格子戸の開く音がしたので、二人はハッと目を見合わせたが、それは訪問者ではなくて、小包郵便が配達されたのであった。

「どこからだろうね。こんなものが届いたよ」

母親が持って来たのを受取って、見ると、その小包には差出人の署名が無かった。切手の消印は市内の麻布区《あざぶく》になっている。

「野上あい子様としてあるが、この字見覚えがある？」

「いいえ、こんな下手な字書くお友達ってないわ」

云いさして、あい子の顔色がハッと変った。

「あたしこわい。……この字、見覚えがあるのよ。きのう来た小包とおんなじ手よ」

彼女は甲高い声でいって、小包のそばから身を避けるようにした。

「じゃ、あいつからかも知れないね。僕があけてみよう」

白井も頬を緊張させて、息を殺すようにして、その小包をといていった。

「おや、おもちゃらしいよ」

ボール箱の蓋をとると、可愛らしいチンドン屋がはいっていた。又しても道化師だ。だが、これは指人形よりもずっと小さなほんとうの玩具である。

「そんなもの、捨てちゃって下さい。もう沢山《たくさん》だわ。やっぱり赤地に白の水玉模様でしょう」

あい子は遠くからそれをのぞきながら、おびえた声でいった。

「ウン、そうだよ。太鼓をかかえて、背中に幟を立てている」

白井はそれを箱から取出して、畳の上に立たせてみた。

するど、ちゃんとゼンマイが巻いてあったものと見えて、足が地に着くやいなや、その六寸ほどのチンドン屋は、覚束《おぼつか》ない手つきで前の太鼓をたたきながら、いきなりヨチヨチと畳の上を歩き出した。

畳を歩く豆チンドン屋は、非常に可愛らしかった。おさない子供に与えたら、どんなにうれしがるかと思われた。だが、それが可愛らしければ可愛らしいだけ、あい子にはいっそう不気味であった。五分にもたらぬおもちゃの顔が、まっ白い絵具をぬられて、あいつと同じ細い目をして、あいつと同じ赤い唇をして、ニヤニヤと笑っている。笑いながら、まるで生あるもののように、畳の上を歩いている。

「こんな可愛いおもちゃを送ってよこして、いったいどうしようっていうんだろうね。予告の意味なら指人形だけで沢山じゃないか。……おやッ、ちょっとごらん。こいつの背中の幟に、何だかこまかい字が書いてあるぜ」

彼はそれに気づくと、人形をつかんで、その幟を抜き取った。長さ一寸ほどの白絹の豆幟だ。その白絹の表面に、虫でもはったように字が書いてある。

彼はす早くその文字を読みくだしたかと思うと、そのまま白絹をくしゃくしゃと丸めて、ズボンのポケットに押し込んでしまった。

「あら、なぜそんなことなさるの？」

あい子がおびえきって尋ねると、彼はしいて笑顔になって、

「なに、なんでもないんだよ。君はこんなもの読まない方がいい。つまらないいたずら書きさ」

と答えたが、その豆幟には、到底あい子に見せられないほど、恐ろしい宣告文がしたためてあった。ゼンマイ仕掛けの小悪魔は、その幟を背負って、太鼓をたたきながら、いまわしい「死」のチンドン屋を勤めていたのである。

断崖

白井とあい子とあい子の母とは、それからしばらくの間額《ひたい》を集めて、この不気味な脅迫者の正体について語り合ったが、いくら考えてみても、本人のあい子はもちろん、誰にも、かすかな心当りさえなかった。

「姉さんだって、あんなひどい目にあうほど、人に恨まれていたとは考えられないしね」

「そうよ、警察でも尋ねられたのだけれど、あたしそんなことは決してないと思うわ」

「それじゃ、いったいこれはどういう種類の犯罪なんだ。まったくわけが分らないね。たとい気違いの仕業《しわざ》にしてもその気違いがなぜこの家《うち》のものばかり狙うか、その理由がわからないいじゃないか。

「だが、何の理由もなく、これほど念のいった罪をおかせるものだろうか。僕には何だか、この事件の裏には、想像もつかないような、重大な意味がかくれているんじゃないかという気がする」

「まあ、それはどんなことなの？　何を考えていらっしゃるの？」

あい子が不安にたえぬもののように、かわいた唇《くちびる》で聞き返した。

「いや、むろんハッキリした考えがあるわけじゃない。ただ、あの石膏像なんかの犯罪手段のたくみなことを考えると、犯人はたとい偏執狂にしても、どんなに頭のいいやつだかということがわかる。

「その頭のいいやつが、何の利益にもならぬ無意味な罪をおかすはずがないと思うのだよ。そんなばかばかしいことはあり得ないと感じるのだよ。

「でね、僕はさっきから考えていたんだが、あいちゃんは明智小五郎《あけちこごろう》っていう私立探偵の名を聞いたことがあるだろう、非常な名探偵なんだ。僕の友達があの人を知っているんだよ。むろん警察の保護を願うのはいうまでもないが、そのほかに、僕は明智探偵にも相談してみてはどうかと思うんだ。

「こういう気違いめいた不思議な事件は、明智探偵のもっとも得意とするところなんだよ。これ迄《まで》に先生が解決した有名な事件といえば、たいてい偏執狂の犯罪なんだからね」

「ええ、あたしも、明智探偵のことは、考えないでもなかったわ。そういう伝手《つて》があるのでしたら、ぜひお願いして下さいません」

あい子も名探偵の名を知っていて、ひどく乗り気であった。

「ウン、じゃ、これから僕は、君の代理になって警察へ行って、チンドン屋のことを話し、このゼンマイ人形を見せて、警戒を厳重にしてくれるように頼んでおいて、それからその足で友達のところへ行って、いっしょに明智探偵をたずねることにしよう」

もう正午を過ぎていたので、白井は昼食を御馳走《ごちそう》になって、大通りでタクシーを拾うつもりだといって、あわただしく出かけて行った。

それからの数時間は別段のこともなく過ぎ去った。あい子の友達が二人、何も知らないで遊びに来たのを、しいて引き止めて、トランプなどをして気をまぎらしているうちにやがて日暮れになったが、どうしたのか白井はまだ帰って来なかった。

六時頃、表に自動車が止まって、格子戸があいたので、やっとその人が帰ったのかと、玄関へ出て見ると、そこには自動車の運転手らしい青年が立っていて、白井さんからの使いだといって、一枚の名刺を差し出した。

それは清一の名刺で、裏に鉛筆で左のような意外な通信がしたためてあった。非常に急いで書いたものらしく、ひどく文字がみだれている。

> 君の身辺に危険がせまっている。すぐこの車に乗って明智探偵のところへ逃げて下さい。探偵はすべての事情を知っている。僕は今悪人の監視を受けているので行くことが出来ない。一刻も躊躇しないで。

文句が簡単なので、白井がどこでどんな目にあっているのか、少しもわからなかったけれど、文意と云い、みだれた文字と云い、事態の急迫をまざまざと語っていた。

あい子は息もつまるような思いで、母にこのことをつげ、あわただしく身支度《みじたく》をした。そうしているうちにも、あのいやらしい道化師の顔が、うしろからおおいかぶさって来るような気がして、何を云うひまも、考えるひまもなかった。

「明智さんのところご存知でしょうね」

使いの青年にたずねると、彼は強くうなずいて見せて、

「わかっています。何もかもくわしく指図を受けているのです。さあ早く乗って下さい」

とたのもしげにいって、せき立てるのであった。

母が不安がって、私もいっしょに行こうというのを、しいて止めて、別れの挨拶《あいさつ》もそこそこに、飛び込むように車に乗ると、車はたちまち非常な速力で走り出した。

どこをどう走っているのか、外の景色などは少しも目にはいらなかった。ただ町の電燈が矢のようにうしろへ飛び去って行くのが感じられるばかりであった。

二十分ほどもたった頃であろうか、ふと気がつくと、窓の外は何の光もなかった。どこかしらまっ暗な野原のようなところを走っていた。明智の事務所は麻布と聞いている。麻布へのみちに、こんな淋しい場所があったかしらと思うと、急に不安を感じないではいられなかった。

「運転手さん、ここはどこですの」

声をかけても、ハンドルを握っている男も、その隣に腰かけているさっきの青年も、

だまり込んだまま振り向こうともしなかった。

聞こえなかったはずはない。聞こえてもわざと返事をしないのだと思うと、ますます不安がこみ上げて来た。

「ね、ここはどこですの。もう麻布へ着くころじゃありませんの」

甲高い声でいうと、やっと助手席にいたさっきの青年が答えた。

「麻布？　ハハハハハハ、あんた麻布へ行くつもりですか」

ひどくぞんざいな口調である。おかしい。なんとなくただならぬ気配が感じられる。

「だって、明智さんの家は麻布じゃないの？」

「ハハハハハ、明智小五郎、あんなやつのところへ行ってたまるもんか。ねえ、あい子さん、僕の声に聞き覚えはありませんか」

あい子はツーンと心臓がしびれていくように思った。その声には確かに聞き覚えがあったのだ。「この世に絶望した人間の気持がわかりますか」といって、うしろから、ヌーッと首を出した、あの道化師の声とそっくりであった。

ハッと息をのんで身をちぢめていると、青年の首がまるで轆轤《ろくろ》仕掛けのように、一種異様のぎこちない動きかたでグーッとうしろを振り向いた。

ああ、その顔！

いつの間にか青年の顔は白壁のようにまっ白に変っていた。今までまぶかくかぶっていた鳥打帽《とりうちぼう》が、あみだになって、眉も何もないぬっぺらぼうの顔の中に、糸のように細い目と、まっ赤な口が、ニヤニヤと笑っていた。

あい子はそれを見ると、妙なおしつぶされたような叫び声を立てて、席から及び腰になり、ドアの把手《とって》にしがみついた。走っている車から飛び降りるつもりらしく見えた。だが、把手を握るのが精いっぱいで、そのまま、客席の床《ゆか》の上に、クナクナとくずれおれてしまった。

×　×　×

まっ黒な重い水の中を、無我夢中でもがき泳いでいるような、何ともいえぬ苦しみが、長い間つづいて、やっとのことで、その墨のような水面に顔を出すことが出来た。ほっと深い息をついて、目を開いて見ると、はじめの間は、どことも知れなかったが、やがて、そこはやっぱり自動車の中であることがわかって来た。ルーム・ランプが消えているので、すぐにはそれと察しられなかった。

ああ、そうだ。私は助手台の青年の顔が、道化師の顔になったのを見て、気を失ったのに違いない。では、あいつはまだ車の中にいるのかしらと、こわごわ首を上げて、運転台をのぞいて見ると、そこには人影もなくて、自動車の中には、あい子ただ一人であることがわかった。

　むろん車は走っていない。窓の外を見ると、町中ではなくて、どこか郊外の原っぱらしく、何の光も目にうつらなかった。

　どうして運転手と助手がいなくなったのか、よくわからないが、とも角《かく》、監視者の姿はどこにも見えぬのだ。たぶんあい子が気を失っているのに油断して、車を止めてその辺をうろついているのかも知れない。

　逃げるなら今だ。この機会をのがしたら、もう二度と自由は得られないかも知れぬ。あい子はとっさに思い定めると、まず右側のドアを押し、こころみたが、なぜかどうしても開かない。では、私が逃げ出さないように、外から仕掛けがしてあるのかしらと、ハッとしたが、思いなおして今度は左側のドアの把手を廻して見た。

　すると、ああ有難い。そのドアには何の故障もなく、サッと開いた。

　外は文目《あやめ》もわかぬ闇であった。

　だが、そんなことを構ってはいられない。あい子はドアが開くのといっしょに、いきなり車の外へ飛び出した。

　右足が地についた。次には左足だ。だが、左足を前に出して、ギョッとした。その足の下には土地が無かったからだ。

はずみがついているので、右足だけで立ちなおることは出来ない。踏み出した左足は、底知れぬ空虚の中へ引き込まれていった。

なにごとともわからぬうちに、彼女の身体はズルズルとすべりはじめた。地面が突然消えうせて、奈落《ならく》へ落ち込んで行くような気持であった。

あい子は無我夢中で、何かにすがりつこうとあせった。自分の身体がだんだん速度をくわえて、下へ下へと、無限の底へ落ちて行くのが、形容も出来ぬ恐ろしさであった。

何かしら手にふれた。細い木の枝のようなものであった。

彼女は死もの狂いで、それにすがりついた。ズルズルとなお一尺ほどすべり落ちたが、その木の根がしっかりしていたと見えて、やっと踏み止《とど》まることが出来た。

両手で枝につかまりながら、足で下を探って見ると、そこは切り立ったような土の壁であることがわかった。どこかに足がかりがと、足でまさぐっても、踏みつけるたびに土がくずれて、サラサラと下へ落ちて行くばかりであった。

ああ、わかった。ここは断崖なのだ。自動車はいつの間にか、こんな深い崖の上へ来ていたのだ。それとも知らず原っぱとばかり思い込んで、車を飛び出したものだから、たちまち崖を踏みはずして、転落してしまったのだ。

それにしても、いったいここはどこだろう。これほどの崖があるからには、町からは遠い山の中に違いない。こんな場所を、夜《よ》よなか、人通りがあるはずはない。こんな姿で夜の明けるまで我慢していなければならないのかしら。

だがそんな我慢が出来るものではない。今つかまったばかりなのに、もう手の平がすりむけて、両手が抜けそうな気持である。ああ、もう十分だって、五分だって、辛《しん》抱《ぼう》出来やしない。

「誰か来て下さーい。助けて……」

あい子はもう見得《みえ》も外聞《がいぶん》もなかった。おさない少女のような大声を上げて、わめき立てた。

二度三度叫びつづけているうちに、その声を聞きつけたのか、崖の上に何か人のうごめく気配がした。

ああ、うれしい。やっと救われたかと、瞳をこらして、一間ほど上の崖の端を見つめると、そこには、確かに一人の人間が、うずくまって、じっと下をのぞいていた。

いくらか闇に目がなれたので、おぼろげながらその人の顔を見わけることが出来た。

それはあの顔であった。あのまっ白な壁のような顔であった。いつの間に着かえたのか、例の水玉模様のダブダブの上衣《うわぎ》を着て、とんがり帽子をかぶって、巨大な指人形のように、崖の上からのぞいていた。

まっ白な顔の中で、そこだけ黒く見える大きな唇が、異様に動いたかと思うと、低いのろのろした声が響いて来た。

「フフフフフ、自業自得《じごうじとく》だよ。おれはただ自動車をここへとめておいたばかりだからね。それを、勝手に飛び出してこんな目にあったのは、お前の自業自得だよ」

道化師はそこまでいって、今の言葉の反応を見るようにしばらくだまっていた。しかし、あい子が何も答えないので、又のろのろとはじめた。

「お前、おれを誰だと思うね。フフフフフ、なぜこんなひどい目にあうのかと不思議に思っているだろうね」

そこで又しばらく言葉を切った。

「お前のそのか弱い指の力がいつまで続くものじゃない。お前は今に、底知れぬ谷底へ落ちて行くのだ。だから、この世の名残《なご》りに、俺がなぜこんな真似をするかということを、話して聞かせてやろう。フフフフフ、今《いま》わの際《きわ》によく聞いておくがいい」

そして、又だまり込んでしまった。

あい子は今にも抜けるかと思われる両腕に、最後の力をこめて、はげしい怒りに燃えながら、じっと耳をすましていた。それを聞くまでは、死んでもこの手を離すまいと、歯を食いしばっていた。

挑戦状

春の夜ふけ、私立探偵明智小五郎は、書斎の机の前に腰かけて、妙なことをしていた。大きな書き物机の上には、つみ重ねた書物にもたれかかって、道化師の指人形が滑稽な様子をしてすわっていた。その前にはブリキ製のチンドン屋の玩具《おもちゃ》が、ゼンマイ仕掛けで、チンドン、チンドンと太鼓をたたきながら、机の上を歩いていた。

名探偵は道化人形の蒐集《しゅうしゅう》でもはじめたのであろうか。だが、彼は玩具に打ち興じているような顔つきではない。机の前に腕を組んで、苦虫を噛《か》みつぶしたような渋面《じゅうめん》をしてじっとそれらの玩具をにらみつけているのだ。

明智は野上みや子という娘が、何者かに惨殺されて、その屍体が石膏像の中にぬりこめられていた事件を、新聞で読んで、ひどく興味をそそられていた。出来れば、この怪事件を自分の手で解決してみたいと考えていた。

すると、ちょうどそこへ、ある夕方、被害者野上みや子の許嫁《いいなずけ》者の白井というピアニストがたずねて来て、同じ犯人がみや子の妹のあい子という娘をつけねらっているらしいと云い、明智にその犯人捜査を依頼したのであった。

名探偵は、すすんでもこの奇怪な犯罪の渦中に飛び込んで見たいと思っていた際なので、喜んで白井の依頼に応じた。そして、その晩、白井の案内で野上あい子の家をたずねたのだが、一《ひ》と足違いで、あい子はすでに犯人のために誘拐《ゆうかい》されたあとであった。犯人は白井からの使いと称して、あい子を自動車に乗せ、どことも知れず連れ去ってしまったのである。

それからもう一週間経過していた。だが警察のあらゆる捜索にもかかわらず、あい子の行方は杳《よう》として知れなかった。明智も白井やあい子の母親などから、前後の事情をくわしく尋ねて、いろいろ仮説を組立ててみたが、まだ明確な判断をくだすまでになっていなかった。

犯人は何者か。あい子はどこへ連れ去られたのか。この犯罪の動機はいったいどこにあるのか。復讐か、痴情か、それとも単なる狂人の仕業なのか。あい子もその姉と同様にすでに殺害され、思いもよらぬ奇妙な場所にかくされているのではないか、等等、疑問百出、しかもその一問さえも明確にとくことは出来ないのであった。

その何者とも知れぬ犯人は、世にも可愛らしい道化師の扮装《ふんそう》をしていた。顔には壁のように白粉をぬり、頬に赤い丸をかき、口紅をぬり、まっ赤な水玉模様のダブダブの衣裳を着ていた。そして、被害者のところへ、前もって、自分と同じ姿の道化人形を郵送する癖があった。ある時は土製の指人形を、ある時はブリキ製のチンドン屋の人形を送りつけて、被害者を震え上がらせるのであった。

　今、明智の机の上にある二つの道化人形は、野上あい子の母親から借り受けた、その犯罪予告の人形であった。明智はほかにも事件を持っているので、そればかり考えているわけにはいかなかったが、少しでも暇があれば、それらの道化人形を取り出して、チンドン屋を歩かせて見たり、指人形を指にはめたりして、この奇怪な事件について思いわずらうのであった。

「道化師とは妙な着想だ。この犯人はユーモアを解しているとでもいうのか。いったい殺人にユーモアがあるのか。あれば地獄のユーモアだ。新聞記者が『地獄の道化師』という見出しをつけたのももっともだ。フフン、相手にとって不足はないぞ。さあ、人形さん、これから智恵くらべだ。お前と俺の智恵くらべだよ」

　明智は冗談らしくそんなことをつぶやきながら、手首に道化人形をはめて、ヒョイヒョイと踊らせて見るのであった。

「先生、白井さんがいらっしゃいました」

　振り向くと、助手の小林《こばやし》少年が、ドアをあけて立っていた。明智が道化人形とたわむれている様子をびっくりしたように見つめている。

「エ、白井さんが、こんな夜ふけに？　何かあったんだな。すぐここへ通したまえ」

少年助手が立ち去ると、引違いにピアニストの白井清一がただならぬ様子ではいって来た。演奏会の帰りと見えて、タキシードを着ているのだが、カラーはゆがみ、ネクタイはほどけかけて、日頃身だしなみのよい彼にも似合わぬ恰好《かっこう》である。

「先生、又新しい事件が起ったのです」

彼は挨拶もしないで、いきなりそういうと、ガックリと椅子に腰をおろした。

「エ、新しい事件？　こいつがですか」

明智は手首にはめたままの、道化人形を持ち上げて見せた。

「ええ、そいつです。今度は舞台の天井から短剣が降ったのです。相沢麗子《あいざわれいこ》が今少しのことでやられるところでした」

「相沢麗子ですって？」

相沢といえば世に聞こえた新進のソプラノなので、明智もその名を知っていた。

「今度はあの人がねらわれているのです。つい今しがたのことです。僕が伴奏して、シューベルトの『垣根《かきね》の薔薇《ばら》』を歌いかけたところへ、突然、舞台の天井から、サーッと短剣が降って来たのです。そして、あの人の肩をかすめて舞台の板の間へ突きささったのです。

「場所はH劇場です。社会事業へ寄附の会で、会場いっぱいの入りで、非常な盛会だったのですが、その中へ短剣が降ったのですから、大変な騒ぎになってしまいました。とても独唱なんかつづけられやしません。お巡りさんがかけつけて、舞台の天井から、楽屋から、地下室まで調べたのですが、犯人はとうとう発見されませんでした。

「僕も取調べを受けましたが、それがすむと、すぐこちらへおたずねしたのです」

白井は息もつかずそこまでしゃべりつづけると、ひとまず口をつぐんで、まっさおな顔で、じっと明智を見つめた。

「短剣を天井から投げつけたのですか、それとも、何かの仕掛けで、適当な時に落ちるようにしてあったのですか」

明智はすぐさま要点の質問にはいって行った。

「投げつけたらしいのです。舞台係の者が、チラッとそいつの姿を見たというのです。何だか、まっかな着物を着たやつが、舞台の天井を這っていたというのです。天井には芝居に使ういろいろな道具が吊ってあって、ひどくゴタゴタしているのですが、その天井裏の細い歩板《あゆみ》の上を、まっ赤なやつが、非常なはやさで走って行くのを、チラッと見たというのです」

「道化服ですね」

「ええ、そうらしいのです」

「で、そいつは結局見つからなかったのですね」

「どこから逃げたか、まったくわからないのです。見物席の方からはむろん逃げられませんし、楽屋口の方にも、たくさん人がいたのに、誰もそんな赤い着物のやつを見かけなかったというのです。警察の意見では、その赤い服をぬいで、別の姿になって、何食わぬ顔で出て行ったのだろうというのですが」

「そうかも知れませんね。演奏会などでは、楽屋にも、日頃お馴染《なじみ》のない人がたくさんいたわけでしょうから、赤い上衣をぬいで、普通の背広姿かなんかになれば、ちょっと見わけがつかなかったでしょうからね」

「そうです。警察の人の意見もそうなのです」

「フフン、あいつのやりそうなことだ。演奏会の華やかな舞台の上で、恐ろしいお芝居をやって見せようとしたのですね。石膏像の場合と同じ着想です。虚栄心《きょえいしん》というか、見せびらかしというか、あいつのやり方には、いつも常識では判断の出来ない気違いめいたところがある。でも、短剣が的《まと》をはずれたのはなによりでしたね」

「ええ、しかし、これきり犯人があきらめてしまうはずはないので、相沢麗子はもうおびえきって、ほんとうに気の毒です。

「やっぱり相沢さんのところへも、今朝、それと同じ道化人形が郵送されて来たんだそうです。僕は舞台へ出る少し前に、相沢さんからその話を聞いて、ハッとしたのですが、まさか、あいつが演奏会の中へやって来るとは思わないので、ともかくプログラムを進めたのです」

「やっぱり予告をしたのですね」

「ええ、それと同じ人形らしいのです。相沢さんは、すぐそのことを警察へ届けておいたのだそうです。だから、演奏会にも、私服の刑事がたくさんはいり込んで、警戒はしていてくれたんだそうですが、なんの甲斐《かい》もなかったのです」

「で、相沢さん、無事に帰宅しましたか」

「ええ、警察で充分警戒してくれて、家にも見張りをつけるということでした。しかし、相手が相手ですから油断は出来ません。やはり先生にもあの人のことをお願いしたいと思いまして。相沢さんにも先生のことはちょっと話してあるのです」

「相沢さんの家はどこです。電話はありますか」

「やはりこの麻布区のS町です。電話もあります」

「それじゃ、あなた電話をかけて、その後の様子をたずねてみて下さい。又あい子さんのようなことが起っては大変だから、どんなことがあっても決して外出しないように、よく注意して上げて下さい」

「ええ、そうですね。じゃ電話を拝借《はいしゃく》して……」

白井は明智の前の卓上電話を借りて、相沢麗子の家に電話をかけ、本人を呼び出して、明智に事件を依頼していることをつげ、偽の使いなどにだまされぬようにと、くれぐれも注意をあたえた。麗子の身辺にはその後別に変ったことも起らず、二人の私服刑事が厳重に見張りをつづけていてくれるということであった。

その通話がすむと、明智は警視庁の兵藤《ひょうどう》捜査係長に電話をかけて、この事件に関係するつもりだからと、諒解《りょうかい》を求めた。兵藤係長は明智とは非常にしたしい間柄なので、先方からも、この事件の捜査の困難なことをこぼしたりしてこころよく諒解を与えてくれた。

「君の力で犯人を発見してくれれば、大助かりなんだが」

などと、冗談をいったりした。

明智は電話をかけ終ると、白井の方に向きなおって、又質問をはじめた。

「相沢さんにはむろん心当りはないのでしょうね。誰かに恨みを受けているというような……」

「少しも心当りがないというのです。それについて、僕は不思議に思うのですが、野上のみや子やあい子と、こんどの相沢さんとは、知り合いでもありませんし、その間になんの関係もないのです。それに突然あいつが相沢さんをねらい出したというのは、どういう心持なのだか、まるで見当がつきません。出鱈目の気違い沙汰《ざた》としか考えられません」

白井はぶっつかっていく相手のないのを、もどかしがるように、拳を握りしめるのであった。

「あなたと相沢さんとは親しい間柄ですか」

明智が何か意味ありげにたずねた。

「ええ、二年ほどの交際ですが、相当親しくしています。伴奏はきまって僕がすることになっていますし、個人的にも親しくつき合っています」

「じゃ、こんどの事件は、必ずしも出鱈目ともいえませんね」

「エッ、それはどういう意味でしょうか」

白井はびっくりしたように探偵の顔を見た。

「考えてごらんなさい。野上みや子さんはあなたの許婚だったでしょう。その妹さんのあい子さんは、むろんあなたと親しい間柄ですし、それからこんどの相沢さんもそういうふうにあなたのお友達じゃありませんか。だから、あなたを中心にして考えれば、この三つの事件には、決して連絡がないとはいえませんよ」

「だから、どういうことになるのでしょう。僕にはよく呑み込めませんが」

白井は変な顔をして、目をパチパチさせた。

「いや、だからどうというわけではありません。ただ、まったく連絡がないのではないということを云ったまでです。僕はね、そういうふうに連絡をつけてみて、あなたにはげしい嫉妬《しっと》を感じているような人が、どこかにいるのではないかと、ふと考えたのです。そういうお心あたりはないのですか」

明智は微笑を浮べながら、相手の男らしい美貌を見やった。

「ああ、その意味だったのですか。いや、残念ながらそんな艶福《えんぷく》はありませんよ。それに、なるほどみや子とは許婚でしたが、あい子も相沢さんも、別にそんな関係があるわけじゃないのですから」

白井は少し目のふちを赤くして打ち消すのであった。

「なるほど、あなた自身から考えればそうですがね。しかし、そのほかに、三人の被害者にはこれという連絡がないのだから、やはり探偵の仕事の上では、一つの要素として考えに入れておかなければならないのです。

「たとい何の関係がなくても、嫉妬というものはそんな理性的なものじゃないのですから、少しでももしやというようなお心あたりがあれば、打ち明けておいてほしいと思うのですが」

明智はなぜか執拗にその点を問いつめるのだ。

「いや、そういうことはまったくありません。僕を中心として考える場合には、そういう嫉妬を感じるのは女性の側ですが、第一、こんどの犯人は女性じゃないのですし、それに、僕はその方面にひどく臆病な方《ほう》で、従来そういう関係を結んだ女なんて、まったくないのですから」

白井は青年らしくむきになって弁明するのであった。

「いや、失礼失礼、ついあなたの感情を考えている余裕がなかったものだから、探偵なんていう仕事は、どうも物云いがあけすけになりがちで困るのです。気をわるくしないで下さい」

明智は笑いながら詫言《わびごと》をしたが、ちょうどその時、ピシッという音がして、どこからか、小さな矢のようなものが飛んで来て、机の上のチンドン屋の人形の前に、まっ逆さまに突き刺さった。

二人はハッとして思わず立ち上がった。

さすがに明智はす早く、立ち上がったかと思うと、部屋の一方のあけ放された窓にかけ寄って、庭をのぞいていた。

だが、せまい庭には人のかくれるような場所もなく、一目で誰もいないことがわかった。おそらくそのすぐ向うの塀越《へいご》しに投げ込んだものであろう。塀の外とすると、今さら追っかけてみても無駄なことはわかっていた。

明智は机の前にもどって、ソッとその矢のようなものを抜き取って調べてみた。それは子供の玩具の吹矢《ふきや》であった。紙を細く巻いて、その先に針をつけた、長さ三寸ほどの吹矢であった。

「おや、何だか中に巻き込んであるぞ」

吹矢の紙の筒の中に、小さな字を書きならべた、薄い紙がはいっていた。明智はそれをつまみ出して、ていねいに机の上にひろげた。

「やっぱりあいつの仕業《しわざ》だ。ハハハハハ、あいつ、僕がこわいのですよ。ごらんなさい。僕にまで、こんな脅迫状をよこしましたよ」

その薄い紙片《かみきれ》には、細かい文字で左のようにしたためてあった。

明智君、おせっかいはよしたまえ。もし君がつまらない手出しをすると、おれは一人余計に殺生《せっしょう》をしなければならないからだ。つまり君の命があぶないからだ。

わかったかね。だまって引込んでいる方が君のためだ。第一君がどんな智恵をしぼってみたって、この事件の謎がとけるはずはない。それは人智でははかり知ることの出来ない地獄の秘密だからだ。理窟をこえた神秘の謎だからだ。
地獄の道化師より

「フフン、味な真似をやるな。地獄の道化師だなんて、新聞記者のつけた名を、ちゃんともう使っている。白井さんこいつはなかなかインテリですよ。ありきたりの犯罪者じゃない。このお芝居はどうです。地獄の秘密だ、神秘の謎だなんて、古くさい探偵小説にでも出て来そうな文句じゃありませんか」

明智はこともなげに笑っていたが、その脅迫状を読んだ白井はいよいよ恐怖の渦の中へ巻き込まれていくような、なんともいえぬ不安を感じないではいられなかった。

綿貫創人

挑戦状の中に「君がどんなに智恵をしぼっても、この事件の謎がとけるはずはない。それは人智でははかり知ることの出来ない地獄の秘密だからだ。理窟をこえた神秘の謎だからだ」という文面があった。

これはかならずしも賊《ぞく》のこけおどしとのみは考えられなかった。この事件には最初から、何かしら賊のいわゆる「地獄の秘密」とか「神秘の謎」とかいうようなものが感じられた。これだけの大罪をおかしながら、いまだに犯人の正体が想像さえもつかないという一事だけでも、「神秘の謎」に違いなかった。被害者たちは、彼女の生命をねらう相手にまったく心当りがないというのだが、そういうことがはたしてあり得るのだろうか。

狂人の仕業《しわざ》といってしまえばそれまでである。だが、狂人にこんな綿密な計画がたてられるものではない。この犯罪はまったく出鱈目な殺人狂の仕業のように見えて、案外そうでないところがあった。彼の犯罪計画には、よく考えてみると、ちゃんと筋《すじ》路《みち》が立っているようでもあった。

「白井さん、面白いといってはなんですが、僕はこの事件を非常に面白く感じているのです。この事件の裏には、犯人自身もいっているように、何か途方もない秘密がかくれているのです。表面に現われた出来事からは、まったく想像も出来ないような事柄が、どこかにひそんでいるのです。

「僕はさっきから、ここであの道化人形をおもちゃにしながら、いろいろ考えていたのですが、すると、あの人形が僕にそんなことをささやくような気がしたのです。この賊の挑戦状を読むと、いっそうそれがはっきりして来ました。

「表面に現われているだけでも、ちょっと前例のないような犯罪事件ですが、その裏にはもっともっと恐ろしいものがかくれているのですよ」

明智は真剣な表情で、宙《ちゅう》を見つめながら、なかばひとりごとのようにいうのであった。

「あなたがそうおっしゃるようでは、いよいよ安心が出来ません。相沢さんは大丈夫でしょうか。あいつはまるで神通力《じんつうりき》を持ったようなやつですからね。こうしていても、なんだか不安で……」

白井清一はじっとしていられないように、椅子から立ち上がろうとするのだ。

「何でしたら、あなたはもういちど相沢さんのところへ行って上げてはどうですか。そしてね、窓を注意するようにいって下さい。毒の吹矢ということもあるのですからね。あいつが吹矢の名人だとすると、その点も注意しなければなりません」

「アッ、そうですね。先生、もういちど電話を貸して下さい。一刻もはやくそのことをいってやる方がいいと思いますから」

白井は又卓上電話にしがみついて、麗子を呼出し、窓という窓をしめきるように注意を与えた。

「では、僕、これからもういちど相沢さんのところへ行ってみますが、もしお差支《さしつか》えなかったら、先生もおいで下さいませんでしょうか」

「ええ、むろん僕も行きますが、あなたといっしょではなく、僕は僕で、別に行くことにしましょう」

明智が意味ありげに微笑して答えた。

「エ、別と云いますと」

「明智と名乗らないで、或《あ》るまったく別の人物になりすまして行くのです。敵を謀《はか》るためには、まず味方を謀らなければなりません。ね、わかったでしょう。つまり、僕はあなた方のまるで予期しないような、意外な方法で相沢家を訪問しようというわけです」

明智は白井の耳に口を寄せて、ささやくようにいうのであった。

「ア、そうですか。わかりました。ではどうかよろしく願います。僕はこれからすぐあちらへ参りますから」

白井は相沢麗子の住所を書きとめた紙片《しへん》を明智に渡し、挨拶《あいさつ》もそこそこに、そそくさと探偵事務所を立ち去った。それから間もなく、明智も事務所から姿を消したが、どんな風体《ふうてい》をして、どこから出て行ったのか、誰も知るものはなかった。表門からも裏門からも、明智らしい人物が立ち出でた様子はさらになかったが、しかし、彼はその夜じゅう、彼の家にはいなかったのである。

警察の厳重な警戒が功《こう》を奏《そう》したのか、明智探偵の側面からの護衛がものをいったのか、その夜は、相沢麗子の身に別段の出来事もなく明けた。

その翌日午前十時、いつの間に帰ったのか、明智は事務所の書斎で、又しても例の道化人形をおもちゃにして、何か考えごとにふけっていた。

「先生、この人がぜひお目にかかりたいといって聞かないのですが……」

助手の小林少年が困ったような顔をしてはいって来た。彼は明智が昨夜外で徹夜したことを察しているので、はじめての訪問者を追い返そうとしたのだが。

明智は名刺を受取って、一と目見ると、にわかにいきいきとした顔になった。

「いいから、ここへ通したまえ。綿貫創人がやって来たんだよ。君忘れたのかい。綿貫といえば、道化師の事件で、最初下手人《げしゅにん》の嫌疑を受けた奇人彫刻師じゃないか。先生疑いがはれて、帰宅を許されたんだ」

やがて、その創人が、小林少年に案内されて、あの骸骨のように骨ばった顔の中に、大きな目をキョロキョロさせてはいって来た。しばらく警察に留置されていたあとなので、いっそう憔悴《しょうすい》して、彼のダブダブの背広服もひどくしわくちゃになっていた。

挨拶がすむと、明智はいたわるように彫刻家に椅子をすすめた。

「僕は、いちどあんたとお目にかかりたいと、前から思っていたんです。探偵って、いい仕事ですねえ。僕も、探偵ということには興味を持っているのですよ」

創人は美術家らしい無遠慮な調子で、いきなりそんなことをいった。

「大変な御災難でしたねえ、アトリエまで焼かれてしまったというじゃありませんか」

明智もニコニコして応じた。

「いや、アトリエなんて、あんなぼろアトリエなんてどうでもいいんですよ。それよりか、僕はこんどの殺人事件に興味を持っているんです。実は一昨日《おととい》警察から帰されましてね、それから新聞を読んで、やっとこの事件の大体がわかった始末ですが、なんだか、僕もこの事件を探偵してみたいような気がするのですよ」

創人は骸骨のような顎をガクガクいわせて、ひどく熱心にいうのである。

しかし、明智はそれを聞いて、何となく腑《ふ》に落ちぬ感じがした。創人は明智がこの事件に関係していることを、まるでわかりきったことのようにしゃべっている。明智がこの事件の依頼を受けたなどと新聞に出たわけではないし、それを知っている者は、白井清一と、野上あい子の母親と相沢麗子のほかにはないはずだ。創人はいったいその秘密をどうしてかぎつけたのであろう。

「で、僕に御用とおっしゃるのは、どういうことですか」

明智はいささか警戒気味になって、さりげなくたずねた。

「いや、それは、なんです。変なことですが、先生、僕をひとつ弟子《でし》にしてくれませんか。探偵の方《ほう》のですよ。あんたがこの事件に関係していられるということは、おおかた察しているのです。明智探偵ともあろう人が、これほどの大事件に興味を持たれないはずはありませんからなあ。ハハハハハハ、で、この事件の犯人捜査を僕にも手伝わせてほしいのですよ」

怪彫刻家はいよいよ無遠慮なことを云い出した。素人《しろうと》のくせに、ひとかど役にたつつもりでいるのだ。

「まるで、僕がこの事件を引受けているときめたようなお話ですね」

明智が皮肉にいうと、彫刻家はまん丸な目をむいて、

「いや、僕はそうきめているのです。直覚力のするどい方でしてね。めったに間違いません。先生、あんたむろんこの事件には御関係なのでしょう」

と、ヌーッと首を前に突き出して、明智の顔をのぞき込むようにするのだ。

「それは、御想像にまかせますが、しかし、あなたが、この事件の探偵にそれほど興

味をお持ちになるのは、何か特別の理由があるのですか」

「ありますとも、あいつを見つけ出して復讐《ふくしゅう》してやりたいという気持もむろんありますが、それよりも、この事件のなんともいえぬ怪奇味が僕を引きつけるのです。おわかりでしょう。探偵本能というやつですよ。

「昨夜は第三の被害者がすんでにやられるところだったというじゃありませんか。どうです。あいつは若い女ばかりねらっていますね。いったい何が目的なんでしょうな。先生は、もうちゃんとおわかりかも知れませんが」

創人はまたしても、ヌーッと首をつき出して、まるで相手の腹の中を見抜こうとでもするように、大きな目を光らせるのであった。

明智はその地獄からはい出して来たような奇怪な顔を見ているうちに、ふと妙なことを考えた。

もしやこいつがあの吹矢の主ではあるまいか。こいつこそ恐るべき道化師その人なのではあるまいか。

このギョッとするような考えが、名探偵をはなはだしく喜ばせた。ああ、こいつがあの殺人鬼だとしたら、目の前にその大敵が笑っているのだとしたら！

「関係しているいないは別として、むろん僕もこの事件には興味を持っていますが、まだ何もわかっていないのです。犯人が誰であるかということはもちろん、犯人の目的がなんであるかも、僕には少しもわからないのです」

「ほんとうですか。名探偵らしくないお言葉ですね。……僕はいろいろ想像をめぐらしたのですが、(注2)青髭《あおひげ》じゃありませんか。エ、よく西洋の話にある、あれじゃありませんか。被害者がみんな若い女ですからね。

「ああ、被害者といえば、僕は最初にやられた野上みや子という娘を知っているのですよ」

「エ、みや子を御存知ですか」

「そうです。実は、今日はそれもお知らせしたいと思って、やって来たのです。あの女は以前、僕の弟子だったことがあるのですよ。ちょっと風がわりな女でしてね。油絵を習いに来ていたのです。絵の方は僕は専門じゃありませんが、素人の女に教えるくらいのことは出来るもんですからね」

「いつ頃のことですか」

「もう二年ほど前になります。まだ女学校を出たばかりでした。半年ほども僕のアトリエへ通ったことがあるのです」

「妹のあい子もご存知ですか」

「いや、家族のことは何も知りません。みや子は女学校の絵の教師をしている僕の友達の家《うち》で知り合いになったのですが、どういうものか、僕が気にいったとみえましてね、いつの間にか僕の家へ稽古に来るようになったのです」

「すると、第一の被害者とあなたとはまんざら無関係ではなかったわけですね。こんどの事件で、犯人があなたに嫌疑がかかるように仕向けたのも、偶然ではないともいえますね」

明智はふとその点に気づいて、ちょっと驚いたように相手の顔を見た。

「そうです。犯人は僕とみや子の関係を知っているやつではないかと思うのです」

「しかし、関係といっても、ただ絵を教えられたばかりなのでしょう」

明智は、創人が関係という言葉に一種の調子をつけたことを聞きのがさなかった。

「いや、それが、かならずしもそうではないのです」

創人がなぜかニヤニヤと笑った。

「と云いますと？」

「みや子という娘は一風《いっぷう》かわっていましてね。なんと云いますか、ロマンチストと云いますか、まあ夢見る女なのですね。この僕のどこがよくてか、あの娘は僕に師弟以上の好意をよせたのですよ」

明智はそれを聞いて、思わず相手の骸骨のような顔をながめないではいられなかった。同性が見ては、およそ恋には縁遠い顔である。だが夢見る少女には、外貌《がいぼう》よりも、この彫刻家の芸術家らしい精神が好もしかったのかも知れない。

「ところが、僕はどうもあの娘が好きになれなかったのです。あの娘には、なんと云いますか、どうしても好きになれないところがあるのです。宿命的に僕とあの娘とは肌が合わないとでも云いますか、先方が好意を見せれば見せるほど、僕はゾーッとして、顔を見るのもいやになったのです。それで、とうとう僕の方から師弟の関係を絶ってしまったのですがね」

「みにくい人だったのですか」

「いや、そうでもないのです。美しいとはいえないかも知れませんが、まあ普通ですね。みにくいのじゃありません」

「おかしいですね。それじゃあなたがこんどの事件に巻き込まれた理由がわからなくなるじゃありませんか。みや子さんと親しい間柄なればとにかく、今のお話ではその反対なのに、みや子さんを憎む者があなたに仇《あだ》をするというのは考えにくいことですね」

「そうです。僕もその辺のところが、まるでわからないのですがね。別に理由なんかなく、ただちょうどいい位置に僕のアトリエがあったので、僕を嫌疑者に仕立てる気になったのかも知れません。

「それにしても、ひどいやつです。あいつ僕を焼き殺すつもりだったのですからね。園田という刑事が救い出してくれなかったら、僕は今頃こうしてはいられなかったのです」

「だから、僕は、偶然位置の関係からあのアトリエがえらばれたにしては、あなたはひどい目にあいすぎていると思うのですよ。いくら悪人でも、何の恨みもないあなたを、焼き殺そうとくわだてるなんて、少しひどすぎるように思うのです。これには何かわけがあるのかも知れませんね」

明智はそういって、じっと相手の眼の中を見つめた。創人も何かギョッとしたような表情になって、探偵を見かえした。二人はそうしてやや一分間ほども、だまり込んで顔を見合わせていた。

「明智先生、あんた、もしや僕を疑っているんじゃありませんか。被害者の一人と見せかけていたやつが、実は犯人だったという実例はたくさんあるんですからね」

創人が大目玉をギョロギョロさせて、思いきったように云い出した。

「ハハハハハ、そうですよ。さきほど、ちょっとそんなふうに思ったのですが、あなたのお話を聞いているうちに、そうでないことがわかりました。あなたは人殺しなんか出来る人じゃありませんよ」

明智はこともなげに笑って見せた。

「じゃ、僕に探偵の助手をさせてくれますか」

「ええ、手伝って下さい。これから先、あなたでなければ出来ないような仕事があるかも知れませんからね」

明智は何か意味ありげにいって、ニコニコしながら、彫刻家の骸骨のような顔を見つめるのであった。

巨人の影

その夜のことである。

麻布区S町相沢麗子の家は、四名の私服刑事によって守られていた。刑事たちはそれと目立たぬ扮装をして、或《ある》いは表門の前を、裏口を、或いは塀外《へいそと》の闇を、通行人の一人一人に注意の目を光らせながら、行ったり来たりしていた。

むろん明智小五郎も、どこかで夜の警戒にあたっているはずであったが、相沢家の人たちも、刑事たちも、そのことは少しも気づいていなかった。彼は誰一人思いも及ばぬ人物に扮装して、意外な場所に身をひそめていたのである。

麗子は奥まった彼女の部屋で、父の相沢氏と、今夜もたずねて来た白井清一とに見守られながら、雑談に不安をまぎらしていた。

庭に面した八畳の日本間を、洋風にしつらえて、椅子テーブルを置き、一方の壁際にはピアノをすえ、壁面には新進洋画家M氏の風景画などをかけて、しっとりと落ちついた色彩が、麗子の上品な趣味を語っていた。

庭に面しては日本障子の外にガラス戸がしめきってあった。吹矢の注意を受けてからは、昼間でもガラス戸をあけたことはなく、睡眠中は、日頃使用したことのないガラス戸の外の雨戸《あまど》もしめることにしていた。

麗子は純白の絹のブラウスを着て、グッタリと肘掛椅子《ひじかけいす》にもたれていたが、青ざめた顔がひとしお冴《さ》えわたって、日頃とは別様の美しさであった。

三人が話題もつきて、ちょっとだまり込んでいるところへ、襖《ふすま》がひらいて、女中が一通の手紙を持って来た。

「あら、琴野《ことの》さんからよ。おたずねする約束を、お断りもしないでほうっておいたものだから、きっとそのことだわ」

麗子は救われたように元気づいて、その手紙を開封した。琴野というのは音楽学校の同窓の親しい女性なのだ。

だが、封を開いて、用箋《ようせん》をひろげたかと思うと、麗子の上半身がビクッと動いて、見る見る顔色がかわって行った。

「どうしたんだ、麗子」

父の相沢氏が、びっくりして、娘を見つめた。相沢氏は半白《はんぱく》の髪をふさふさとわけた、細面《ほそおもて》の、弱々しい人であった。五十歳を越しているのであろう。銘仙《めいせん》の不断着《ふだんぎ》に黒い兵児帯《へこおび》を巻いている腹の辺《あたり》が、蟷螂《かまきり》のように痛々しくやせていた。

「白井さん、又よ。琴野さんの名をかたって、あいつがよこしたのよ」

麗子はどうしていいかわからないというように、紙のように青ざめた顔で、ささやきながら、その用箋をテーブルの上に置いた。

白井がそれを読んでみると、憎むべき悪魔は左のような恐ろしい脅迫の言葉を書きつらねているのであった。

> 今宵こそ、君の身辺に一つの異変が起るであろう。用心したまえ。道化師はあくまで地獄の道化を思いきらないのだから。今宵こそ、君はその美しい顔を、底知れぬ恐怖のためにゆがめなければならないであろう。

「麗子さん、あいつの思う壺《つぼ》にはまっちゃいけませんよ。こんなことをいって、君をこわがらせようとしているのです。それだけです。なんでもないのですよ。

「それにお父さんも僕もついているんだから、いくらあいつだって、何が出来るものですか。安心していらっしゃい。安心していらっしゃい」

白井はともかくも、麗子をなぐさめるほかはなかった。

「そうだよ。今夜は四人の刑事さんが、家のまわりを見張っていて下さるんだからね。それに、さっき白井さんもおっしゃったように、あの明智探偵が、お前のことは引受けていて下さるんだ。ちゃんとどこかで見張りをしていて下さるんだ。

「この厳重な見張りの中を、来やしないよ。何も心配することはない。それよりもどうだ。ひとつ白井さんにピアノをひいていただいて、なにか歌ってみたら」

相沢氏も、一人娘のいとしさに、わが恐怖をおしかくして、麗子を力づけるのであった。

「そうね、何もこわがることはないわね」

麗子は強いて微笑しながら、二人を安心させるために、虚勢を張って見せた。

「じゃ、白井さん、歌いましょうか」

「ええ、それがいいでしょう。ひとつウンと歌いまくって悪魔をびっくりさせてやろうじゃありませんか」

白井は気軽に立ってピアノの前に腰かけ、譜本《ふほん》を撰《よ》りはじめた。

麗子は歩く力もないほど、心も萎《な》えていたけれど、せい一ぱいの気力で立ち上がってピアノの方へ近づいて行った。

ちょうど、その時。

障子一面にパッと、稲妻のような恐ろしく強い光がさした。目もくらむ青白い光だ。それにくらべては、部屋の電燈などは行燈《あんどん》のように薄暗く感じられるほどであった。

とっさにその光源を判断することが出来なかった。雷の鳴るような空模様ではなかったし、サーチライトの直射でも受けない限り、こんな強い光がさすわけがなかった。

三人は思わず立ち上がって、昼のように明るい障子を見つめた。

まんなかの二枚の障子いっぱいに、何かの影がまっ黒に写っていた。木の影かしら。いや、庭にこんな木はなかったはずだ。

その影は、頂上が鋭角を描いてとがっていた。その鋭角の三角形の下に、何かえたいの知れぬデコボコのものがあった。そして、障子の下端に近く、その影は左右にスーッとひろがっていた。

何だか、べら棒に大きな人の顔のようでもあった。幅一間以上の人の顔……アッ、あの三角形のものは、帽子じゃないのか。道化師のとんがり帽子じゃないのか。

あまり大きすぎるために、急にそれとわからなかったが、いちど気がつけば、もう疑うところもない道化師の影であった。道化師の頸《くび》から上の影であった。その影が、すさまじい光り物の中を、ゆらゆらとこちらへ近づいて来るように見えた。

「あああ……」

というような、世にも悲しげな、するどい悲鳴が響きわたった。

その悲鳴を合図のように、青白い光がパッと消え去ってあの怪物の影のうつっていた部分が、網膜の残像現象によって、しばらくの間、白い巨人となって障子の上に残っていた。

相沢氏は畳の上にすわって、気を失った麗子をかかえていた。そして、何か云おうとしているのだが、唇が小刻みに震えるばかりで、声とはならなかった。

白井は物につまずきながら、恐ろしい勢いで障子の方へかけ寄って行った。そして、はげしい音をたてて障子を引きあけると、縁側に出て身構えした。道化師と組打ちをする覚悟なのだ。

ガラス戸の外は灌木《かんぼく》の茂った庭であった。室内の電燈の光がさしてはいるけれど、ハッキリ物の形を見わけられるほど明るくはない。

ガラス戸越しに見ていると、暗い茂みの蔭《かげ》に、何かうごめいているように感じられた。闇の中から、二つの目を光らせて、じっとこちらをうかがっているやつがあるような気がした。

白井は勇気をふりしぼってガラス戸を開いた。そして、今にも庭へ飛び降りようと身構えていると、向うの庭木がガサガサと鳴って、その闇の中から、人の形をしたものがスーッとこちらへ近づいて来るのが見えた。

乞食少年

「誰だッ、そこにいるのは誰だッ」

白井がどなりつけると、相手は案外おだやかな調子で答えた。

「私ですよ。今恐ろしい光りものがしましたね。驚いてかけつけて来たんです」

近づいて来ると、何のことだ、麗子を守っていてくれる警視庁の刑事の一人であった。

「ああ、あなたでしたか。今、ここの障子へ、あいつの影が写ったのです。道化師の顔が大きくうつったのです」

「エッ、道化師の顔が？」

「そうです。だから、あいつその辺にかくれているんじゃないかと思って……」

「じゃ、今の光で、あいつの影がうつったのですね。光りものはこの見当でしたが……」

刑事は庭木の向うの生垣《いけがき》の辺を指さした。

すると、まるでそれが合図ででもあったように、その生垣の外の辺から、ただならぬ人声が聞こえて来た。

「オイ、待てッ。お前たち、そんなところで何をしていたんだ」

「なんでもいいから、ちょっとこっちへ来い」

「貴様手向いする気かッ」

二人の刑事らしい声が交互にどなっていた。相手は何者であろう。低い声で応答しているので、言葉の意味はわからない。

それを聞くと白井の前にいた刑事も「ちょっと失礼します」と云いすてて、いきなり表門の方へかけ出して行った。二人の刑事を助けて、曲者《くせもの》をとらえるためであろう。

やがて、生垣の外の人声はだんだん遠ざかって行ったが、しばらくすると、さっきの刑事が先頭に立って、数人の人影が、ドヤドヤと庭へはいって来た。三人の刑事にとりかこまれて、引立てられて来た曲者というのは、大小二人づれの乞食のような風体の人物であった。

大人の方は破れた古ソフト帽を、目がかくれるほど深くかぶり、よごれたジャンパーに、綿ズボン、草履《ぞうり》ばきという、むさくるしい風体、その男に手を引かれているのは、まだ十四五歳のボロボロに破れた木綿縞《もめんじま》の和服を着た乞食少年であった。

「この二人のやつが、ちょうどあの光りもののしたあたりで、なんだかゴソゴソやっていたのです」

さっきの刑事が白井に説明しておいて、二人の乞食に向って叱りつけるようにたずねた。

「お前たちは、いったいあすこで何をしていたんだ。お前たち職業があるのか。見たところ乞食のようだが、こんなさびしい町になんの用があったのか」

「見張りをしていたのですよ」

大人のルンペンが低い声で答えた。

「見張りだって？　いったい、なんの見張りをしていたんだ」

「道化師ですよ」

「エッ、道化師？　それじゃお前はここが誰の家か知っているんだな」

「知っています」

「オイッ、君は誰だ。なんだって道化師の見張りなんかしていたんだ。君はどこのものだ」

「明智っていうもんです」

なにか笑いを噛み殺しているような声であった。

「なに、明智? 君はまさか……」

「そうです。その明智小五郎ですよ」

男は帽子をとって、一歩前に出た。部屋からの光線の中に、風体に似てもつかぬ知識的な顔が浮き上がった。

刑事たちはアッといったまま、言葉もなく立ちすくんでしまった。彼等は明智の顔をよく知っていたからである。

「アッ、明智先生ですか。変装していらっしゃるとは聞いていましたが、まさかそんな変装とは思いませんでした。……皆さん、明智先生には僕からご依頼してあったのですよ」

白井が刑事たちに説明した。

「そうでしたか。ハハハハハ、明智さん、人がわるいですね。それならそうと早くおっしゃって下されば、あんな失礼なことをするのじゃなかったのです」

刑事たちは、明智が上官兵藤捜査係長の親友であることを忘れなかった。

「いや、失敬失敬、しかし、あなた方決して見当違いをやったわけじゃないのですよ。ちゃんと犯人をつかまえたんですからね」

明智はニコニコ笑いながら、例の気軽な調子で云った。

「エッ、犯人ですって？」

「そうですよ。こいつが犯人なんです」

明智は手を引いていた乞食少年を、グッと皆の前に引き出して見せた。

「この子供がですか。しかし、さっきこの部屋の障子にうつったのは、例の道化師の影だったということですが」

「そうです。それは僕も外から見ました。あいつはまだそこにいるんですよ」

「エッ、そこと云いますと」

明智の意外な言葉に、刑事たちはハッと色めきたった。

「その茂みの中です」

明智は庭木の彼方《かなた》を指さした。

「あすこに道化師のやつがかくれているのですか」

刑事が声をひそめた。

「そうです。僕がここへつれて来ますから、ちょっとこの子供をあずかって下さい。逃がさないように」

明智は平気で大声に云いながら、乞食少年を一人の刑事にわたして、ツカツカと庭木の中へわけ入って行った。

その暗闇の中で、何かガサガサ音をさせていたが、やがて手に妙な形のものを持って、元の縁側のそばへ帰って来た。

「これですよ。ハハハハハ、さっきの影の正体は、このおもちゃなんです」

見ると、長さ五寸ほどの細い板の一方の端に、厚紙を切り抜いた道化師の顔がはりつけてある。板の他の端には針金がくくりつけてあって、その先に何か白い灰のようなものがさがっていた。

「この針金の先にマグネシュームの線がつないであったのです。そのマグネシュームに火をつけたので、あんな強い光が出たのですよ。そして、この切抜き絵の道化師の影をうつしたのです」

「その板が木の枝か、なんかにくくりつけてあったのですね」

白井があきれ返ったように口をはさんだ。

「そうです」

「じゃ、そのマグネシュームに誰か火をつけなければならなかったわけですね」

「ええ、その火つけの犯人がこの小僧なんですよ。僕はごらんのような変装をして、この家のまわりを、あちこちと歩きながら見張っていたのですが、さっきの光を見て、そこの生垣の外へ近づくと、この小僧が生垣の隙間から這い出して来るのを見つけたのです。早速ひっとらえて、誰に頼まれたかと聞きただそうとしているうちに、あべこべに僕の方が、皆さんにつかまってしまったというわけです」

「そうでしたか。それで、すっかり様子がわかりました。それじゃ、明智さん、この小僧の取調べは、あなたにお願いしたいと思いますが」

　刑事はお詫び心に、素人探偵の顔をたてようとした。

「それじゃ、僕から聞いてみましょう。オイ、小僧、こっちへおいで、嘘をいうとひどい目にあうよ。ほんとうのことをいえば御褒美《ごほうび》を上げる。さあこれだ。小父《おじ》さんのたずねることを正直に答えたら、これをお前に上げるよ」

　明智はズボンのポケットから五十銭玉を二つ取出して、見せながら、

「お前、誰に頼まれて、これに火をつけたんだい」

「チンドン屋のおじさんだよ」

小僧は案外素直に答えた。

「どこのチンドン屋だい。お前の知ってる人かい」

「ウウン、知らないおじさんだ。道で会ったんだよ。この向うの角で会ったんだよ」

「ほんとうかい。そのチンドン屋には、その時はじめて会ったのかい。嘘をいうと警察へつれて行かれるよ」

「嘘なもんか。知らないおじさんだといったら、知らないおじさんだ」

小僧が反抗的な目で明智をにらみながら叫んだ。

「よしよし、それで、その庭にこういう仕掛けがしてあるから、忍び込んで火をつけて来いと頼まれたんだね」

「ウン、ちょっといたずらするばかりだから、わるいことじゃないっていったよ。おれもそう思っているんだ。警察へつれてかれるわけはないや」

なかなかふてぶてしい小僧である。

「おかねを貰《もら》ったんだね」

「ウン、お礼をくれなきゃ、こんなことするもんか」

小僧はそういって、帯のあいだから五十銭銀貨を一枚取り出して見せた。

なお刑事も横から加勢して、いろいろとたずねてみたが、それ以上のことは何もわからなかった。

「よし、それじゃ約束通りこれを上げるよ。今に帰してやるから、少しのあいだ待っているんだ」

明智は二枚の銀貨を小僧に与えておいて、刑事たちを少し離れた場所に呼んで、ヒソヒソとなにごとか相談していたが、それがすむと、小僧を刑事にあずけて、縁側の白井に向きなおった。

「白井さん、ちょっと電話を拝借したいのですが」

「ええ、それじゃ、ここからお上がり下さい。僕がご案内しましょう」

明智は草履をぬいで縁側に上がった。そして、縁側づたいに電話室にはいって、やしばらく、どこかへ電話をかけていたが、再び縁側にもどって来ると、そこに待っていた白井に声をかけた。

「相沢さんは？」

「麗子さんは、さっきの影を見て、気を失うほど驚いたのですが、もうすっかりよくなっています。あなたにお目にかかりたいといっています。どうかこちらへ」

そこで、明智はきたならしいルンペンの服装のまま麗子の部屋へ案内された。

麗子は父の介抱《かいほう》で正気をとりもどし、さっきの影法師が子供だましの悪戯《いたずら》だと聞かされたので、やや元気を回復して椅子にもたれていたが、しかし、その顔色は病人のように青ざめていた。

白井の引合わせで挨拶がすむと、明智はすぐさま、麗子の父の相沢氏に、女中さんをここへ呼んでもらいたいと頼んだ。

相沢氏はこの奇妙な申出《もうしい》でに面喰《めんくら》ったようであったが、別に聞き返しもせず、みずから立って行って女中をつれて来た。まだ二十歳《はたち》を越したばかりらしい若い女であった。

「早速ですが、あなたは、さっきの騒ぎの時に、どこにいましたか」

明智が何の前置きもなく質問をはじめた。

「あのオ、台所におりましたけど、皆さんの声が聞こえたものですから、何かしらと思って、向うの部屋から縁側の方へ出て見ました」

「それじゃ、あの影も見たんですか」

「ええ、見ました」

「それからどうしました」

「びっくりして、立ちすくんでいますと、旦那様がお呼びになったのでございます。それで、このお部屋へ来て見ますと、お嬢さまが大変なので、旦那様といっしょにお嬢さまのお世話をいたしました」

「すると、そのあいだずっと台所の方はからっぽになっていたのですね」

「ええ、そうでございます」

相沢家の雇い人はその女中のほかにもう一人書生《しょせい》がいたけれど、書生部屋は台所からは遠い玄関脇にあった。

「台所に何か麗子さんだけの召上がるような食物とか飲物とか置いてないだろうか」

明智があらためて妙な質問を発した。

「さあ、別にお嬢さまだけ召上るものといって……」

女中は上目遣いをして、しばらく考えていたが、やがて思い出したように答えた。

「ああ、ございますわ。葡萄酒《ぶどうしゅ》がございます。旦那様は葡萄酒は召上がりませんから……」

「強壮剤でございますの」

麗子は弁明するように云い添えた。

「じゃ、それを瓶《びん》ごと持って来て下さい」

明智はいよいよ妙なことを云い出したが、女中が台所から持って来た瓶を受取って、栓を抜いて、ちょっとにおいをかいで、又栓をすると、そのまま椅子の横に置いた。

「これは僕がおあずかりして、調べて見ることにしましょう」

「毒ですか」

白井がやっとそこへ気づいて、緊張した面持《おももち》でたずねた。

「そうです。ひょっとしたら僕の思い違いかも知れませんが、万一の場合を考えて、念のために調べて見たいのです。

「あいつはマグネシュームの光で、妙な影絵を見せましたが、あいつのことですから、ただ麗子さんをこわがらせるために、あんな真似をしたとも考えられます。しかし、考えようによっては、あの子供だましの悪戯の裏に、もっと恐ろしいわるだくみがかくされていたとも取れるのです。

「ああいう途方もない悪戯をやって見せれば、家じゅうの人がこの部屋へ集まって来て、庭を調べ廻ったりするに違いない。又刑事諸君も他の場所はほうっておいて、庭へ集まって来るに違いない。そうすると、裏口の方はからっぽになるわけです。台所もからっぽになるわけです。

「あいつは、厳重な警戒にそういう隙が出来ることを予期して、あの悪戯をやったのかも知れません。そして、誰もいない裏口から台所に忍び込んで、麗子さんの口にはいる何かの中へ毒薬をいれたという想像もなり立ったのです。

「そういう早業《はやわざ》は、並々のやつには出来ないことですが、あの道化師は特別のやつですからね。気違いですからね。こちらも、あらゆる可能な場合を考えて、用心しなければなりません。

「この葡萄酒はおあずかりして帰って、僕が調べてみますが、今夜台所に残っている材料はなるべくお使いにならない方が安全だと思います」

それを聞くと麗子はもちろん、相沢氏も白井も、ゾッとしたように、互いに顔を見合わせるのであった。

「まあ、こわい！　白井さん、あたしどうすればいいのでしょう」

麗子は広い世界に身をかくす場所もないというような、奥底の知れぬ恐怖にうちひしがれていた。

「いや、そんなにご心配なさることはありません。相手が魔法使いなら、こちらも魔法使いになるばかりです。相手が気違いなら、こちらも気違いの気持を想像して用心するのです。僕も今夜は、ちょっと魔法を使ってみるつもりですよ。ハハハハハ」

「エ、魔法ですって」

白井がびっくりしたように聞き返した。

「ええ、ちょっとした小手先《こてさき》の魔法ですがね。今にその魔法使いの声が聞こえて来るはずです。僕はそれを待っているのですよ」

それからしばらくの間、おびえる麗子をなぐさめるために、明智と白井とは快活な雑談をかわしていたが、ふと麗子が何かを聞きつけて、宙を見つめながらつぶやいた。

「あれどこでしょう。聞きなれないメロディーですわね。何だかさびしくって、ゾーッと身にしむような……」

どこからともなく、かすかに口笛の音が響いて来た。専門家の麗子も白井も聞いたこともない異様な節を吹いていた。

するとヽ明智がニッコリ笑っていった。

「あれが魔法使いの声ですよ」

「エ、あれが？」麗子がおびえて明智の顔を見つめた。

「いや。御心配なさることはありません。魔法使いといっても、僕の手下なのですからね。白井さん、ちょっと女中さんに、刑事さんをここへ呼んでもらって下さいませんか」

「いや、それなら、僕が呼んで来ましょう」

白井は気軽に立って、玄関の方へ出ていったが、やがてひとりの刑事をともなって帰って来た。

「あ、御足労でした。それじゃ、さっき打合わせた通り、あの乞食の子供を表門《おもてもん》から帰してやって下さい」

明智がいうと、刑事はうなずいて、

「じゃ、もう外へ来ているんですか」

とわけのわからぬことをたずねた。

「ええ、来ているんです。大丈夫ですから、すぐはなしてやって下さい」

刑事が承知して立去ると、明智は妙な微笑を浮べて、謎のようなことをいった。

「相沢さん、この魔法がうまくいけば、あなたは又演奏会へ出られますよ。もう短剣なんか降る心配がなくなるからです」

悪魔の家

乞食少年は釈放されて、フラリと相沢家の門を出た。

十一時を過ぎた屋敷町《やしきまち》は、墓場のように静まりかえっていた。少年はその暗い町に立って、キョロキョロとあたりを見廻していたが、やがて何か思い定めた様子で、急ぎ足に歩きはじめた。

乞食少年が相沢家の門前を十間も離れた頃、生垣の蔭から一つの人影が現われて、同じ方角へ歩いて行く。それも乞食のようなみすぼらしい服装の少年であった。先の少年よりは一つ二つ年嵩《としかさ》であろうか。これは和服ではなくて、破れたシャツに破れた半ズボン、素足に藁草《わら》履といういでたちであった。

先の乞食少年の友達が待合わせていたのであろうか。それならば、先の子供に走り寄って話しかけるはずだが、年嵩の乞食少年は、いっこう前の子供に追いつこうとはしない。かえって前の子供にさとられぬように用心しながら、適当の距離をおいて歩いているように見える。

その年嵩の乞食少年は、ほんとうの乞食ではなかった。彼は明智探偵の名助手として知られた小林少年であった。

さきほど明智が電話をかけた先は、彼自身の事務所であった。そこにいる小林助手を呼び出して、乞食の扮装をして相沢家の門前に待っていて、表門から出て来る乞食の子供を尾行するように命じたのであった。さきほど麗子があやしんだ口笛の主は、ほかならぬこの小林少年であった。

それとも知らぬ乞食の子供は、さびしい町角を右にまがり、左にまがり、振向きもしないで、グングンと歩いて行く。小林少年は楽々と尾行をつづけることが出来た。

やがて十丁も歩いたかと思われる頃、とある暗い町角をまがると、そこの蔭に、案《あん》の定《じょう》、異様なチンドン屋がただ一人たたずんでいた。人通りもないさびしい町に、赤い着物を着て、とんがり帽子をかぶって、大きな太鼓をかかえて突立っている道化師の姿は、何かしら変てこな悪夢の中の景色のようであった。

「オイ、うまくいったか」

乞食少年が近づくと、チンドン屋は低い声でたずねた。

「ウン、ちゃんと影がうつったよ」

少年もささやき声で答えた。

「じゃ、どうして、こんなにおくれたんだ」

「つかまったからよ」

「フフフ、そんなことだろうと思った。明智というやつじゃなかったか」

「そうだよ。明智さんていってたよ。ルンペンみたいなふうをして、おれが木の間から這い出すところをとっつかまえやがった」

そして、少年はそれからの出来事をくわしく物語るのであった。

「ウン、よくやった。ハハハハ、ざまを見るがいい。明智先生折角《せっかく》苦労してつかまえて見たら、おもちゃの影絵と乞食の子供でガッカリしただろう。さあ、これが約束のお礼だ。だいじに使うがいいぜ」

チンドン屋はそういって、一枚の紙幣《さつ》を小僧に握らせると、そのまま別れて、あとをも見ずに歩き出した。乞食少年はおそらく臨時雇いだったのであろう。

用心深く物蔭にかくれて、すっかりそれを見届けた小林少年は、こんどはチンドン屋のあとをつけはじめた。それもあらかじめ明智探偵から指図されていたのである。

道化師は、とんがり帽子をふりながら、深夜の町を、さびしい方へさびしい方へと歩いて行く。麻布区というところは、久しく大火事にあっていないのと、昔からの大邸宅が多いために、どの町もひどく古めかしくて、なんだか大東京の進歩にとり残されているような感じである。神社なども昔ながらの森のある神社があるし、思いもよらぬところに、もったいないような草ぼうぼうの広い空地があったりする。

今、道化師の行手にはそういう廃墟のような空地の一つが横たわっていた。まっ暗である。空地を取りかこんで家が建ってはいるのだが、空家になった小工場や、もうとりこわすばかりの、人の住めない貸家などが、軒もいびつに立っていて、明りのもれる窓もなく、まるで郊外へ行ったようなものさびしい感じである。

道化師はその空地を横切って、とある一軒の空家の前に立つと、用心深くあたりを見廻していたが、誰も見ているものがないと思ったのか、そのまま破れた塀の扉もない門の中へはいっていった。

小林少年はたくみに身をかくして、この様子を見ていたが、道化師がその家の玄関の戸をガタピシいわせて、中へはいったのを見定めると、ものかげを飛び出してソッと門内へ忍び込んで行った。

それは四間か五間ぐらいの平家建《ひらや》てで、ひどい荒屋《あばらや》であったが、その家のまわりを、足音を忍ばせて歩きながら、中の物音を聞いていると、しばらく何かゴトゴトやっている様子であったが、やがてその音もやんで、ひっそりと静まりかえってしまった。

「寝てしまったらしいぞ。あいつこんな空家の中にかくれていたんだな。よし、これからすぐ近くの公衆電話で、このことを明智先生に報告しよう。もう逃がしっこないぞ」

小林少年はそのまま門を出て、空地を横切ると、近くのにぎやかな通りを目ざして、一目散にかけ出すのであった。

消えうせた道化師

小林少年は道化師のかくれがを見届けると、大急ぎで附近の公衆電話にかけつけ、相沢麗子の家へ電話をかけた。明智探偵はまだ、そこにいることがわかっていたからである。

「ア、先生ですか。僕、あいつのあとをつけて、とうとうかくれがを見つけました」

電話の向うに明智が出ると、小林少年は、押えきれぬ興奮に声を震わせて叫んだ。

「えッ。見つけた。それはどこだ。君は今どこにいるんだ」

明智の声が飛びつくようにもどって来た。

「麻布区のK町の空家です。小さい荒れはてた空家の中へはいってしまったのです。僕その近くの公衆電話からかけているんです」

少年はチンドン屋姿の曲者《くせもの》を発見して、そのあとを尾行した顚末《てんまつ》を手短に報告した。

「そうか。お手柄だった。よし、僕たちもすぐそこへ行くから、君はその空家をよく見張っていてくれたまえ。相手にさとられないようにね」

「ええ、承知しました。じゃ、空家の門のところでお待ちしますから」

と、そこへの道順をくわしく教えて電話を切ると、大急ぎで元の空家へ引っ返した。

破れた板塀、こわれた門、そのあけっぱなしの門の中へソッと忍び込んで、空家の横手に廻って見ると、庭の一カ所がボーッと明るくなっているのが見えた。電燈ではなくて、蠟燭の光らしく、陰気に赤茶けて、チロチロとまたたいている。どうやらそこに窓があって、窓の中から庭へ光がさしているように思われた。

小林少年は用心しながら、ソロソロその光の方へ近づいて行ったが、少し行くとギヨッとしたように立ちすくんでしまった。

そこには一間《けん》の窓があって、磨《すり》ガラスの戸がしまっていたが、その磨ガラスの上に、例のとんがり帽子をかぶった道化師の影が、化けもののように大きくうつっていた。

見ていると、その影が、ユラユラゆれながら、だんだん大きくなって、はては顔の部分だけが一間のガラス戸いっぱいにひろがって、やがて、ガラス戸全体が影でおおいかくされてしまった。

道化師が蠟燭を持って、向うへ遠ざかって行ったのに違いない。

荒家のことだから、ガラス戸もところどころ割れて穴があいている。小林は相手が部屋の向うへ遠ざかって行った様子を見て、思いきってその窓に近づき、ガラスの割れ穴から、ソッと中をのぞいて見た。

すると、一間《ひとま》へだてた向うの部屋の隅に、あの道化師が裸蠟燭を手にして立っているのが、まざまざと眺められた。

ちょうどこちらを向いたところだったので、壁をぬったような白粉《おしろい》の顔が、蠟燭の光を真下から受けて、ニヤニヤと笑っているように見えた。まっかな厚い唇が血にぬれたようにギラギラ光っていた。

「もしやあいつは、僕が隙見《すきみ》しているのを、チャンと知っているのじゃないかしら」

と思うと、ゾーッとして息もつまる思いであった。

だが、こちらは暗いのだし、ガラスの穴は小さいのだから、まさか気がつくはずはない。ニヤニヤ笑っているように見えるのは、化粧のせいだ。それと、蠟燭の光がチロチロ動くせいだ。

小林少年はおびえる我が心に云い聞かせて、なおも我慢強くのぞいていると、道化師はそのまま部屋の一方へ歩いて行って、姿が見えなくなった。こちらの部屋との間の壁が邪魔をして、見通しがきかないのだ。

ただチロチロゆれる蠟燭の光だけが、しばらく正面の破れ障子を照らしていたが、やがて、襖を開くような音がして、それがピシャンとしめられると、途端に眼界がまっ暗になってしまった。道化師は、ここからは見えない別の部屋へはいって行ったのである。

しばらくのあいだじっと聞耳をたてていたが、そのままひっそりとしてしまって、なんの物音も聞こえて来ない。道化師のやつ、今頃は変装の衣裳をぬいで、蒲団《ふとん》の中へもぐり込んでいるのかも知れない。

小林少年は、この分なれば、あいつはどこへも逃げ出す気づかいはないと考えたので、明智探偵の一行を待つために、門の外へ出て、そこから注意深く家のまわりを監視していた。

しばらくすると、目の前の闇の広っぱの中に、黒い人影が、一つ、二つ、三つ、足音もなくこちらへ近づいて来るのが見えた。

小林は、家の中へ話し声が聞こえてはいけないと思ったので、こちらから広っぱのまんなかへ出向いて行って、先頭に立つ黒い影に、

「先生ですか？」

と、ソッとささやいた。

「ウン、あいつはまだ家の中にいるのかい」

明智もささやき声で聞き返した。

「ええ、います。今しがた窓の隙間から、あいつの姿を見たばかりです」

「よし、それじゃ、表と裏と両方から踏み込むことにしよう。四人の刑事さんもいっしょなんだ。つまり僕たちは、君をまぜて六人だ。相手は一人なんだから、これだけの人数があれば、まさか取り逃がすようなことはあるまい」

それから明智は四人の刑事たちと何かボソボソささやきかわしていたが、やがて銘《めい》銘《めい》の部署がきまったものとみえて、四人の刑事たちは、サッと四方にわかれて、闇の中に消えて行った。

「さあ、小林君、僕たち二人で、空家の中へ踏み込むのだ。刑事諸君は、万一曲者が気づいて逃げ出しても大丈夫なように、窓や、裏口や、空家の四方を見張っていてくれるわけだ。僕たちが曲者を見つけたら呼笛《よびこ》を吹く、そうすると四人が家の中へかけつけてくるという手筈《てはず》なんだよ」

明智はそんなことをささやきながら、小林少年を引き連れて門内へ忍び込んで行った。

物音をたてて相手に気づかれてはいけないので、玄関からはいるわけにはいかぬ。二人はさっき小林が隙見をした窓を目ざして進んで行った。

窓の外に達すると、明智はガラス戸の隙間に目をあてててのぞいて見たが、中はまっくらで、なんの物音も聞こえて来ない。

曲者はやっぱり寝ているのかも知れない。

明智はガラスの割れ目から手をさし入れて、ガラス戸のしまりをする金具をさぐってみたが、荒家のことで、そんな金具もなく、戸は自由にひらくことがわかった。

そこで、身振りで小林少年に合図をして、二人がかりでソロソロとそのガラス戸を開きはじめた。非常に用心深く少しの物音も立てないように、一分《ぶ》ずつ一分ずつ、まるで虫の這うようなのろさで、長い時間をかけて、やっと二尺ほどガラス戸を開くことが出来た。

まっ暗闇の上、誰も見ていないからいいようなものの、それは実に異様な光景であった。明智は例のルンペンの変装のまま、相沢家からかけつけて来たのだし、小林は小林で、乞食少年の扮装だ。彼らこそ空巣狙いの泥棒にふさわしい風体であった。

明智を先に、二人は草履をぬいで、その窓から部屋の中へはいって行った。もう闇に目がなれているので、あかりがなくても、ものに突き当るほどではない。

全体で五間《いつま》ほどのせまい家なので、調べるのも造作はなかった。明智は懐中電燈を用意していたけれど、それを点じるわけにはいかぬ。闇になれた目で、すみずみに気をくばりながら、部屋から部屋へとたどって行った。

だが、不思議なことに、人間らしいものはどこにもいなかった。部屋部屋にはただ黴《かび》くさいにおいがただよっているばかりで、人の気配はまったく感じられなかった。

明智は闇の中にたたずんで、しばらく考え込んでいたが、ついに意を決したように、懐中電燈を点じて、大胆に部屋部屋を歩き廻った。押入れは皆開いてみたし、台所のあげ板の下までのぞいて見たが、人間はもちろん、夜具だとか衣類だとか食料品というようなものも、何一つ発見出来なかった。

もし道化師がこの空家で寝泊りしているとすれば、こんなに何も無いというのは不思議であった。といって、この家は一軒建てなのだから、地下道でもないかぎり、ここからはいって、別の家へ姿をかくすということも不可能であった。

「変ですねえ、僕、確かにあいつがここにいるのを見たんです。僕が門の方へ行っている間に、裏口からでも出ていったのかも知れませんけど、それなら、あいつはこの家へ何をしに来たんだか、わけがわかりません」

小林少年は、誰もいないとわかったので、普通の声になって、弁解するようにいうのであった。

「ともかく、みんなここへ来てもらうことにしよう。そして、もっとよく探すんだ。たとい、あいつは逃げたあとにしても、何か手掛りは残っているはずだからね」

明智はそういって、最初はいった窓のそばまでいって、用意の呼笛を二三度吹き鳴らした。

屋根裏の怪異

間もなく集まって来た四人の刑事たちを加えて、こんどは大っぴらに家探しが始まった。雨戸はあけはなされ、襖はとりはずされ、なんの目をさえぎるものもないようにしておいて、いくつもの懐中電燈が、家中を照らし廻った。

或《あ》る者はせまい庭を調べ、或る者は縁の下をのぞき、残すところなく捜索したが、ついに手掛りらしいものさえ発見することが出来なかった。

あとには天井裏が残っているばかりであった。明智は一間の押入れの中へ首を突込んで、懐中電燈でその天井を照らしていたが、何を発見したのか、そばにいた一人の刑事をさし招いてささやいた。

「君、この天井板はどうも変ですね。普通の天井ではなくて、何か雨戸のようなもので、上から蓋がしてあるというような感じですね。それに、この押入れに棚がないのも変だし」

「そうですね。なるほど、雨戸らしい。ああ、雨戸といえば、縁側の雨戸がちょうど一枚たりないのですよ。私はさっき雨戸をあける時、変だなと思ったのですが」

刑事は押入れをのぞき込みながら、たちまちそこへ気づいて答えた。

「ア、ごらんなさい。この押入れの中には、元は階段がついていたんだ。ほら、あの向う側の壁にかすかにななめの痕《あと》がついている」

その壁は上塗《うわぬ》りの土がほとんど剝げ落ちてしまっているので、注意して見ないとわからなかったが、いかにも梯子《はしご》でもかかっていたらしいななめの痕があった。

「フフン、するとこの上に屋根裏部屋があるんだな。外から見たところでは平家なので、今まで気がつかなかったけれど、よく田舎の建物にあるように、この上に物置部屋かなんかついているのですよ」

二人は思わず顔見合わせて耳をすました。道化師はその屋根裏部屋にかくれているのではないだろうか。下の騒ぎを聞きながら、逃げるにも逃げられず、息を殺して、天井裏の暗闇に、身をすくめているのではないだろうか。

「しかし梯子がなくてはあがれないわけですが……」

刑事が小首をかしげた。

「元ここについていた階段は相当大きなものだったらしいが、それは取りはずしてしまって、今はないのでしょう。あいつは、そのかわりに小型の梯子を使っているかも知れない。屋根裏へ上がるたびに、その梯子を上へ引き上げ、かくしておくことも出来るわけですからね」

「ああ、なるほど、そして、そのあとを雨戸で蓋をしておくのですね」

二人は又顔見あわせて、しばらくの間だまり込んでいた。

もうそれに違いない。あいつはこの上にいるのだ。息を殺して人々の立ち去るのを待っているのだ。それにしてもなんというまいかくれがであろう。下はがらん洞《どう》の空家なのだ。その空家の天井裏に人が住んでいようなどと、誰が想像し得るであろう。

刑事はあわただしくその場を立ち去って、まだ捜索をつづけているほかの刑事たちを呼び集めて来た。押入れの戸がとりはずされた。そして三つの懐中電燈の光が雨戸の天井に集中した。

明智はどこかから棒切れを持って来て、そのあかあかと照らし出された天井を、いきなりつき上げた。すると、天井がわりの雨戸はひどい音をたてて、ななめになって、下に落ちて来た。あとには畳一畳ほどのまっ黒な穴が、不気味に口を開いている。

「オイ、そこにいるやつ、もうあきらめて降りて来たらどうだ。それとも、我々の方であがっていこうか」

一人の刑事が天井の穴に向って大声にどなりつけた。だが、返事はない。道化師はその上の闇にいるのかいないのか。ひっそりとして、何の物音も聞こえては来ない。

人々は押入れの前に目白押しにたたずんで、だまりこんで天井の様子をうかがった。すると、どこからともなく、今の呼び声に応ずるものがあった。何か獣物《けだもの》のうなるようなかすかな声であった。

人々は目と目を見合わせて、さらに聞耳をたてた。それは明かにうめき声であった。しかも、今にも絶えなんとするばかりの細い悲しいうめき声であった。

屋根裏の闇の中に、えたいの知れぬ生きものが、傷つき倒れて、うめき苦しんでいるかのような感じであった。その生きものは、いったいどんな形をして、どんな顔でうなっているのかと思うと、ゾーッとしないではいられなかった。

「そこにいるのは誰だッ！　降りて来ないかッ！」

又しても一人の刑事が、おどしつけるようにどなった。

だが、うめき声は変らなかった。かすかにかすかに、さも悲しげに、絶えては続いている。

「誰か梯子を探して来たまえ」

年嵩の刑事が叫ぶと、二人が家の外へかけ出して行ったが、やがて附近の家から梯子を借り出して、運んで来た。

押入れの天井の長方形の黒い穴に、その梯子がかけられ、まず明智が、懐中電燈を片手に、それを静かに登って行った。

その上の闇の中には、あの殺人鬼が、追いつめられたけだものの目を血走らせて、待ち構えているのではあるまいか。それに、もし飛び道具を持っていて、梯子を上がって来る者にねらいを定めているとしたら、ああ、あぶない、明智はあまりに向う見ずなふるまいをしているのではないだろうか。

小林少年は気が気ではなかった。先生の足にすがりついて引きとめたいほどに思った。彼は梯子の下に立ちすくんで、じっと天井を見つめながら、息づかいもはげしく、まっさおになって心配していた。

だが、明智は何か自信あるもののように、かまわず梯子をのぼりつくして、もう屋根裏に上半身を現わしていた。そして、油断なく身構えをして、懐中電燈の光をさしつけたが、予期に反して、別段襲いかかって来るものもなく、ピストルの丸《たま》も飛んで来なかった。

彼は落《おち》つきはらって、電燈の光を、屋根裏部屋の隅から隅へと、徐々に移動させていった。すると、梯子のところからはいちばん遠い向うの隅に、何か白いものがうごめいているのが、照らし出された。

懐中電燈の丸い光は、その白いものの上にピッタリと止まった。

それはあの不気味な道化師であったか。いや、そうではなかった。では、何か薄気味のわるいけだものであったか。いや、そうでもなかった。

それは実に意外にも、裸体に近い姿で、板張りの床の上に俯伏しに倒れている一人の女であった。懐中電燈の丸い光の中に、そのふっくらした白い背中が、苦悶に震えていた。長い黒髪がとけてみだれて、俯伏した顔をまったくおおいかくしていた。二本の白い腕が、その黒髪の両側の床を、苦しまぎれに掻《か》きむしっていた。

電燈の丸い光は、再びあわただしく屋根裏中を隈なく照らし求めたが、女のほかには何者の姿もなかった。ただ一方の隅に、例のチンドン屋の大太鼓がころがって、その側にとんがり帽子と、道化服が放り出してあるばかり。

明智は急いで女のそばに近づいた。

「どうしたのです。あなたはどうしてこんなところにいるのです」

声をかけながら、肩をつかんで引き起そうとすると、女はみだれた髪をふりさばいて、ヒョイと顔を上げた。その顔！

さすがの明智も思わず二三歩あとじさりした。

それは顔であったか。それともまっかな仮面であったか。顔一面がまっ赤に染まっていた。

「どうしたんです。いったいこれはどうしたわけなんです」

だが、女は口を利く力もなかった。正気を失わぬのがやっとであった。そして、こちらの言葉は聞きわけられるとみえ、部屋の隅を意味ありげにさし示した。

電燈の光をあてて見ると、そこの板敷の上に、小さな青いびんがころがっていた。中から何かの液がこぼれて、かすかに白い煙がたっている。

事になれた明智は、たちまちその事情をさとることが出来た。瓶の液体は或る種の薬品なのだ。女はそれをふりかけられたのであろう。顔ばかりではない。腕にも肩にも恐ろしい赤い斑点《はんてん》が見えている。

では、何者がそんな残酷な真似をしたのか。いわずと知れた道化師の悪魔である。彼はどうかして追手《おって》のかかったことを知り、屋根裏に監禁してあったこの女を、咄嗟にこのような目に合わせておいて、自分は道化服をぬぎ捨て、身をもって逃がれ去ったのであろう。

この女も可哀そうな犠牲者の一人なのだ。道化師はどこかの娘をさらって来て、この屋根裏にとじこめておいたものに相違ない。

狂　女

可哀そうな女は、ただちに附近の病院に担ぎ込まれ、手厚い介抱を受けたが、二日ばかりというもの、高熱のために意識不明のまま、生死の境をさまよっていた。むろんどこの誰ともわからなかった。

当然、警察の人々は、この女はもしや行方不明になっている野上あい子ではないかという疑いをいだいた。そこであい子の母親を病院に呼んで、意識不明の被害者に対面させ、その身体の特徴などを調べさせたが、あい子とはまったく別人であることが判明した。

道化師は世間にわかっている野上姉妹のほかに、いつの間にか、別の女性を誘拐していたのである。この分ではまだほかにも、悪魔の餌食《えじき》となった者が、いく人もあるのではないかと想像された。

どこの誰ともわからぬ女は、三日目にはまったく意識を回復し、少しずつ、ものをいうことが出来るようになったが、実に気の毒なことに、彼女はどうやら発狂している様子であった。悪魔に監禁されていた間の心労と、あの劇薬による大衝撃が、かよわい乙女《おとめ》をついに狂わせてしまったのである。

だが、彼女にとって、それはかえって仕合《しあ》わせであったかも知れない。二目と見られぬ恐ろしい相好《そうごう》を悲しむ永遠の呵責《かしゃく》からは救われたからである。

彼女は頭部全体を、大きな鞠《まり》かなんぞのように、少しの隙間もなく、繃帯《ほうたい》でぐるぐる巻きにされていた。わずかに両方の耳が露出しているのと、目と口の部分に鋏《はさみ》でくり抜いた三角の穴が黒くあいているばかりであった。

その人間とも品物ともわからぬみじめな姿で、彼女は時々思い出したように、何かしら悲しい歌を歌っていた。細いかすかな声で、彼女の小学生時代に流行した童謡らしいものを歌っていた。しかも、舌がもつれるのか、その歌詞はほとんど聞きわけることが出来なかった。病院の看護婦たちは、彼女の気の毒な身の上を聞き、そのうら悲しい歌声を耳にして、泣かぬものはなかった。

七日とたち十日と経過しても、女の身元は依然としてわからなかった。彼女の記事がくわしく新聞にのって、全国にその噂《うわさ》がひろがっているにもかかわらず、身内のものも友達も名乗って出るものはなかった。いや、たといそういう人が現われたとしても、女の顔はまったくつぶれてしまっているのだし、あの衝撃のために痩せ衰えた上に、全身に火傷《やけど》の斑紋がついているのだから、見わけようにも見わける術《すべ》がなかったに違いない。

同じ悪魔につけねらわれる身の相沢麗子が、その噂を伝え聞いて、心の底から同情したのは無理もないことであった。ある日彼女は、親友のピアニスト白井と相談の上、彼に附添ってもらって、その病院の哀れな女をたずねた。不幸中の仕合わせにも、視力だけは助ったということを聞いているので、せめてその目をなぐさめるために、花屋に立寄って立派な花束を作らせ、それを土産《みやげ》に病院の門をくぐったのである。

病室に通ってみると、大きな白い鞠のようなかたまりがベッドの上にころがっているのに、まず胸がつぶれた。花束を見せると女はうれしそうな声で、何か幼児のような言葉をつぶやいたが、意味はほとんどわからなかった。意味はわからなかったけれど、その調子に喜びがあふれていたので、麗子は充分満足した。そして、いっそう同情の念を深くした。

「お気の毒ですわね。まだ身元がわかりませんの」

「ええ、まだでございます。今朝も一人、警察の方につれられておいでになった御婦人がありましたけれど、その方の探していらっしゃる人とは、身体の様子が少しも似ていないといって、そのままお帰りになりました。……ほんとうにお可哀そうでございますわ」

附添いの看護婦がしめやかに答えた。そして、麗子の手から花束を受取って、ベッドの枕元の花瓶のしおれた花とさしかえ、病人に見えるような位置に置いた。

麗子はベッドの前の椅子にかけて、繃帯の目の穴をのぞきながら、狂女に話しかけた。

「おわかりになります？　あたし相沢と申しますの。あなたのお名前を教えて下さいません？」

狂女はじっとその声を聞いているようにみえた。そして何か答えるのだが、その言葉は霞《かすみ》をへだててものを見るような、幼児がむずかしい大人の言葉を、無理にしゃべっているような感じで、ほとんど意味がとれなかった。

である。

　しばらくすると、狂女は細い声で、歌を歌いはじめた。歌詞のわからない古い童謡であった。じっと聞いているとひとりでに涙がにじみ出して来るような、悲しい声である。

　麗子は涙ぐんでそれを聞いていたが、やがて、何か決心したように、明るい顔になって、うしろに立っている白井を振返った。

「白井さん、あたし、いいことを思いつきましたの。この方、もしいつまでも身元がわからないようでしたら、あたしが引取ってお世話して上げたいと思いますわ。あなた、どうお考えになって」

「あいつへの面当《つらあ》てですか」

　白井がびっくりしたような顔をして見せた。

「そんなんじゃないのよ。あたし、わが身に引きくらべてこの方が可哀そうで仕方がありませんの。……ええ、そうきめたわ。あたし、お父さまを説《と》きつけて、きっとそうして見せるわ」

　勝気《かちき》な麗子はこの義侠《ぎきょう》的な思いつきに夢中になっているように見えた。彼女のことだから、云い出したらおそらくあとへは引かないであろう。現に今日の外出にしても、彼女の父や白井は、道化師の襲撃を恐れて、口を酸《す》くして引きとめたのだが、麗子は断乎《だんこ》として彼女の思いつきを実行したほどである。

「さあ、僕はなんともいえないが、急ぐことじゃないからゆっくり考えた方がいいでしょう。あなた自身、今は重大な場合なんだからね」

「ええ、だから、あたしなおさらこの方がおいたわしいのよ。きっと、そうして見せるわ」

麗子はそれからしばらくの間、彼女をなぐさめて、白井と同車して帰宅したが、帰ってからも、彼女の話題は、まっ白な鞠のような可哀そうな女のことばかりであった。この調子では、結局父親を納得させて、そのうちに、狂女を引取るようなことになりかねない勢いであった。

墓場の秘密

「というわけで、どうやら、あの女を引取るつもりらしいのです。相沢さんはそういう人なんです。僕としても、なにしろ悪いことじゃないので、ちょっと正面から反対するわけにもいかなかったのです」

その夜、ピアニストの白井は、明智探偵事務所の書斎で明智とさし向いで、病院訪問の顛末を報告していた。

「ホウ、そうですか、それは不思議だ、僕も今それを考えていたところですよ。相沢さんが、あの女に同情して、世話をする気になるに違いないと想像していたのですよ」

　明智は妙なことをいって、じっと白井の顔をながめた。白井はこの一見突飛な言葉の裏に、何か別の意味があるのかと疑ったが、よくわからなかった。

　明智はつづいていった。

「あの女の童謡は僕も聞きましたが、不思議に悲しい甘い調子を持っている。あの旋《せん》律《りつ》には、妙な云い方ですが、人を酔わせる力があります。相沢さんがそういう気持になられたのも無理はありませんよ」

「ええ、僕もなんだかそんな気がしました。可哀そうな女ですね。それにしても、なぜ身元がわからないのでしょう。身よりもなにもない不幸な人だったのでしょうか。そうだとすると、いっそう気の毒なわけですが」

「不思議な女です。僕はあの女の童謡を聞いていると、奥底の知れない謎のようなものを感じるのですよ。非常に複雑な暗い迷路の中をさまよっているような気がするのですよ」

　明智は又妙なことを云った。白井にはやっぱりその意味がわからなかった。

「先生、あいつはどうしているのでしょう。その後いっこう攻勢《こうせい》に出て来ないようですが、どこへかくれてしまったのでしょう」

彼は話題を転じて、明智の捜査の模様を聞き出そうとした。

「僕は今それを探しているのです。そして、うまく行けば案外早くあいつをとらえることが出来るかも知れません」

明智はどこか自信のある調子で答えた。

「エッ、それじゃ何か手掛りを発見なすったのですか」

「いや、まだ発見したとまではいきません。しかし、ごく最近、それが発見出来るような予感があるのです」

「お差支《さしつか》えなければ、お考えを聞かせて下さいませんか」

白井はたのもしげに名探偵の顔を見て、遠慮深くたずねた。

「まだお話しするほどまとまっていないのです。しかし、僕は決してなまけていたわけではありません。ああ、そうだ。まだあれをお話ししていなかった。この間の晩持って帰った相沢さんの葡萄酒を調べてもらいましたが、やっぱり僕の想像した通りでした。多量の劇薬が検出されたのです」

「エッ、劇薬が？」

白井は顔色をかえた。

「これがあいつのやり方なのです。我々が考えると、ほとんど愚劣《ぐれつ》といってもいいほど、廻りくどい気まぐれなやり口ですが、それが今度の犯人の性格なのです。怪談とお芝居気と、それから人の意表に出る常識はずれです。あいつはすべて常識の逆を行っているのです。ですから、この事件の捜査には、こちらも常識を捨ててかからなければなりません。まさかそんなばかばかしいことがと思うような点をこそ、もっとも力をいれて調べて見なければならないのです。

「僕はこのあいだから、野上あい子さんのお母さんに会ったり、あい子さんの友達をたずねたりして、写真を集めていたのです。これがそれですよ」

明智は机の抽斗《ひきだし》から一束の写真を取り出して見せた。あい子一人だけのもの、家族といっしょに写したもの、友達ととったものなど、彼女の最近の写真がいく枚もそろっていた。明智はそのうちの、野上の家族の写真を白井に示しながら、捜査にはまるで関係のないような閑談《かんだん》をはじめるのであった。

「ごらんなさい。この写真にはあい子さんばかりでなく、姉さんのみや子さんも写っています。あなたはむろん御承知でしょうが、みや子さんがあんな目に会う少し前に撮ったものですよ。

「みや子さんを、僕はこれではじめて見たのですが、姉妹でも、あい子さんとはまるで違った顔だちですね。あい子さんの顔だちの好きな人には、みや子さんが好きになれないということが、僕にもこの写真でよくわかりました」

明智は、意味ありげにいって、白井の顔を見た。この謎は白井にもはっきりわかったので、彼は心の秘密を突かれたような気がして、思わず顔を赤くした。

みや子はみにくいというのではないが、どこかしら陰鬱《いんうつ》な華やかでないところがあった。妹のあい子の美貌にくらべては、段違いに見劣りがした。並んで写っている写真にも、みや子はそれを意識して、卑下《ひげ》を感じているらしいことが、まざまざと現われていた。

「あの綿貫創人君が、いつか、みや子さんには、何かしらどうしても好きになれないようなところがあるといっていましたが、この写真を見て僕もなるほどと思いました。みや子さんは、そういう意味でも不幸な人でしたね」

白井はだまって目を伏せていた。何か急所を突かれて責められているようで、相手を見返すことが出来なかったのだ。彼が婚約者みや子との結婚をいつまでも引きのばしていた一半《いっぱん》の理由が、そこにあったからである。

だが、ちょうどその時、ドアにノックの音がして、小林少年の可愛らしい顔がのぞいて、来客を告げたので、困りきっていた白井は、救われたようにホッとした。来客は今も噂にのぼっていた綿貫創人であった。

創人は例のダブダブの背広を着て、長髪のみだれた骸骨のような顔の中に、大きな目をキョロキョロさせて、ドタ靴をガタガタいわせてはいって来た。

白井と綿貫とは、互いに噂は聞き合っていたけれど、顔を合わせたのははじめてだったので、明智が両人を引き合わせた。

「早速ですが、わしは御報告に来たのです。だいたい調べが終りましたのでね」

創人はそういって、ジロジロと白井をながめた。

「いや、白井さんは事件の依頼者なんだから、別にかくさなくてもいい。調査の結果を話して下さい」

明智がうながすと、創人は椅子について、例のぶっきら棒な調子で、話しはじめた。

「ずいぶん歩き廻ったですよ。相手が皆若い女なので、骨も折れたが、しかし悪くないですね。なかなか美人もいましたよ。なんだかまだ若い女のにおいが鼻についているようです。ハハハハハハ。

「ところで、明智先生、あんたの想像はあたりましたよ。ちょうどおっしゃったような女があったのです。わしはその写真も手にいれて来ましたがね。ごらんなさい、これです」

彼はポケットから一枚の写真を取り出して、明智に渡した。若い女の半身像である。

「伊藤《いとう》ひで子《こ》というんですがね。住所は千葉《ちば》県のGという村です。江戸川《えどがわ》を越して、市川《いちかわ》の奥へはいった、ひどい田舎《いなか》ですよ」

白井もその写真を見せてもらったが、まったく見知らぬ二十二三歳の、これという特徴もない女であった。

明智は綿貫創人に依頼して、あの病院の女の身元を調査していたのであろうか。そして、創人がそれを探し当てたのであろうか。しかし、この奇人の彫刻家に、そんな腕前があろうとも考えられぬが、白井は腑に落ちぬ様子で、両人の顔を見くらべるばかりであった。

「で、この女はいつ頃亡くなったのです」

明智が意外な質問をした。

「半月ほど前です。急病で亡くなったのだそうです」

「それで、その辺にまだ土葬《どそう》の習慣が残っているというのですか」

「ええ、その部落だけは、頑固に土葬の仕来《しきた》りを守っているのです。この女もむろん土葬されたのです。その寺は村はずれの慶養寺《けいようじ》っていうんですよ」

「よしッ、それじゃ、いよいよあれを決行するんだ。綿貫君、君はむろん手伝ってくれるだろうね」

　明智が緊張した顔で、念を押すようにいうと、創人は大きな目をギョロギョロさせて、苦笑しながら、

「仕方がない。探偵業弟子入りの月謝だと思って、やっつけますよ。だが、大丈夫ですか、叱られやしませんか」

「それは心配しなくてもいいんだ。兵藤捜査係長を通じて了解が得てあるのだよ」

　白井は二人の会話を聞いていても、何だか少しもわけがわからなかった。話の様子では、写真の女はすでに死亡しているらしいのだから、病院の狂女とは何の関係もなかったのだ。ではいったい写真の女は何者であろう。そして、明智ははげしい口調で「あれを決行する」といったが、そもそも何を決行するつもりなのか。

　明智は彼のいぶかしげな顔を見ると、その耳に口を寄せて、なにごとかをささやいた。非常に重大な事柄らしく、誰も聞いているものがないとわかっていても、声に出しては云いにくい様子であった。

　白井はそれを聞くと、ギョッとしたように目をみはったが、その顔はたちまち幽霊のように青ざめ、額にこまかい汗の玉が浮き上がって来た。いったい何ごとが、かく

までこの若いピアニストを驚かせたのであろうか。

×　×　×

その夜千葉県G村の慶養寺の裏手の広い墓地に、不思議な出来事があった。

真夜中の二時と覚しき頃、竹藪《たけやぶ》にかこまれたまっ暗な墓地の中に、どこから忍び込んだのか、四つの人影が異様にうごめいていた。

光もなく音もなく、死のような静けさの中に、四人のまっ黒な人影は、なにごとかヒソヒソとささやきかわしながら、石塔の林の中をさまよっていたが、やがて、そのうちの一人が、まだ新しい白木《しらき》の塔婆《とうば》の前に近づいたかと思うと、いきなりその塔婆に両手をかけて、力まかせにやわらかい土の中から引抜いて、かたわらの叢《くさむら》の中に投げ捨ててしまった。

他の三つの人影は、少し離れた場所にたたずんで、それをながめているように見えた。

塔婆を引抜いた男は、次には、上衣《うわぎ》をぬいで、恐ろしい作業にとりかかった。ちゃんと用意して来たものとみえて彼の手には一挺の鍬《くわ》が握られていた。その鍬が新しい墓場の土に向かって、勢いよく振りおろされた。

二十分ほどのちには、その墓場はすっかり掘り返されて、地面に大きなまっ黒な口を開き、一方には土の山が築かれていた。

男は鍬を捨てて、その穴の中へ首を突込むような姿勢になって、しきりと何かしていたが、すると、やがて、穴の中から、キイーッという、歯の浮くような不気味な音が聞こえて来た。

男は、やっと仕事をすませたらしく、一応立ち上がって、膝の土を払っていたが、つぎには、そこに置いてあった上衣のポケットから小さな円筒形のものを取り出すと、それを手にして、又穴の中をのぞき込んだ。

すると、突然、穴の中に青白い光があふれて、その反射光がかすかに男の姿を浮き上がらせた。それは綿貫創人であった。長髪はみだれて額にかかり、土と汗によごれた骸骨のような顔が、今墓場から這い出して来た死霊かと見まがうばかりであった。

青白い光は彼の手にする懐中電燈から発していた。その丸い光が、今掘り返した穴の底の棺桶《かんおけ》の中を、まざまざと照らし出しているのだ。

創人は大きな目をグリグリさせて、不気味な穴の底をながめていたが、やがて何を見たのか、ゾーッとしたように顔をそむけて、うしろに立っている三人の人影《ひとかげ》をさし招いた。

三人はツカツカと穴のそばへ近づいて行った。ほのかな反射光によって、それは明智小五郎と白井清一と一人の警官であることがわかった。明智は創人の手から懐中電燈を取り、白井といっしょに穴の中をのぞき込んだが、するとたちまち白井の口から、アッという恐ろしい叫び声がもれた。彼は見るにたえぬもののごとく、両手を顔にあてて、タジタジとあとじさりした。

「やっぱりそう思いますか」

明智が静かにたずねた。

「ええ、そうです。そうです。もう間違いありません。ああ、何という恐ろしいことだ」

白井は歯の根をガチガチいわせながら、すすり泣くような声で答えるのであった。

闇からの手

深夜の墓あばきが行われた翌々日、名もわからぬ狂女は病院から相沢麗子の家に移され、一間《ひとま》をあてがわれて、看護を受けることになった。

麗子は我身にひきくらべて、同じ悪魔に魅入《みい》られたこの女を、すてておくことが出来なかったのである。父の相沢氏はもとより、彼女の周囲のものは、麗子自身いつ悪人の襲撃を受けるかも知れない身の上でいて、そんな物好きはよした方がいいと、しきりに止めたのだけれど、勝気の麗子はとうとう我意《がい》を通してしまった。それほど、その可哀そうな女に同情もし、ひきつけられてもいたのである。

その女には、いつまでたっても、引取り手が現われなかった。気が狂ってしまって、どこの誰ともわからなかったし、又顔一面の負傷のために、まったく元の姿はなかったとはいえ、こんなに長い間彼女の身内の者が現われないのは不思議といえば不思議であった。まったく親兄弟も身よりもないさびしい身の上の女なのかも知れない。

一人の引取り手も現われないという、世にも気の毒な事実が、一そう麗子を熱心にした。その悲惨な境遇も知らずあどけない童謡を歌いつづけている女が、可哀そうでたまらなかった。彼女が周囲の反対をおしきっても、その女を引取らないではいられぬ気持になったのも無理ではない。

狂女の負傷はもう回復期にはいっていたが、まだ顔じゅうに繃帯を巻いたままであった。目と口と鼻のほかは、まったく繃帯におおわれ、彼女の顔は一つの大きなまっ白な鞠のように見えた。狂気の方は少しも回復の徴候を見せなかった。彼女はあたえられた奥の一間に、昼も床についたまま悲しい声で童謡を歌っていた。

病院での附添看護婦が、毎日相沢家に通って、狂女の繃帯の手当や身の廻りの世話をすることになったが、そのほかに、相沢家には、狂女の移転と同時に、一人の老下男が雇い入れられた。六十歳ぐらいの実直らしい痩せた老人で五分刈りの頭髪はもうまっ白になっていた。ひどく無口な男で、あまり人前に顔を出さず、黙々として庭の掃除をしたり、物置小屋の中をかたづけたり、ただ働くことを楽しんでいるように見えた。

狂女が引取られてから、二日間は別段のこともなく過ぎ去った。地獄の道化師も不思議に姿を現わさず、彼は何か事情があって、麗子の襲撃を思い止まったのではないかと疑われるほどであった。だが、悪魔の智恵は常識で判断することは出来ない。彼は人々の油断を待ち構えているのかも知れない。そして、何か意表外の奇怪な手段によって、一挙に目的をはたそうとしているのかも知れない。

はたして、その三日目の夜、悪魔は驚くべきかくれ蓑《みの》に身を包んで、気体のごとく相沢家に侵入し、麗子の寝室に窺《うかが》い寄っていたのである。

麗子は奥まった六畳の座敷に、ただ一人、何も知らずにスヤスヤと眠っていた。枕《まくら》頭《もと》に二曲の屏風《びょうぶ》が立って、小さい電球のスタンドが、ぼんやりと彼女の寝顔を照らしていた。少しお行儀《ぎょうぎ》わるく、白い右手が肘の辺まで、蒲団の襟《えり》から現われていた。本を読みながら、そのままの姿で寝入ったのであろう。その手の下には、開いたままの小型文庫本が投げ出されてあった。

真夜中の二時を少し過ぎた頃、縁側に面した障子が、音もなくソロソロと開いていた。一分《ぶ》ずつ一分ずつ、まるで虫の這うような慎重さで、何者かがその障子を開いていた。

むろん麗子は少しもそれを知らなかった。障子はかすかな音さえもたてなかったからである。

やがて障子が二尺ほども開いたと思うと、そこから、影のようなものが、スーッと部屋の中に忍び込み、屏風の外《そと》に身をかくした。二三分の間、その者は、息を殺して、そこにうずくまっているように思われた。何の物音も、何の動くものもなく、部屋の中は死のように静まり返っていた。

やがて、屏風の框《かまち》の畳から一尺ほどの高さのところに、白い虫のようなものが、ポツンと現われた。そして、その白いものが、少しずつ少しずつ大きくなっていた。それは人間の指であった。指が極度の臆病さで、屏風の端から、麗子の方へ伸びて来るのであった。

五本の指がすっかり現われてしまうと、その指には妙なガラスの管が握られていることがわかった。小型の注射器であった。注射器のガラス管にはにごった液体が半分ほどはいっていた。先端《さき》の鋭い針が、スタンドの光を受けて、ギラリと光った。

注射針の先は、ジリジリと麗子の白い腕に向って近づいていった。それを持つ手は、屏風の蔭からもう一尺ほども伸びていた。

麗子はまだ熟睡していた。あと一分間で事はすむのだ。注射針のするどい先端がチクリと彼女の白い腕をさす、ただそれだけだ。彼女は目をさますかも知れない。だが、その時にはもう毒物が彼女の皮下にうえつけられてしまっているのだ。声をたてる暇さえないであろう。或る種の毒物は、一滴の微量をもって、一瞬間に人を殺すことが出来るからである。

だが、いったい悪魔はどこからこの部屋へ忍び込んで来たのであろう。事件以来戸締りは厳重の上にも厳重にされている。襖一重の麗子の隣室には目敏《めざと》い相沢氏が寝ているはずだ。その警戒の中を、かすかな物音一つたてず、彼はどうしてここまでたどりつくことが出来たのであろう。何かしら人々の思いも及ばぬ魔術が行われたと考えるほかはなかった。

注射針の先はもう、麗子の白い皮膚へ二三寸の距離にせまって、キラキラとかすかに震えていた。麗子の運命は今や決したかと見えた。なにごとか奇蹟が起らない限り、彼女の死はもはや決定的であった。

だが、読者も予想されたように、その奇蹟が起ったのである。

眞犯人

突如、けたたましい物音が起った。死のような静けさの中に、重い物体のぶつかり合う恐ろしい響きがして、麗子の枕頭の屏風は、突風に吹かれたように、ユラユラとゆれて、あやうく倒れそうになった。

物音は麗子の寝室から縁側へとつたわっていった。そして、その縁側の暗闇の中で、はげしい息づかいと、怒号の声と、何かのぶつかり合う重い地響きのようなものが、しばらくつづいた。

時ならぬ大音響に、相沢家の人々が、たちまち目をさまし、その縁側にかけつけたのはいうまでもない。

隣室の相沢氏、書生、女中、そして当の麗子も、それらの家人のうしろから、オズオズと縁側をのぞいていた。麗子の寝室の電燈が点じられたので、廊下はパッと明るくなったが、人々はその縁側に、実に思いもよらぬ奇怪な光景を目撃したのである。

上からのしてかかって、取り押えているのは、最近雇入れられたばかりの老下男であった。この真夜中に、彼はまだ起きていたものとみえて、ちゃんと昼間の服装をしていた。縞の着物に角帯、まっ白な頭髪、一と目でそれとわかる老僕の姿である。

だが、老人に組み伏せられて、俯伏しているのは、いっそう意外な人物であった。そこには白い大きな鞠のようなものが、縁側にころがっていた。あの狂女である。狂女は麗子が貸しあたえた派手なパジャマを着て、繃帯の顔を縁板につけて、老人の膝の下に呻吟《しんぎん》していた。その前に小型の注射針が投げ出されてあった。

これはどうしたことだ。いったい何ごとが起ったのだ。老下男は気でも違ったのか。可哀そうな狂女を、この夜ふけに、縁側などへ引っぱり出して、こんなひどい目にあわせるなんて、まるで夢の中の出来事のように唐突な感じであった。

「明智先生！　どうなすったのです」

相沢氏が思わずほんとうの名を呼んでしまった。老下男が明智探偵の変装姿であることは、主人の相沢氏と白井清一だけが知っている秘密であったが、相沢氏は咄嗟の場合そんなことを顧慮《こりょ》しているひまがなかった。

「こいつが犯人です！　とうとう確証をつかみました」

「エッ、その女が犯人ですって？　いったいなんの犯人なのです」

「くわしいことはあとでお話しします。こいつはお嬢さんに毒薬を注射しようとしたのです。ごらんなさい、この注射針がそうです」

だが、なぜこの狂女が大恩人の麗子を殺害しようとしたのか、相沢氏にはさっぱりす」


見当がつかなかった。

「気違いは、だからあぶないというのです。何か発作《ほっさ》を起したのですか」

「いや、気違いじゃありません。こいつが、地獄の道化師と呼ばれている殺人鬼です」

「エッ、なんですって？　じゃ、その繃帯で変装をして……」

「いや、そうでもありません。ごらんなさい、こいつの腕にはこんなに焼けどのあとがあります。あの女なのです。あの女が殺人鬼だったのです」

「エッ、エッ、あの気の毒な気違い女が？」

相沢氏はあっけにとられたように叫んだまま、二の句がつげなかった。何かしらあり得べからざることが起ったような感じなのだ。いかに名探偵の言葉とはいえ、あまりの突飛さに、容易には信じがたい気がしたのだ。

相沢氏よりもいっそう驚きに打たれたのは、当の麗子であった。この女が自分を殺そうとしたのか。そして、この哀れな女が、自分をつけねらっているあの恐ろしい殺人鬼だったのか。そんなことがあり得るだろうか。夢ではないのか。自分は今こわい悪夢にうなされているのではないのか。

繃帯の女を組み伏せたままで、問答を続けるわけにもいかぬので、一同はともかく客座敷にはいって、明智の説明を聞き取ることになった。一方、明智の指図によってピアニスト白井清一に電話がかけられたが、彼は深夜ながら、すぐ自動車を飛ばして、かけつけて来るということであった。

繃帯の女は、観念したのか、もう手向いをしようとも、逃げ出そうともせず、明智に引きすえられたその座敷の隅に俯伏して、さめざめと泣き入ったまま、身動きさえしなかった。

どう見ても、きのうまでの狂女と少しも違わない、物哀れな姿である。ああ、この女があの大犯罪者、地獄の道化師その人なのであろうか。

「私にはさっぱり事情が呑《の》み込めませんが、すると、この女は気違いではなかったのですか」

相沢氏は半信半疑の体で、まず第一の疑いをはらそうとした。

「そうです。ただ気違いをよそおっていたのです。実に名優でした。麗子さんが同情されたのも無理はありません。あの童謡には、誰でもホロリとなりますからね」

白髪の老下男が、若々しいはっきりした声で答えた。

「フム、偽《にせ》気違いだったのですか。しかし、それにしてもどうも私にはまだ腑に落ちないのですが、いったいこの人は、あの屋根裏で道化師に監禁されていた女とは別人なのですか。いつの間にか、人間のすりかえが行われていたというのですか」

「いや、そうじゃないのです。屋根裏に監禁されていた女がこの女なのです」

「おかしいですね。それじゃ、この女は道化師に誘拐された被害者の一人じゃありませんか。それが被害者ではなくて犯人で、あの道化師と同一人物だというのは、私にはまだよく呑み込めませんが……」

「そうでしょう。誰だってそう考えます。それが犯人のすばらしい隠れ蓑だったのです。僕は今、この女が気違いでないと云いましたが、それはあなた方が考えていらっしゃるような狂人ではないというまでで、別の意味では、確かに狂人です。人並すぐれた智恵と判断力を持った狂人です。恐るべき地獄の天才です」

「フム、それじゃ、こういうことになりますね……」

相沢氏は、その着想のあまりの恐ろしさに、次の言葉を続けかねていたが、やっと思い切ったようにそれをいった。

「つまり、あなた方があの空家を襲撃なすった時、そこの屋根裏には犯人とこの女とがいたのではなくて、この女一人きりだったとおっしゃるのですね。という意味は、この女はあの劇薬を、自分で自分の顔にふりかけたという……」

相沢氏は云いさして、ゾーッとしたように、口をつぐんだ。

一座の人々は互いに顔を見合せて、しばらくはものをいう者もなかった。シーンと静まり返った中に、繃帯の女のかすかなすすり泣きの声ばかりが、名状し難い悲愁《ひしゅう》をこめて、絶えては続いていた。

その時、玄関の方にあわただしい人声がして、やがて洋服姿の白井清一が、緊張した顔をしてはいって来た。彼は明智が老下男に変装してこの家に住み込んでいることは知っていたが、その真の目的がどこにあるかは、まださとっていなかったので、狂女が真犯人と聞かされて、やはりはげしい驚きに打たれないではいられなかった。

「白井さんは、ある程度、この事件の秘密をご存知なのです。しかし、真犯人が何者であるかということは、僕にもたった今しがたまで、確信がなかったので、その点は白井さんにも打ちあけてなかったのです。

「それじゃ、僕がなぜこの女を真犯人と考えたか、その理由をこれからお話ししましょう。本人がここにいるのですから、僕の推察が間違っていれば、たぶんこの女が訂正してくれることでしょう」

老下男の明智は、膝を組みなおして、さて、この不思議な殺人事件の真相を説きはじめるのであった。

悪魔の論理

「かいつまんで申上げます。この事件を深く考え、犯人自身の告白によって、その動機をくわしく考察すれば、興味深い一冊の書物を書くことも出来るでしょうが、今はただ当然かくあらねばならぬという、僕の論拠《ろんきょ》だけを、ごく簡単にお話しするにとどめます。

「僕があの麻布の空家の屋根裏で、この女がうめいているのを発見した時、チラッとひらめいたのは、そこには最初からこの女がかくれていたばかりで、もう一人の男は全然いなかったのではないか。つまりこの女こそ、地獄の道化師と呼ばれる殺人鬼ではないのかという、奇妙な考えでした。

「世間では犯人を男とばかり信じていた。男だからこそ若い美しい女を誘拐するのだと信じていた。しかし、探偵という仕事は、いつも世間の信じている逆を考えて見なければならないのです。ものの表を見ないでその裏側を見通さなければならないのです。

「僕にそういう疑いを起させた第一の論拠は、この女が劇薬で顔をめちゃめちゃにされていたことでした。別に犯人があって、屋根裏から逃げ去る時、この女をそんな目にあわせていったという考え方は、一つの常識で、表面的な考え方にすぎません。誰しもそう考えるだろうと思えばこそかしこい犯人はそれを欺瞞《ぎまん》の種にもちいるのです。犯罪者の魔術の種は、いつもそういう常識の裏側に、まったく別の姿で隠れているのです。

「われわれがあの空家を四方から包囲した時、犯人はまだ屋根裏にひそんでいたと仮定します。そして、まったく逃げ場を失ってしまったとすれば、彼はどういう手段をとるでしょう。もし彼が見せかけのように男ではなくて、実は女であったとすれば、ただ元の女にもどって、そこに泣き伏していればいいのです。そうすれば、われわれは、その女が犯人とは考えないで、犯人のために監禁されていた、気の毒な犠牲者の一人だと思い込むでしょう。

「しかし、ただ女の姿になって泣き伏しているだけでは足りません。顔を見られたら、たちまちその素性がわかってしまうからです。犯人はわれわれに素顔を見せてはならなかったのです。この難関を切り抜けるために、犯人は実に思いきった方法をえらんだ。すなわち、われとわが手で顔に劇薬をふりかけたのだと仮定すればどうでしょう。

「僕はむろんそれを確信したわけではありません。こういう仮説をたててみたにすぎないのです。しかし、その後だんだん推理を進めていくにしたがって、この仮説は一歩ずつ真実味を加えて来ました。ほかの事情がことごとくそれを裏書きするように見えはじめたのです。

「犯人はなぜ道化師の扮装をしたか。それは単に世間をこわがらせる奇怪な思いつきにすぎなかったのか。それともその裏にもう一つの意味があったのではないか。つまり、犯人は素顔をかくすために、あの壁のような厚化粧が必要だったのではないか。そして、ただ変装するだけでは足りない。まったく顔をぬりつぶしてしまわなければならないというのには、何か特別の事情があったのではないか。

「この疑問は、もし犯人が女であったとすれば、たちまち氷解《ひょうかい》するのです。女が男に化けるためには、普通の男性の服装をするよりは、ああいうダブダブの衣裳を着て、とんがり帽子をかぶって、壁のように白粉をぬって、顔と身体の女らしさをまったくおおいかくしてしまう方法をとった方が、どんなに容易だかわかりません。

「ところが、そういうふうにいろいろ思いめぐらしている間に、僕はふとこの事件の中の二つの事柄の妙な一致に気づきました。顔をめちゃめちゃに傷つけるということは、屋根裏の場合が最初ではなかったのです。この事件の最初に、もう一つ同じようなことが行われていたのです。あの石膏像にぬりこめられた野上みや子は、やはりまったく素顔がわからぬほど、顔面を傷つけられていたではありませんか。

「道化師の壁のような白粉の仮面、犯人自身の劇薬による変貌、それから最初の被害者の顔面の恐ろしい傷、この三つが、僕の心を不思議に刺戟《しげき》したのです。それらは手段こそ違え、ことごとく素顔をかくすための操作だったではありませんか。

「なぜ被害者の素顔をかくさなければならなかったのか。又なぜ犯人の素顔を、あれほどの苦痛をこらえてまで、かくさなければならなかったのか。じっとそれを考えていますと、僕の瞼の裏に、一つの奇怪きわまる幻影が浮かんで来たのです。それはほとんど常人の想像を絶する、悪魔の智恵、狂人の幻想ともいうべきものでした」

　明智はそこまで語って、ちょっと言葉を切ったが、一座の人々は張りつめた目で、じっと明智の顔を凝視したまま誰も口をきくものはなかった。明智は何かを隠している、この事件の最大の秘密が、まだ語られないでいるということが、人々にもおぼろげにわかっていた。そこにこのただならぬ緊張の理由があった。明智は冷静に語りつづける。

「一方では、僕はこういうことに気づいていました。それは、被害者の野上みや子も野上あい子も、それからここにいらっしゃる麗子さんも、ある一人の人物に密接な関係を持っていたということです。

「これは白井さんにもお話ししたことがあるのですが、そのいわば中心的な立場にあった人物というのは、白井清一さんなのです。本人を前にしては、少し云いにくいのですけれど、この際ですから、おゆるしを願うことにして、率直に申しますが、白井さんは野上みや子と許婚《いいなずけ》であったにもかかわらず、いつまでもそれを実行にうつそうとはなさらなかった。そして、許婚のみや子さんよりは、かえって妹のあい子さんと親しい間柄になっていた。もしあい子さんが無事でいたら、白井さんはあの人と結婚していたかも知れない。つまり姉さんのみや子は、ひどくきらわれていたわけなのです。このことは白井さん自身からも伺っているし、僕はあい子さんのお母さんをたずねて、確かめてもいるのです。

「みや子をきらったのは、白井さんばかりではありません。これは誰も知らないみや子さんの秘密なのですが、あの人は今から二年ほどまえ、例の綿貫創人君のアトリエへ、絵をならいに通っていたことがあって、綿貫君に師弟以上の愛情を示したことがあるのです。これはむろん、白井さんもあの人のお母さんもご存知ないことでしょう。僕は綿貫君自身からそれを聞いたのです。

「ところが、綿貫君は、どうしてもみや子さんが好きになれなかったというのです。みや子さんはあの綿貫君にさえきらわれたのです。

「そういうわけで、みや子さんは愛情に餓《う》えながら、誰からも愛されなかった。許婚者にきらわれたばかりではない、あの人が愛情を示した男性のことごとくから、敬遠されたのではないかと思われる節があるのです。

「僕はお母さんをたずねた時、みや子さんとあい子さんの写真を借りて帰って、よくしらべて見たのですが、妹のあい子さんの愛くるしさに引きかえて、みや子さんの顔には、なるほど、綿貫君のいったように、妙に人を反撥《はんぱつ》するようなものが感じられるのです。いや、そういっただけでは足りない。何か恐ろしい感じさえするのです。

「白井さん、あなたは、みや子さんとあい子さんがほんとうの姉妹ではなかったことを御存じですか」

白井は突然問いかけられて、ギョッとしたように目を見はった。

「いや、そんなことはいちども聞いていません。顔立ちはひどく違っていましたけれど、僕はほんとうの姉妹だと思っていたのです」

「ところが、そうではなかったのです。みや子さんは拾われた子です。お母さんはこれは誰にも打ちあけてないのだからといって、なかなかおっしゃらなかったのを、僕が無理に聞き出したのですが、みや子さんの両親はどこの誰ともまったくわからないのだそうです。

「みや子さんは、それを早くから、察していたのかも知れない。おそらく察していたのでしょう。名も知れぬ両親から伝えられた遺伝と、幼児以来のひがみとが、あの人をあんな容貌に育て上げたのではないかと想像されます。

「そういう素地《そち》のある上に、愛情は少しもむくいられなかった。許嫁者にさえきらわれた。そして、その許嫁者は妹と親密にしている。普通の女性にしても、これは可《か》なりの打撃です。まして、そういう過去を持つみや子さんのゆがんだ心には、その苦痛が何倍にも拡大されて写ったということは、容易に想像されるではありませんか。

「失恋の悲しみは、正常な女性をも気違いにすることがあります。まして、みや子さんには、そういう暗い遺伝と環境があった。生れながらに、異常の素質をそなえていた。普通の女なれば、その悲しみを外《そと》に現わしたのでしょうが、彼女はそれを現わさなかった。悲しみのあまり自殺を考えるかわりに、復讐《ふくしゅう》を思い立った。悪魔のささやきに応じたのです。その時からして、野上みや子はこの世から消え失せて、地獄の道化師と生れ変ったのです」

ついにこの事件の最大の秘密が暴露された。だが、人々はそれを聞いても、呆然としておし黙っていた。あまりの奇怪事に、急にはそれを信じることは出来なかったのだ。

「むろん、僕は最初からこんなにハッキリ考えたわけではありません。ある一つの重大な証拠を握るまでは、それはさまざまの可能性のうちの、もっとも奇怪な例外的な一つの場合に過ぎなかったのです。

「その重大な証拠というのは、ほかでもありません。白井さん、先夜あなたといっしょに見た、あの千葉県の古寺《ふるでら》の墓地にかくされてあった、恐ろしい秘密なのです」

明智はここで、慶養寺の墓地発掘の次第を手短に物語った。

「その土葬の棺の中に、僕たちは、野上あい子の死体を発見したのです。死後十日とはたっていなかったので、充分容貌を見わけることが出来ました。

「あい子さんはいうまでもなく、道化師の手によって殺害されたのです。しかし、その死体が、思いもよらぬ千葉県の片田舎《かたいなか》に埋葬されていたというのは、これはいったい何を意味するのでしょうか。

「僕はさきほど申上げた疑念――それは一と口にいえばつまり、最初の殺人の石膏像の中の死体の顔が、なぜあんなにめちゃめちゃに傷つけられていたかという、恐ろしい疑念なのですが、そういう疑いを持ったものですから、綿貫創人君をわずらわして、みや子さんの女学校時代の同窓や、その他の女友達の中に、ごく最近死亡したものはないかと調べ廻ってもらったのです。

「すると、千葉県の市川の奥のGという村に、みや子の同窓の人があって、その娘さんが、ちょうど第一の殺人事件の起った四日前に、心臓麻痺《まひ》で急死したということがわかりました。しかも、その村には土葬の習慣が残っていて、娘さんは村はずれの、慶養寺の墓地に葬られたというのです。

「僕が何を云おうとしているか、もうおわかりでしょう。この同年輩の女性の土葬こそ、みや子の恐ろしい犯罪の出発点となったのです。もしそういうことがなかったとしても、みや子はおそらく、別の手段を考え出していたでしょうが、他のどんな手段よりも、この土葬者を利用するという悪魔の着想が、彼女を魅了したのです。

「千葉県といっても、市川の附近なのですから、東京から自動車で往復するのはなんでもありません。みや子がどういう方法で、それをなしとげたか、よくわかりませんが、あとであい子さんを誘拐したやり口を思い合わせますと、彼女は一人の男の助手を持っていたらしく考えられます。それは自動車の運転の出来る、屈強な若者に違いありません。そんな助手をどうして手に入れたか。おそらく金にものをいわせたのでしょう。みや子は家出の際に、五千円の貯金を持ち出しているのですからね。

「むろん墓があばかれ、その友達の死体が運び出されたのです。そして顔を傷つけた上、大急ぎで石膏像にぬりこめた。みや子は綿貫君に弟子入りしていたほどですから、石膏像の造り方は心得ていたに違いありません。そういう美術的才能にはめぐまれていた女です。

「その石膏像を、綿貫君の留守中のアトリエの門内に運び入れ、どこかから電話をかけて、あのガレージの自動車を呼んだのです。そして、綿貫君の作品のように見せかけて運搬を頼んだのです。その交渉には例の男の助手を使ったか、みや子自身が男装して応対したか、どちらかでしょう。

「その替玉《かえだま》の娘さんの右腕に、みや子のとまったく同じ傷痕があったというのは、ほとんど奇蹟に近い偶然ですが、しかしそういう偶然があったればこそ、みや子もあれほどの大事を決行する気になったのでしょう。年頃も背恰好も同じだったこと、腕に傷痕があったこと、土葬されたこと、この二重三重の偶然が、はじめてあれほどの奇怪な犯罪を可能ならしめたのです。むろんみや子は学生時代に、その傷痕の一致をちゃんと見届けていたのに違いありません。

「みや子は復讐事業の着手に先だって、まず彼女自身を、この世から抹殺《まっさつ》することに成功したのです。彼女自身第一の被害者であるかのごとくよそおい得たのですから、もう何をしようと絶対に安全です。かようにして、悪魔の智恵は、童話のかくれ蓑を手にいれることが出来たのです」

明智はいちども、そこに泣き伏しているみや子に問いかけることはしなかったが、彼女がこの推理を耳にしていたのはいうまでもなく、そのみや子自身が、なんら否定の言葉ももらさず、否定の身ぶりもしなかったのだから、明智の推理はほとんど的中していたのに相違ない。

人々はその様子を見て、明智の物語がいかに奇怪であろうとも、条理整然たる彼の推論と犯人自身の無言の肯定とによって、これを信じないわけにはいかなかった。

「その土葬の棺の中は、しばらくの間、からっぽになっていたわけですが、みや子にとっては、それが唯一の気がかりだったに違いありません。そこで、あい子さんを殺害して、復讐の目的をはたして、その死体の処置を考えた時、彼女は当然、あのからっぽのままの棺桶を思い浮べたのです。

「土中の棺桶の中へ惨殺死体をかくす、これほど恰好のかくし場所がほかにあるでしょうか。しかも、そうしておけば、亡友の死体を盗み出したことは、永久に発覚するおそれがないのです。後日万一その墓があばかれることがあっても、そこにはちゃんと、替玉のあい子さんの白骨が横たわっているわけですからね。狂人の叡智《えいち》です。狂人でなくては考え出せない着想です。

「屋根裏で、みずから劇薬をあびたのも、やはり狂人の叡智に属する所業ですが、普通の狂人ではなくて、犯罪にかけては一分の抜け目もない犯人のことですから、その時、顔といっしょに、例の右腕の傷痕も、劇薬で焼き消してしまうことを忘れませんでした。必要以上に、手や胸に劇薬の痕がついていたのは、それをごまかすためだったのです。

「顔はくずれている、目印の傷痕はかくされている。その上憔悴して痩せ衰えていたのですから、お母さんにさえ、この女がみや子とわからなかったのも、無理ではありません。それに、お母さんも警察の人たちも、みや子はこんどの事件の第一の犠牲者だと信じきっていたのですからね。

「犯人は病院に入れられると、狂人をよそおい、哀れな童謡などを歌って、人々の同情を集めました。そして、この女は、心ひそかに、麗子さんの見舞いにいらっしゃるのを待ちもうけていたのかも知れません。麗子さんは、まんまとその罠《わな》にかかられたのです。この女はお芝居の限りをつくしてあなたの同情をひき、あなたがここへ引取らないではいられないように仕向けたのです。そして、首尾よくその目的をはたしました。あとは、今夜のような機会を待ちさえすればよかったのです。

「僕はあらかじめ、こういうことが起るのを察してはいました。しかし、これまでのお話でもわかるように、僕の推理には、直接の証拠が一つもなかったのです。それに、この推理の非現実性が、僕を躊躇させたのです。筋路《すじみち》は通っているにしても、それは狂人の国の推理ですからね。犯人自身の何かの所業を、この目で見るまでは安心が出来なかったのです。

「それで、麗子さんの身辺を護衛するという口実で、相沢さんのおゆるしを得た上、こんな変装をして住込むことにしたのです。そして、この女の挙動を、夜となく昼となく見張っていたのです。僕に自信がなかったばかりに、麗子さんをあんなあぶない目にあわせたことは、実に申訳ないと思っています。

「犯人がなぜ麗子さんを第二の復讐の目標にしたか、それはくわしく申すまでもありますまい。狂人の全関心は白井さんにかかっているのです。白井さんと親交を結ぶ女性はことごとくこの女の敵なのです。病的な嫉妬心です。この狂女にはその方面の苦痛が、常人の数倍、数十倍に拡大されて感じられるのです。

「異性の友達を迫害することは、一方ではそむかれた白井さんへの復讐にもなるのですからね。そして、直接あなたへの行動は、この女の最後の大事業として、大切に残してあったのかも知れません。

「これが僕の考えのあらましです、更《さ》らにくわしい性格と心理の問題は、この女自身の告白を待つほかはありません」

明智が長い話を終って、口をつぐむと、人々の目は期せずして、そこに俯伏しているみや子の背中にそそがれた。みや子は、最初の姿勢を少しもかえないで、石になったように、身動きもしないでいた。巨大な白い鞠のような頭部が、前に重ねた両手の上に、グッタリと乗っている形は滑稽でもあり、それゆえに又、ゾッとするほど不気味でもあった。

人々は顔を見合わせて、この奇怪な生物を、どう処置したものであろうと、互いの目に尋ね合った。

「お父さま、ちょっと見て下さい。あの人、息をしていないわ」

敏感な麗子がまずそれに気づいて、恐怖の叫び声をたてた。

「エッ、息をしていない？」

相沢氏は立っていって、女の肩をゆすってみたが、何の手応えもなかった。鞠のような顔を持上げて見ても、手を放すと、にぶい音をたてて、畳の上に落ちていった。

相沢氏は急いで女の手首を握って、脈を調べた。

「死んでいる。明智さん、この女は死んでいるのです」

そのけたたましい叫び声を、名探偵は静かに受けて、答えた。

「僕はたぶんそんなことだろうと思っていました。この女は、もうどんなに悪魔の智恵を働かせても、世間の目をのがれることは出来ないのです。唯一の武器のかくれ蓑を奪われてしまったからです。自殺のほかに道はなかったのです。

「おそらく、最後の場合、自分の命を断つ薬品を、肌身離さず用意していたのでしょう。

「この女も考えて見れば可哀そうです。所業《しょぎょう》は憎むべきですが、この女自身の罪というよりは、そういう性格を作り上げた、遺伝と環境を考えてやらなければなりません。お上《かみ》にお手数をかけないで、この女が自分自身を死刑に処した点は、大目に見てやってもいいのではないでしょうか。

「僕はただ、この女自身の口から、悪魔の告白を聞き得なかったことを、残念に思うばかりですよ」

明智は云い終って、いつもの彼に似げなく、ホッと深い溜息《ためいき》をもらすのであった。

（「富士」昭和十四年一月―十二月）

注1　五千円
　平成二十七年現在で換算すると二、三百万円。
注2　青髭
　ペローの童話。妻を次々と殺した男の話。

一寸法師

生腕

小林紋三《こばやしもんぞう》はフラフラに酔っぱらって安来節《やすきぶし》の御園館《みそのかん》を出た。不思議な合唱が――舞台の娘たちの死物ぐるいの高《たか》調子とそれに呼応する見物席のみごとな怒号が――ワンワンと頭をしびらせ、小屋を出てしまってもちょうど船暈《ふなよい》の感じで足元をフラフラさせた。その辺に軒《のき》を並べている夜店の屋台がドーッと彼の方へ押寄せてくるような気がした。彼は明るい大通りをなるべく往来の人たちの顔を見ないように、あごを胸につけてトットと公園の方へ歩いた。もしその辺に友達が散歩していて、彼が安来節の定席《じょうせき》からコソコソと出て来るところを見られでもしたらと思うと、気が気でなかった。ひとりでに歩調がはやかった。

半丁も歩くと薄暗い公園の入口だった。そこの広い四つ辻を境にして人足《ひとあし》はマバラになっていた。紋三は池の鉄柵のところに出ているおでん屋の赤い行燈《あんどん》で、腕時計をすかして見た。もう十時だった。

「さて帰るかな、だが帰ったところで仕方がないな」

彼は部屋を借りている家のヒッソリした空気を思い出すとなんだか帰る気がしなかった。それに春の夜の浅草公園《あさくさこうえん》が異様に彼をひきつけた。彼は歩くともなく、帰り道とは反対に公園の中へとはいって行った。

この公園は歩いても歩いても見つくすことの出来ない不思議な魅力をもっていた。フトどこかのすみっこで、とんでもない事柄に出っくわすような気がした。何かしらすばらしいものが発見できそうにも思われた。

彼は公園を横断するまっくらな大通りを歩いて行った。右の方はいくつかの広っ場《ぱ》を包んだ林、左側は小さな池にそっていた。池では時々ボチャンボチャンと鯉《こい》のはねる音がした。藤棚を天井にしたコンクリートの小橋が薄白く見えていた。

「大将、大将」

気がつくと右の方の闇の中から誰かが彼を呼びかけていた。妙に押し殺したような声だった。

「なに」

紋三はホールド・アップにでも出っくわしたほど大袈裟《おおげさ》に驚いて思わず身構えをした。

「大将、ちょっとちょっと、他人《ひと》にいっちゃあいけませんよ、ゴく内《ない》でですよ、これです、すてきに面白いのです、(注1)五十銭奮発して下さい」

縞《しま》の着物に鳥打帽《とりうちぼう》の三十恰好《かっこう》の男がニヤニヤしながら寄りそって来た。

「ソレ、なんです」

「エヘヘヘヘ御存知のくせに、決して誤魔化しものじゃありませんよ、そらね」

男はキョロキョロとあたりを見廻してから、一枚の紙片を遠くの常夜燈にすかして見せた。

「じゃあ、もらいましょう」

紋三はそんなものを欲しいわけではなかったけれど、フトもの好きな出来心から五十銭銀貨とその紙片とを交換した。そしてまた歩き出した。

「今夜は幸先《さいさき》がいいぞ」

臆病《おくびょう》なくせに冒険好きな彼の心はそんなことを考えていた。

もうへべレケに酔っ払った吉原《よしわら》帰りのお店者《たなもの》らしい四五人連が肩を組んで、調子はずれの都々逸《どどいつ》をどなりながら通り過ぎた。

紋三は共同便所のところから右に切れて広っ場の方へはいって行った。そこの隅々《すみずみ》に置かれた共同ベンチにはいつものように浮浪人らが寝支度をしていた。ベンチのそばにはどれもこれもおびただしいバナナの皮が踏みにじられていた。浮浪人たちの夕食なのだ。中には二三人で近くの料理屋からもらって来た残飯を分けあっているのもあった。高い常夜燈がそれらの光景を青白くうつし出していた。

彼がそこを通り抜けようとして二三歩進んだ時、かたわらの暗《やみ》の中にもののうごめく気配を感じた。見ると暗いためによくはわからぬけれど、何かしら普通でない非常にへんてこな感じのものがそこにたたずんでいた。

紋三は一瞬間不思議な気持がした。頭がどうかしたのではないかと思った。だが、目が闇になれるにしたがって、だんだん相手の正体がわかって来た。そこにたたずんでいたのは、可哀そうな一寸法師だった。

十歳ぐらいの子供の胴体の上に、借物のような立派やかな大人の顔がのっかっていた。それが生人形《いきにんぎょう》のようにすまし込んで彼を見返しているのだ。はなはだしく滑稽《こっけい》にも奇怪にも感じられた。彼はそんなにジロジロながめては悪いような気がした。それにいくらかこわくもあったので、何気なく歩き出した。振り返って見るのもはばかられた。

それから彼は、いつものように、広っぱから広っぱへと歩き廻った。気候がいいので、どこのベンチもふさがっていた。たいていは一つのベンチを一人で占領して、洗いざらした法被《はっぴ》姿などが、長々と横たわっていた。中にはもういびきをかいて、泥のように熟睡しているものもあった。初心の浮浪人は巡査の目を恐れてベンチを避け、鉄柵の中の暗い茂みを寝床にしていた。

その間を奇妙な散歩者が歩くのだった。寝床を探す浮浪人、刑事、サーベルをガチャガチャいわせて三十分ごとに巡回する正服《せいふく》巡査、紋三と同じような猟奇者《りょうきしゃ》、などがそのおもなものであったが、ほかにそれらのいずれにも属しない一種異様の人種があった。彼らはちょっとその辺のベンチに腰をおろしたかと思うと、じきに立ち上がって同じ道をいくどとなく往復した。そして木立の間の暗い細道などでほかの散歩者に出会うと、意味ありげに相手の顔をのぞき込んで見たり、自分でもそれを持っているくせに、相手のマッチを借りてみたりした。彼らはきわめてきれいにひげをそって、つるつるした顔をしていた。縞の着物に角帯などしめているのが多かった。

紋三は以前からこれらの人物に一種の興味を感じていた。どうかして正体をつきとめてみたいと思った。彼らの歩きっぷりなどから、あることを想像しないでもなかったが、それにしては、皆三十四十のきたならしい年寄りなのが変だった。

屋根つきの四阿風《あずまや》の共同ベンチのそばを通りかかると、その奥の暗いところで喧嘩《けんか》らしい人声がした。この公園の浮浪人どもは存外意気地《ぞんがいいくじ》なしで、あぶな気《げ》がないと考えていた紋三は、ちょっと意外な気がした。で、やや逃げ腰になりながら、すかして見ると、それはやっぱり喧嘩ではなく一人の洋服姿の紳士が警察官に引きすえられてしまっているのだった。二言三言どなっているうちに、紳士はなんなく腰縄をかけられてしまった。二人は無言のまま仲よく押し並んで交番の方へ歩いて行った。紳士は、でも、歩きながら春外套《がいとう》で縄を隠していた。まっ暗な公園には彼らの跡を追う野次馬もいなかった。同じベンチに一人の労働者風の男が、何事もなかったかのように、ぼんやりと考えごとをしていた。

紋三は不規則な石段をあがって、ある岡の上に出た。まばらな木立にかこまれた十坪ほどの平らな部分に、三四脚のベンチが並んで、そこにポツリポツリと銅像か何かのように、三人の無言の休息者が点在していた。時々赤く煙草の火が光るばかりで、だれも動かなかった。紋三は勇気を出して、そのうちの一つのベンチへ腰をおろした。

もう大分以前に映画館などもはねてしまって、はなやかなイルミネーションはおおかた消えていた。広い公園にはまばらな常夜燈の光があるばかりだった。盛り時《さかどき》にはどこまでも響いて来る木馬館の古風な楽隊や、活動街の人の、ざわめきなども、すっかり無くなっていた。盛り場だけにこの公園の夜ふけは、いっそうものさびしく、変てこな凄味《すごみ》さえ感じられた。腕時計はほとんど十二時をさしていた。

彼は腰をおろすと、それとなく先客たちを観察しはじめた。一つのベンチには口髭《くちひげ》をたくわえたしかつめらしい洋服の男。一つのベンチには、帽子をかぶらぬ、魚屋の親方とでも云いそうな遊人風《あそびにんふう》の男。そしてもう一つのベンチには、ハッとしたことには、最前《さいぜん》の奇怪な一寸法師めが、ツクネンと腰かけていたのである。

「きゃつめ、さっきから影のように、おれの跡《あと》へくっついていたのではないかしら」

紋三はなぜか、ふとそんなことを思った。変に薄気味がわるかった。その上都合のわるいことには、常夜燈がちょうど紋三の背後にあって、その樹の枝を通して、一寸法師のまわりだけを照らしていたので、この畸形児の全身が比較的はっきりとながめられた。

モジャモジャした、こい髪の毛の下に、異様に広い額があった。顔色の土気色をしているのと口と目がつり合いを失《しっ》して、ばかに大きいのが目だっていた。それらの道具が、たいていは、さも大人らしく取り澄ましているのだが、どうかすると、突然痙《けい》攣《れん》のように、顔じゅうの筋ばることがあった。何か不快を感じて顔をしかめるようでもあったし、取りようによっては苦笑しているのかとも思われた。その時顔全体が足を伸ばした女郎蜘蛛《じょろうぐも》の感じをあたえた。

荒い飛白《かすり》の着物を着て、腕組みしているのだが、肩幅の広い割に手が非常に短いため、両方の手首が、二の腕まで届かないで、胸の前に刀を切結んだ形で、チョコンと組合わさっていた。身体《からだ》全体が頭と胴で出来ていて、足などはほんの申訳《もうしわけ》に着いているようだった。高い朴歯《ほおば》の足駄《あしだ》をはいた太短《ふとみじか》い足が地上二三寸のところでブラブラしていた。

紋三は彼自身の顔が陰になっているのを幸い、まるで見世物を見るような気持で相手をながめた。はじめのあいだはいくぶん不快であったけれど、見ているうちに、彼はこの怪物にだんだん魅力を感じて来た。おそらく曲馬団にでも勤めているのだろうが、こんな不具者は、あの鉢《はち》の開いた大頭の中に、どのような考えを持ってるのかと思うと、変な気がされた。

一寸法師はさっきから、妙な盗むような目つきで、一方を見つづけていた。その目を追って行くと、かげになった方のベンチに掛けている二人の男に注がれていることがわかった。洋服紳士と遊人風の男とが、いつの間にか同じベンチに並んでボソボソ話し合っていた。

「存外暖かいですね」

洋服が口髭をなでながらふくみ声でいった。

「ヘエ、この二三日、大分お暖かで」

遊び人風のが小さい声で答えた。二人は初対面らしいのだが、何となく妙な組合せだった。年配は二人とも四十近く見えたけれど、一方は小役人《こやくにん》といったようなしかつめらしい男で、一方は純粋の浅草人種なのだ。それが、電車もなくなろうというこの夜ふけに、のんきそうに気候の話などしているのは、いかにも変だった。彼らはきっと、お互いに何かの目論見《もくろみ》があるのだ。紋三はだんだん好奇心の高まるのを感じた。

「どうだね、景気は」

洋服は、相手の男のよく太ったからだを、ジロジロながめ廻しながら、どうでもよさそうに尋ねた。

「そうですね」

太った男は、膝《ひざ》の上に両肱《りょうひじ》をついて、その上に首をたれて、モゾモゾと答えた。そんなつまらない会話が、しばらく続いていた。紋三は、一寸法師にならって、長い間二人から目を離さなかった。

やがて洋服は「アーア」と伸びと一緒に立ち上がったかと思うと、紋三たちの方をジロジロながめながら不思議なことには、再び同じベンチに、太った男とほとんどすれすれに腰をおろした。太った男はそれを感じると、ちょっと洋服の方を見て、すぐに元の姿勢に返った。そして、頭の毛の薄くなった四十男が、何か恥かしそうな嬌態《きょうたい》をした。

洋服が突然猿臂《えんぴ》を伸ばして——まったくえんぴという感じだった——太った男の手をとった。

そして又、しばらくボソボソとささやき合うと、彼らは気をそろえて、ベンチから立ち上がり、ほとんど腕を組まんばかりにして山を降りて行くのだった。

紋三は寒気を感じた。妙な比喩《ひゆ》だけれども、いつか衛生博覧会で、蠟細工の人体模型を見た時に感じた寒気とよく似ていた。不快とも、恐怖ともたとえようのない気持だった。そしてもっといけないのは、彼の前の薄暗いところで、例の一寸法師が、降りて行った二人の跡を見送りながら、クックックッと笑いだしたことだった。（紋三はその異様な笑い顔を、それから後《のち》も長い間忘れることが出来なかった）畸形児は小娘のように手を口にあてて少し身体をねじ曲げ、クックックッといつまでも笑っていた。紋三はいくらもがいてものがれることの出来ない悪夢の世界にとじこめられたような気持がした。耳のところでドドド……と、遠鳴りみたいなものが聞こえていた。

しばらくすると、一寸法師は滑稽な身振りでベンチから降り、ヒョコヒョコと彼の方へ近づいてきた。紋三は何か話しかけられるのではないかと、思わず身をかたくしたが、幸い彼の腰かけていた場所は大きな木の幹のかげになっていたために、相手はそこに人間のいることさえ気づかぬらしく、彼の前を素通りして、一方の降り口の方へ歩いてゆくのだった。

だがそうして彼の前を二三歩通り過ぎた時、一寸法師の懐中《かいちゅう》から何か黒いものがころがり落ちた。繻子《しゅす》の風呂敷《ふろしき》様《よう》のもので包んだ、一尺ばかりの細長い品物だったが、風呂敷の一方がほぐれて少しばかり中味がのぞいていた。それは明らかに、青白い人間の手首であった。きゃしゃな五本の指が断末魔《だんまつま》の表情で空《くう》をつかんでいた。

不具者は、たれも見る者がないと思ったのか、別段あわてもしないで、包み物を拾いあげ、懐中にねじ込むと、急ぎ足に立ち去った。

紋三は一瞬間ぼんやりしていた。一寸法師が人間の腕を持っているのは、ごく普通のことのような気がした。「馬鹿なやつだな、大事そうに死人の腕なんか、ふところにいれてやあがる」何だか滑稽な気がした。

だが次の瞬間には、彼は非常に興奮していた。奇怪な不具者と人間の腕という取合せが、ある血みどろの光景を連想させた。彼はやにわに立ち上がって、一寸法師の跡を追った。音のしないように注意して石段を降りると、すぐ目の前に畸形児のうしろ姿が見えた。彼は先方に気づかれぬように、適度の間隔《かんかく》を保って尾行して行った。

紋三はそうして尾行しながら、何だか夢を見ているような気持だった。暗いところで一寸法師が突然振り返って、「バア」と云いそうな気がした。だが、何か妙な力が彼を引っぱって行った。どういうものか一寸法師のうしろ姿から目をそらすことが出来なかった。

一寸法師はチョイチョイと小きざみに、存外早く歩いた。暗い細道をいくつか曲って、観音様のお堂を横切り、裏道伝いに吾妻橋《あづまばし》の方へ出て行くのだ。なぜかさびしいところさびしいところとよって通るので、ほとんどすれ違う人もなく、ひっそりとした夜ふけの往来を、たった一人で歩いている一寸法師の姿は、いっそう妖怪じみて見えた。

彼らはやがて吾妻橋にさしかかった。昼間の雑沓《ざっとう》に引きかえて、橋の上にはほとんど人影がなく、鉄の欄干《らんかん》が長々と見えていた。時々自動車が橋をゆすって通り過ぎた。それまでは傍目《わきめ》もふらず急いでいた不具者が、橋の中ほどでふと立ち止まった。そして、いきなりうしろを振返った。十間《けん》ばかりのところを尾行していた紋三は、この不意打ちにあって、ハッとうろたえた。見通しの橋の上なので、とっさに身を隠すことも出来ず、仕方がないので、普通の通行人をよそおって、歩行を続けて行った。だが一寸法師は明らかに尾行をさとった様子だった。彼はその時ちょっとふところに手をいれて、例の包み物を出しかけたのだが、紋三の姿を発見すると、あわてて手を引っこめ、何くわぬ顔をして、又歩きだした。

「やっこさん、女の腕を河の中へ捨てるつもりだったな」

紋三はいよいよただごとでないと思った。

紋三はかつて古来の死体隠匿《いんとく》方法に関する記事を読んだことがあった。そこには殺人者は往々にして死体を切断するものだと書いてあった。一人で持運びするためには、死体を六個又は七個の断片にするのがもっとも手ごろだとも書いてあった。そして、頭はどこの敷石の下にうずめ、胴はどこの水門に捨て、足はどこの溝にほうり込んだというような犯罪の実例が、たくさん並べてあった。それによると、彼らは死体の断片を、なるべく遠いところへ別々にかくしたがるものらしかった。

彼は相手にさとられたかと思うと少しこわくなって来たけれど、そのまま尾行をあきらめる気にはどうしてもなれないので、前よりいっそう間隔を遠くしてビクビクもので、一寸法師の跡をつけた。

吾妻橋を渡りきったところに交番があって、赤い電燈の下に一人の正服巡査がぼんやりと立ち番をしていた。それを見ると、彼はいきなりそこへ走りだしそうにしたが、ふとあることを考えて踏み止《とど》まった。今警察に知らせてしまうのは、あまり惜しいような気がしたのだ。彼のこの尾行は、決して正義のためにやっているのではなく、何かしら異常なものを求める、はげしい冒険心に引きずられているに過ぎないものだった。もっと突き進んで行って、血みどろな光景に接したかった。それればかりか、彼は犯罪事件の渦中《かちゅう》に巻込まれることさえいとわなかった。臆病者のくせに、彼は一方では、命知らずな捨《す》て鉢《ばち》なところがあった。

彼は交番を横目に見て、少し得意にさえなりながら、なおも尾行を続けた。一寸法師は大通りから中《なか》の郷《ごう》のこまごました裏道へはいって行った。その辺は貧民窟《ひんみんくつ》などがあって、東京にもこんなところがあったかと思われるほど、複雑な迷路をなしていた。相手はそこをいくどとなく折れ曲るので、ますます尾行が困難になるばかりだ。紋三は交番から三丁も歩かぬうちにもう後悔しはじめていた。

片側はまっくらに戸を閉めた人家、片側はまばらな杉垣《すぎがき》でかこった墓地のところへ出た。たった一つ(注2)五燭《ごしょく》の街燈が、倒れた石碑などを照らしていた。そこを頭でっかちの怪物がヒョロヒョロと急いでいる有様は何だかほんとうらしくなかった。今夜の出来事は最初から夢のような気がした。今にもだれかが「オイ、紋三さん、紋三さん」と云ってゆり起してくれるのではないかと思われた。

一寸法師は尾行者を意識しているのか、どうか、長い間いちどもうしろを見なかった。しかし、紋三の方では充分用心して、相手が一つの曲り角を曲るまでは、姿を現わさないようにして、軒下から軒下を伝《つた》って行った。

墓地のところを一《ひ》と曲りすると小さな寺の門へ出た。一寸注師はそこでちょっとうしろを振り返って、だれもいないのを確かめると、ギイと潜《くぐ》り戸《ど》をあけて、門の中へ姿を消した。紋三は隠れ場所から出て、大急ぎで門の前まで出た。そして、しばらく様子をうかがって、ソッと潜り戸を押して見たが、内部からかんぬきをかけたと見え、小揺《こゆる》ぎもしなかった。潜り戸のしまりがしてなかったところを見ると、一寸法師はこの寺に住んでいるのかも知れない。だが必ずそうとはきまらぬ。そういううちにも、あいつは裏の墓地の方から逃げだしているのかも知れないのだ。

紋三は大急ぎで、元の道を引っ返し、杉垣の破れから寺の裏手をのぞいて見た。すると、墓地の向う側に庫裏《くり》(注3)らしい建物があって、今ちょうどそこの入口を開いて、たれかが中へはいるところであった。その時、戸の隙間から漏《も》れる光に照らしだされた人影は、疑いもなく不恰好《ぶかっこう》な一寸法師に相違なかった。人影が庫裏の中に消えると、戸締りをするらしい金物の音がかすかに聞こえた。

もう疑う余地はなかった。一寸法師は意外にもこの寺に住んでいるのだ。紋三は、でも念のために杉垣の破れをくぐって庫裏の近くまでゆき、しばらくの間見張り番を勤めていた。中では電燈を消したらしく、少しの光も漏れず、又聞き耳を立てても、コトリとも物音がしなかった。

その翌日、小林紋三は十時ごろまで寝坊をした。近所の小学校の運動場から聞こえて来る騒がしい叫び声にふと目をさますと、雨戸の隙間《すきま》をもれた日光が、彼の脂《あぶら》ぎった鼻の頭に、まぶしく照りつけていた。彼は寝床から手を伸ばして、窓の戸を半分だけあけておいて、蒲団《ふとん》の中に腹這《はらば》いになったまま、煙草《たばこ》を吸いはじめた。

「ゆうべは、おれはちとどうかしていたわい。安来節が過ぎたのかな」

彼は寝起きの口を、ムチャムチャさせながら、ひとりごとをいった。

すべてが夢のようだった。お寺のまっくらな庫裏の前に立って、中の様子をうかがっているうちに、だんだん興奮がさめて行った。真夜中の冷気が身にしみるようだった。遠くの街燈の逆光線を受けて、まっ黒く立ち並んでいる大小様々の石塔が、魔物の群集かと見えた。別のこわさが彼を襲いはじめた。

どこかで、押しつぶしたような、いやな鶏《にわとり》の鳴き声がした。それを聞くと彼はもうたまらなくなって逃げだしてしまった。墓場を通り抜ける時は何かに追駈《おっか》けられている気持だった。それから、夢の中の市街のように、どこまで行っても抜け道のない複雑な迷路を、やっとのことで、電車道の大通りまでたどりつくと、ちょうど通り合わせたどっかの帰りらしい空《から》のタクシーを呼び止めて、下宿に帰った。運転手が面倒臭そうに行先を尋ねた時、彼はふと遊びの場所を云おうとしたが、思い直して下宿のある町を教えた。彼は何だか非常に疲れていたのだ。

「おれの錯覚なんだろう。人間の腕の風呂敷包みなんて、どうもあまりばかばかしいからな」

部屋じゅうに満ちあふれている春の陽光が、彼の気分をがらりと快活にした。昨夜《ゆうべ》の変てこな気持がうそのように思われた。

彼は一つ大きく伸びをして、下宿の主婦《おかみ》が置いて行ってくれた、枕頭《まくらもと》の新聞をひろげると、彼の癖としてまず社会面に眼を通した。別に面白い記事は見あたらぬ。三段抜き、二段抜きの大見出しは、ほとんど血なまぐさい犯罪記事ばかりなのだが、そうして活字になったものを見ると、何かよその国の出来事のようで、いっこう迫って来なかった。だが、今別の面をはぐろうとした時、ふと或る記事が彼の注意をひいた。それを見ると彼は何かしらギクリとしないではいられなかった。そこには「溝の中から、女の片足、奇怪な殺人事件か」という三行の見出しで、次のような記事がしるされていた。

昨――日午後府下千住町中組《ふかせんじゅまちなかぐみ》――番地往来の溝川をさらっているうち、人夫木田三《きださん》次郎《じろう》がすくい上げた泥の中から、おもりの小石とともにしまの木綿《もめん》風呂敷に包んだ生々しき人間の片足が現われ、大騒ぎとなった。戸山《とやま》医学博士の鑑定によれば、切断後三日ぐらいの二十歳前後の健康体の婦人の右足を膝関節《しつかんせつ》の部分から切断したもので、切口の乱暴なところを見れば外科医等の切断したものでないことが判明したが、附近には右に該当する殺人事件又は婦人の失踪届《しっそうとどけいで》出なく、今のところ何者の死体なるや不明であるが――署ではきわめて巧妙に行われた殺人事件ではないかと、目下厳重調査中である。

新聞ではさほど重大に扱っているわけでもなく、文句もごく簡単なものであったが、紋三の眼にはその記事がメラメラと燃えているように感じられた。彼は蒲団の上にムックリと起き上がって、ほとんど無意識のうちに、同じ記事を五度も六度も繰り返し読んでいた。

「たぶん偶然の一致なんだろう。それに昨夜のはおれの幻覚かも知れないのだから」

と、しいて気を落ちつけようとしても、そのあとからすぐに、あの奇怪な一寸法師の姿が――さびしい場末の溝川の縁に立って、風呂敷包みを投げ込もうとしているあいつのものすごい形相《ぎょうそう》が、まざまざと眼の前に浮かんで来た。

彼はどうするというあてもなく、何かに追い立てられるような気持で、寝床から起き上がると大急ぎで着がえをはじめた。

どういうつもりか、彼は洋服箱の中から仕立おろしの合《あい》のサック・コートと、春外套を出して身につけた。学校を出てからまだ勤めを持たぬ彼には、これが一張羅《いっちょうら》の外《よ》出着《そゆき》で、かなり自慢の品でもあった。上下おそろいのしゃれた空色が、彼の容貌によくうつった。

「まあ、おめかしで、どちらへお出かけ？」

下の茶の間を通ると、奥さんがうしろから声をかけた。

「いいえ、ちょっと」

彼は変なあいさつをして、そそくさと編上げのひもを結んだ。

しかし格子戸《こうしど》の外へ出ても、彼はどこへ行けばいいのか、ちょっと見当がつかなかった。一応警察へ届けようかとも思ったが、それほどの自信もなく、なんだかまだあれを自分だけの秘密にしておきたい気持もあった。ともかく昨夜の寺へ行って様子を探って見るのがいちばんよさそうだった。もしやゆうべの出来事はみな彼の幻覚に過ぎなかったのではないか。そんなことがしきりに考えられた。もういちど昼の光の下で確かめて見ないでは安心が出来なかった。彼は思いきって本所《ほんじょ》まで出かけることにした。

雷門《かみなりもん》で電車を降りると、吾妻橋を渡って、うろ覚えの裏通りへはいって行った。その辺一帯が夜中と昼とでは、まるで様子の違うのが、ちょっと狐《きつね》につままれた感じだった。同じような裏町をいくどもいくども往復しているうちに、でも、やっと見覚えのある寺の門前に出た。その辺はごみごみした町にかこまれながら、無駄な空地などがあって、変にさびしいところだった。門前にポッツリと一軒きりの田舎めいた駄《だ》菓子屋《がしや》があって、お婆《ばあ》さんが店先でうつらうつらと日向《ひなた》ぼっこをしていたりした。

紋三はさえた靴音を響かせながら、門の中へはいって行った。そしてゆうべの庫裏の入口に立つと、思いきって障子《しょうじ》をあけた。ガラガラとひどい音がした。

「御免下さい」

「ハイ、どなたですな」

十畳ぐらいのガランとした薄暗い部屋に、白い着物を着た四十恰好の坊さんがすわっていた。

「ちょっと伺いますが、こちらに、あのう、身体の不自由な方が住まっていらっしゃるでしょうか」

「エ、何ですって、身体の不自由と申しますと？」

坊さんは目をパチクリさせて問い返した。

「背の低い人です。確かゆうべ非常におそく帰られたと思うのですが」

紋三は変なことを云い出したなと意識すると、いっそうしどろもどろになった。来る道々考えておいた策略なんかどこかへとんで行ってしまった。

「それは、お門違《かど》いじゃありませんかな。ここには人を置いたりしませんですよ。背の低い身体の不自由な者なんて、いっこう心当りがございませんな」

「確かこのお寺だと思うのですが、附近にほかにお寺はありませんね」

紋三は疑い深そうに、庫裏の中をじろじろながめまわしながらいった。

「近くにはありませんな。だが、おっしゃるような人はここにはおりませんよ」

坊さんは、変なやつだといわぬばかりに、紋三をにらみつけて、無愛想に答えた。

紋三はもう持ちこたえられなくなって、そのまま、帰ろうかと思ったが、やっと勇気を出して続けた。

「いや、実はね、ゆうべここのところで変なものを見たのですよ」彼はそう云いながら、ズカズカと中へはいって上《あが》り框《がまち》に腰をおろした。

「よく見世物などに出る小人ですね、あれが或る品物を持って、ここの庫裏へはいるところを見たのですよ。もっとも向うの杉垣の外からでしたがね。まったく御存じないのですか」

紋三はしゃべりながらますます変てこになって行くのを感じた。

「へェ、そうですかねエ」坊さんはさもさもばかにした調子で、

「いっこうに存じませんよ。あなたは何か感違いをしていらっしゃるのだ。そんなば

かばかしいことがあるもんですかね。ハハハハハ」

令嬢消失

「どんな方か知らぬが、あなたもずいぶん妙な云いがかりをなさるね」

しばらく問答をくり返しているうちに坊さんはとうとう怒り出した。

「一寸法師がどうの、人間の片腕がどうのと、あなたは夢でも見なすったのではないかね。知らんといったら知りませんよ。ご覧の通りせまい寺で、どこに人のかくれるような所があるわけでもない。お疑いなら家探《やさが》しをして下すってもいい。又、近所の人たちに聞いて下すってもいい。この寺にそんな不具者が住んでいるかどうか」

「いや、なにもあなたをお疑いするわけではありませんよ」紋三はもうしどろもどろになっていた。「僕のつもりでは、そういう怪しげな男が昨夜ここへ忍び込むのを見たものですから、御注意申上げたいと思って伺ったのです。でも変ですね。僕は確かに見たのですが」

「見なすったら、見なすったでもいいが、わしは今少しいそがしいので」

坊さんは渋面《じゅうめん》を作って、気違いに取合っている暇《ひま》はないといわぬばかりであった。

「いや、どうもお邪魔しました」

紋三は仕方なく立ち上がった。そして、ほとんど夢中で門の外まで歩いた。

「おれは確かにどうかしている。何と気違いじみた訪問をやったものだろう。坊主に嘲《ちょう》弄《ろう》されるのは当然だ。だがあの調子では、やっこさん別にうしろ暗いところがあるようでもない。どうも、やっぱりわけがわからないな」

彼はしばらくぼんやりして、門前にたたずんでいたが、ふと思いついて、お婆さんの居眠りをしている駄菓子屋の店先へやって行った。

「お婆さん、お婆さん、そこにあるせんべいをひと袋下さい」

彼は欲しくもない買物をして何気なく尋ねて見た。

「この辺に子供のような背の低い、つまり小人島だね、そういう不具者はいないだろうか。お婆さんは知らないかね」

「さようでございますね。私も永年この辺に住んでおりますが、そんなものは見かけたことも、うわさに聞いたこともございませんね」

婆さんは、けげんらしく答えた。

「この前のお寺ね、和尚《おしょう》さんのほかにどんな人が住んでいるのだい」

「ああ、養源寺《ようげんじ》ですか。あすこはあなた妙なお寺でございましてね、お住持《じゅうじ》お一人きりなんですよ。ついこの間まで小僧さんが一人いましたけれど、それも暇をお出しなすったとかで見えなくなってしまいました。ほんに変くつなお方でございます。何かの時には私のつれ合いがお手伝いに上がりますので、よく存じておりますが」

婆さんは話好きと見えて、雄弁にしゃべり続けた。だが紋三はここでも別段に得るところはなかった。彼はいい加減に話を切り上げて、せんべいのふくろを荷厄介《にやっかい》にしながら電車道の方へ歩いた。

道々酒屋とか車の帳場とかへ立ち寄って、同じようなことを尋ねたけれど、どこでも一寸法師を知っている者はなかった。彼はますます変てこな気持になっていった。

雷門で電車に乗ってからも、彼は妙にぼんやりしていた。何か頭に薄い幕が張ったような気持だった。

「まあ、小林さんじゃありませんか」

電車が上野山下《うえのやました》をすぎた時、だれかが彼の前に立って声をかけた。物思いに沈んでいた紋三は、その小さな声に飛び上がるほど驚かされた。何か悪いことをしているところを見つかった感じだった。相手を識別しない前に、額《ひたい》の辺《あたり》がまっかになった。

「ホホホホホ、ぼんやりなすっているのね」

そこには、思いがけぬ山野《やまの》夫人が、ニコニコして立っていた。

「どちらへ？」

彼女は癖の、首をかしげて尋ねた。

実業家山野大五郎《だいごろう》氏の夫人ともあろう人が、今ごろ満員電車の吊革にぶらさがっていようとは、あまりに意外なので、紋三はすっかり面くらった。

「どうも御無沙汰しました。さあどうか」

彼はともかく立ち上がって席を譲ろうとした。立ち上がる時、あまりあわてたのとその時ちょうど電車がカーヴのところを通り過ぎたために、フラフラとして、彼の手が夫人の腿《もも》のあたりにさわったので、彼はいっそう面くらってまっ赤になった。

「エ、ありがとう。ちょうどいいところで会いましたわ、私少し伺いたいことがありますのよ。おさしつかえなかったらこの次は広小路《ひろこうじ》でしょうか。こんど止まったら私といっしょに降りて下さいません？」

「ハ、承知しました」

紋三はまるで夫人の家来ででもあるようにうやうやしく答えた。彼は日頃から山野夫人の美貌に対して、ある恐怖に似たものを感じていた。彼は同郷の先輩である主人の山野大五郎氏よりも、この夫人に接する方がいっそう、気づまりであった。

上野広小路で電車をおりると、二人は肩を並べて公園の方へ歩いて行った。

「あなたおひる、まだでしょうね。私もそうなのよ。でもしばらく散歩をつき合って下さらないこと。その代りお話をしてしまったら精養軒《せいようけん》をおごりますわ。少し人に聞かれちゃあ都合のわるいお話なんですから」

どういう話があるのか、夫人は非常に大事をとっているように見えた。しかし、紋三は夫人の話が何であろうと彼女と肩をならべて歩くさえあるに、その上彼女と食卓を共にすることが出来るというので、もう有頂天《うちょうてん》になっていた。考えてみると、彼は今朝から一度も食事をしていないのだ。

また彼は、今日一張羅の洋服を着て出たことを仕合《しあわ》せに思った。「これならば、夫人を恥かしがらせないで済むだろう。いや夫人の服装とちょうど釣合いがとれてさえいるかも知れない」彼は一歩遅れて夫人の美しいうしろ姿をながめながら、そんなことばかり考えていた。

「ねえ小林さん。いつかあなたのお知り合いに、有名な素人探偵の方があるように伺いましたわね。私の思い違いでしょうか」

夫人は公園の入口のやや人足のまばらになったところへ来ると、いきなり紋三の方を振り向いて妙なことを尋ねた。

「ハァ、明智小五郎《あけちこごろう》じゃありませんか。あの男なら、友達というほどではありませんけれど、知っているには知っています。長い間上海《シャンハイ》に行っていて、半年ばかり前に帰ったのですが、その当時会ったきり久しくたずねもしません。帰ってからはあまり事件を引受けないということです。ですが、奥さんはあの男に何かご用でもおありなんですか」

「ええ、あなたにはまだお知らせしませんでしたけれど、大変なことが出来ましてね。実はあの三千子《みちこ》が家出しましたの」

「エ、三千子さんが、ちっとも存じませんでした。で、いつのことなんです」

「ちょうど五日になりますのよ。まるで消えでもしたようにいなくなりましてね。どう考えても家出の理由も、どこから出て行ったかというようなことも、まるでわかりませんの。ほんとうに神隠《かみかく》しにでも遭《あ》ったような気がします。警察の方にも内々《ないない》で捜索を願ってありますし、主人をはじめ出入りの方も手分けをして、方々探しているのですけれど、まるで手がかりがありません。御存じの事情でしょう。私ほんとうに困ってしまいましたわ。大阪《おおさか》の方に少し心当りが出来たものですから、主人はゆうべ用もないのにあちらの支店へ出かけますし、私は私で、今朝《けさ》からこうして知り合いという知り合いを尋ね歩いているのですよ。わざと電車なんかに乗ってみたりして、まるで探偵のようですわね」

そして、夫人は妙な笑いを浮かべながら、三千子の話とは少しも関係のないことをつけ加えた。

「それはそうと、あなたは養源寺のお住持さんを御存じなの？」

紋三はその時少からず狼狽《ろうばい》したが、同時にあるばかばかしい妄想《もうそう》がふと彼の心にきざした。

「いえ、別に知っているわけでもないのですが、しかしどうしてそんなことをお尋ねなさるのですか」

「私さいぜん養源寺の前であなたにお会いしましたのよ」

夫人はおかしそうにいった。

「門の空地のところですれ違ったのですけれど、あなたはすっかりすまし込んでいらしったわね。あのお寺のお住持はやっぱり山野の同郷の人で、それは変り者ですの。三千《みち》さんのことで、私もちょっとお寄りして今帰りみちなのですが、あなたはあのお住持がお国の方《かた》なことを御存じないの？」

「そうですか。ちっとも知りません。僕はゆうべから狐につままれたような気持なんです。実際どうかしているのですね、奥さんにお会いして知らずにいるなんて。この頃なんだか頭が変なのです」

「そういえば妙に考え込んでいらっしゃるわね。何かありましたの？」

「奥さんはお読みになりませんでしたか。今朝の新聞に千住の溝川から若い女の片足が出て来たという記事がのっていましたが」

「ああ、あれ読みました。三千さんのことがあるものですから、私一時はハッとしましたわ。でもまさかねえ」

夫人はちょっと笑って見せた。

「ところが、僕はあれでひどい目に会っちまったんですよ。実は僕ゆうべ浅草公園へ行ったのです」

紋三はきまりわるそうにいった。

「暗い公園の中で化物みたいなやつに出っくわしましてね。それからすっかり頭が変になっちまったのです」

夫人が好奇心を起したように見えたので、それから紋三はゆうべの一条《いちじょう》をかいつまんで話した。

「まあ、気味のわるい」夫人は眉をしかめて「でもそれはあなたの神経のせいかも知れませんわ。養源寺さんは嘘《うそ》をいうような方ではないのだし、それに近所の人だって、そんな不具者がいれば気のつかないはずはありませんものね」

「僕もそう思うのです。そうだとすると、いっそういけないのですけれど……」

彼らはそうして三十分以上も上野の山内を歩きまわった。紋三は三千子の家出の顚《てん》末《まつ》を聞きただし、山野夫人の方では明智小五郎の人となりを尋ねたりした。そして結局明智の宿をたずねることに話がきまった。

二人は精養軒で食事をすませると自動車を呼ばせて、明智の泊っている赤坂《あかさか》の菊水《きくすい》旅館に向った。紋三は妙にうれしいような気持だった。美しい山野夫人とさし向いで食事をとったことも、彼女と膝をならべて車に揺られていることも、そして、その行先が有名な素人探偵の宿であることも、すべてが彼の子供らしい心を楽しませた。

車を降りて旅館の広い玄関をあがる時などは、彼はすっかりいい気持になっていた。山野夫人が彼の恋人であって、彼女は夫の目を盗んで、彼と会うためにこの家へ来ているのだ、というようなけしからぬ空想をさええがいた。

幸い明智は在宿であった。彼は気軽に二人を廊下まで出迎えてくれた。日当りのよい十畳ほどの座敷だった。三人は紫檀《したん》の卓をかこんで座についた。明智は講釈師の伯龍《はくりゅう》に似た顔をニコニコさせて、客が要件を切りだすのを待っていた。山野夫人はこの初対面の素人探偵に好感を持ったように見えた。彼女の方でも笑顔を作りながら、三千子の家出について話しはじめた。彼女は笑顔になると少女のように無邪気な表情に変って、ひとしお魅力を増すのであった。

上海から帰って以来約半年のあいだ、素人探偵明智小五郎は無為《むい》に苦しんでいた。もう探偵趣味にもあきあきしたなどと云いながら、その実は、何もしないで宿屋の一と間にごろごろしているのは退屈で仕様がなかった。ちょうどそこへ、彼の貧窮時代同じ下宿にいた知合いの小林紋三が、屈竟《くっきょう》な事件を持込んで来た。山野夫人の話を聞いているうちに、彼は多年の慣れで、これはちょっと面白そうな事件だと直覚した。そして、いつの間にか長く伸ばした髪の毛に指を突込んでかき廻す癖をはじめていた。

山野夫人の話はかなりくだくだしいものであったが、明智はそれを彼の流儀で摘要して、必要な部分だけ記憶に止《とど》めた。

行方不明者、山野三千子、十九歳、山野氏の一人娘、昨年女学校卒業

父、大五郎、四十六歳、鉄材商、土地会社重役

母、百合枝《ゆりえ》、三十歳、三千子の実母は数年前死亡し百合枝夫人は継母である。

召使、小間使二人、下女中《しも》二人、書生、自動車運転手、助手

これだけが山野家に起臥《おきふし》していた。

「で、手がかりは少しもないとおっしゃるのですか」

彼は一応夫人の話を聞いてしまってから、改めて要点を質問した。

「ハア、ほんとうに不思議でございますわ。さきほども申します通り、三千子の寝室

は洋館の二階にあるのですが、その洋館には出入口が一つしかございませんし、出入口のすぐ前には私どものやすむ部屋がありまして、洋館から出て来ればじきわかるはずなのでございます。よし又《また》私どもが気づきませんでも、玄関をはじめすっかり、内側から締りがしてありますので、抜け出る道はないはずですの」

「洋館の方の窓なんかも締りが出来ていたのですか」

「ハア、みな内側からネジが締めてありました。それに窓の外の地面には、ちょうど雨のあとでやわらかくなっていましたけれど、別に足痕《あしあと》もないのでございます」

「もっともお嬢さんが窓から出られるはずもありませんね。……その前の晩には何か変ったことでもなかったのですか」

「これということもございませんでした。宵《よい》のうちはピアノなど鳴らしているようでございましたが、九時頃私が見廻りました時には、もうよく寝入っておりました。それにちょうど私の見廻ります少し前に、主人が店から帰りまして、三千子の部屋のすぐ下の書斎で、長い間調べものをしていたのでございますから、三千子が部屋から降りて来るとか、何者かが忍び込むとかすれば、主人が気のつかないはずはございません。そして、主人がやすみます時分には、もう召使いなども寝てしまいますし、すっかり戸締りが出来て、抜け出す道はなくなっていたのでございます」

「妙ですね。まさかお嬢さんが消えてしまわれたわけでもありますまい。きっとどこかに手抜かりがあったのですよ」

「でも戸締りの方はもう間違いないのでございますが。警察でもいろいろ調べて下すったのですけれど、刑事さんなんかも、どうも不思議だとおっしゃるばかりでございますの」

「朝の間に出て行かれたようなことはありませんか」

「それは、小間使の小松《こまつ》と申しますのが、朝の郵便を持って参りまして、三千子のベッドの空《から》なことがわかったのですが、その時分はまだ表の門を開《あ》けないで、書生が玄関のところをはいていましたし、勝手口の方もまだ締りをはずしたばかりで、女中どもがずっと勝手もとにいたのでございますから、とても知れぬように出て行くことは出来ません」

「お嬢さんが家出をされるような原因も、別にないとおっしゃるのですね」

明智は質問を続けた。

「ハア、少しも心当りがございません。ただわたくしが継《まま》(注4)しい仲だものですから、妙に邪推されはしないかと、それだけが辛《つろ》うございますわ。ですから、わたくしの立場としましても、一日も早く三千子の安否を知りたいのでございます。こうして主人のたものですから」

留守中にこちらへ伺いましたのも、そんなわけで、わたくしじっとしていられなかった。

山野夫人は、もう二三度もくり返した彼女の苦しい立場を、またくどくどと説明した。

「御縁談とか、ほかに何か恋愛というようなことはなかったのですか」

「縁談は二三あるにはあったのですけれど、どれも本人が気に染まないとか申しまして、まだ取りきめてはおりませんし、ほかにも別に……」

夫人は何か云いしぶって見えた。

「では御主人が大阪の方へお出《い》でになったと云いますのは？」

明智は夫人の急所を突いた。

「ハア、それはあの……」夫人はどぎまぎしながら、「あちらに三千子の大好きな叔《お》母《ば》さんがいますものですから、主人はもしやそこに隠れているのではないかと申すのでございます」

しかし、今山野夫人が云いしぶったのは、もっと別の事がらしく見えた。

「伺っただけでは、ずいぶん不思議な出来事ですが」明智は考え考えいった。「今の少しも出口のない家の中で、お嬢さんの姿が消えてしまったということも、実際そんなことは不可能なんですから、どっかにごくつまらない、後では笑い話になるような思い違いがあったに相違ないのです。そして、その点が明らかになれば、存外たやすくお嬢さんのありかがわからないものでもありません。いちど私にそのお嬢さんのお部屋を見せていただけないでしょうか。ひょっとしたらわけなく謎が解けるかも知れませんよ」

「ええ、それはもう、どうかお願い致しとうございますわ。では、ちょうど車が待たせてございますから今からお出かけ下さいませんでしょうか」

そこで、明智の着がえをするのを待って、三人は菊水旅館を出た。明智は上海から持って来た自慢の支那服を着て、あいの中折《なかおれ》をかぶった。彼は数年以前にくらべると、このごろではいくらか見え坊になっていた。自動車の中では、三人ともあまりものをいわなかった。てんでんに考えごとがあった。

「ごくつまらないこと、素人が考えて、ばかばかしいようなことが、謎を解く場合にはずいぶん重大な役目をつとめます。ことに犯罪には常軌《じょうき》を逸《いっ》したばかばかしいことがつきものです。そういうことをばかにしないことが犯罪を解く者の秘訣《ひけつ》です。……こんなことを外国の有名な探偵家が云いのこしていますよ」

明智はだれにともなく、ひとりごとをいっていた。

三人詰めのクッションに、山野夫人百合枝を中にはさんで、右に明智、左に小林紋三が腰かけていた。紋三は車がゆれて山野夫人の膝が彼の膝を押すたびに、だんだん身をすくめて、隅の方へ小さくなって行った。それでいて、彼はこのはじめての経験を、ひそかに楽しんでいるのだった。

車はやがて隅田川《すみだがわ》を渡り、川ぞいに向島《むこうじま》へと向った。吾妻橋を通り過ぎる時には紋三は今朝の不愉快な一条を思い出していた。すると、又しても三千子の行方不明と例の奇怪な一寸法師の持っていたなまなましい片腕とが、いまわしい連想となって彼の頭に浮かんだ。

山野氏の自宅は向島小梅町《こうめちょう》の閑静な場所にあった。自動車は威勢のいいサイレンを鳴らしながら、立派な冠木門《かぶきもん》をはいっていった。

掃き清められた砂利道を通って、自動車は日本建の玄関に横づけされた。その和風の母屋《おもや》の右側には、かぎの手になって小さなコンクリート作りの二階建洋館があり、母屋から少し離れて左側には、木造のギャレージが見えていた。決して宏壮ではなかったけれど、なんとなくゆたかな感じをあたえる邸《やしき》だった。

玄関を上がると、山野夫人はそこに出迎えた書生に、なにごとか尋ねている様子だったが、やがて長い廊下を通って、二人を洋館の階下の客間へ案内した。あまり広くはないけれど、壁紙、窓掛、絨毯《じゅうたん》などの色合いや調度の配列にこまかい注意が行届いていて、かなり居心地のよい部屋であった。一方の隅にはピアノが置かれ、そのつやつやした面に絨毯の模様をうつしていた。

白麻でおおったひじかけ椅子《いす》にドッカリ腰をおろすと、明智はぶっきらぼうに妙なことを尋ねた。

「履物《はきもの》をおしらべになりましたか」

「ハア？」

夫人は彼の頓狂《とんきょう》な口のきき方に、ちょっと驚いて、ほおえみながら聞き返した。彼女はいちど日本間の方へ立ち去ろうとしていたのを、明智が話しかける様子なので、思い返して椅子についた。

「家出をなすったとすれば、お嬢さんの履物が一足なくなっているはずですね」

明智が説明した。

「ああ、それなれば、粗末な不断《ふだん》にはきますのが見えないのでございます。それと、ショールと小さい網の手提《てさげ》がなくなっております」

「着物はどんなのを……」

「常着《ふだんぎ》のままでございます。黒っぽい銘仙《めいせん》なのです」

「するとつまり」明智は皮肉にいった。「一方では厳重な戸締りがあって一歩も外へ出られないはずだし、一方ではショールだとか履物だとか、家出をなすった証拠がそろっているというわけですね」

「左様でございますの」夫人は当惑して答えた。

「じゃ、一つこの洋館の中を見せていただきましょうか」

明智は云いながら、もう立ち上がっていた。

階下は客間と、その隣の主人の書斎との二室きりだった。明智は書斎を一と渡りながめてから、外の廊下の端の階段を昇っていった。小林と山野夫人がその後に従った。二階は三室に分れていて、その全体を一人娘の三千子が占領していた。部屋の様子で三千子があまり几帳面《きちょうめん》なたちでないことが察せられた。化粧室には姿見《すがたみ》の前に様々な化粧道具が乱雑にならんでいた。書斎では書棚や机の上が不秩序に取散らされていた。

夫人は一々戸棚や押入れをあけて見せた。机の抽斗《ひきだし》から最近の手紙類をも出して見せたが、何一つ明智の心をひくものはないのだ。

「押入れなどは、その朝もよく調べましたのですが、別状ございませんでした」

夫人は少しも手抜かりのなかったことを示そうとした。

「だが、幽霊ででもなければ、戸締りをした部屋を抜け出すことは出来ませんね」

明智は壁紙にさわったり、窓の締りを調べたりしながらいった。

「ひょっとしたら、お嬢さんはまだ家《うち》の中にいらっしゃるのではありませんか」

それを聞くと紋三は、三千子が五日間も家の中に隠れていたとすれば、彼女はとっくに死骸《しがい》になっているに相違ないと思った。彼は昨夜来《さくやらい》の悪夢のような感じがまだ抜けきらないのだ。

一と通り見てしまうと三人はもとの客間へ帰った。

「お嬢さんはピアノがお好きと見えますね。奥さんはお弾《ひ》きになりますか」

明智は客間の大きなピアノの前に立って、鍵盤《けんばん》の蓋《ふた》をあけながら尋ねた。

「いいえ、私はいっこう無調法でございますの」

「じゃ、お嬢さんのほかにはひかれる方はないのですね」

夫人がそれにうなずくのを見ると、明智は何を思ったのか、いきなり弾奏椅子に腰かけて、鍵盤をたたきはじめた。

明智の突然の子供じみた仕草《しぐさ》が二人を驚かせた。が、それよりもいっそう変なのはピアノの音であった。明智の指が鍵盤にさわると、撥条《ぜんまい》のゆるんだボンボン時計のような音が響いて来た。

「いたんでますね」

明智は手を止めて夫人の顔を見た。

「いいえ、そんなはずはございませんが。ずっと三千子が使っていたのですから」

明智はさいぜんたたいたキイをもう一度こころみたが、やっぱり同じ音がした。その次のキイも喘息《ぜんそく》を病んでいた。三人はふとおしだまって顔を見合わせた。彼らは或る非常に不気味な予感にうたれたのだ。山野夫人はまっ青になって明智の目を見つめた。

「あけて見ますよ」

しばらくして明智がまじめな表情で云った。

「ハア、どうか」

夫人は心もち震え声で答えた。

明智はグランド・ピアノの横に廻って、重い蓋を押しあげ、中をのぞき込んだ。

紋三は明智のうしろから、および腰になってピアノの内部よりはむしろ明智の表情を注視した。彼はピアノの共鳴箱の空洞の中に、ある恐しいものを予期していた。腕と足とを切断された、血まみれの女の死体が、ありありと目の前に浮かんだ。

だが、すっかりふたが取り去られた内部には、一見何の異状もなかった。そこには、縦横《じゅうおう》に交錯《こうさく》した弦とスプリングが見えているばかりだった。

それを確かめると、紋三はホッとして楽な姿勢に返った。そして、今のばかげた空想をおかしく思った。彼は夫人と目を見合わせて、ちょっとほおえみ合った。夫人も同じ心に相違なかった。

しかし、それにもかかわらず、明智だけはいっそう厳粛な表情になってピアノの内部を一心に調べていたが、やがて立ち上がると、二人の方に振向いて声をおとしていった。

「奥さん、これは普通の家出なんかじゃありませんよ。もっと恐ろしい事件ですよ。びっくりなすってはいけませんよ。このヘヤーピンはお嬢さんのでしょうね」

明智は細い金属のヘヤーピンを示した。

「ハア、それは三千さんのかも知れません」

「これが、ピアノの中にひっかかっていたのです。それであんな音がしたのでしょう。それから、お嬢さんの髪は細くって、いくらか赤い方ではありませんか」

彼はピンのほかに一本の毛髪を指にからませていた。

「まあ、では……」

山野夫人は驚いて叫んだ。

「この中へ人間を入れて、ピッタリ蓋をすることはできません。しかし、蓋を半開《はんかい》にしておけば、人間が隠せないこともありませんね」

明智は少しちゅうちょしたあとで、

「これは僕の想像に過ぎませんが、その者は、一時お嬢さんをかくして、行方不明をよそおっておいて、皆の注意が別の方へそれた時分を見はからって、お嬢さんの身体を家の外へ運んだのではないかと思われます」

「でも、あの日は一人も来客はなかったのですし、ここはいちばん私どもの部屋に近いのですから、だれか忍び込めばすぐわかるはずでございますが」

夫人はどうかして明智の想像を否定しようとした。

「とすると、お嬢さんはその時自由な身体であったとは考えられません」明智はかまわず彼の判断を続けた。「声を立てたり身動きが出来たとすれば、だれだって気づいたでしょう。おそらくお嬢さんは動くことも叫ぶことも出来ない状態にあったのです。

「妙な隠し場所ですが、咄嗟《とっさ》の場合ほかに方法がなかったのかも知れません。犯罪者というものはちょっと我々では想像出来ないような、ばかげた思いつきをするものです。それが都合よくお宅にほかにピアノをお弾きになる方がなかったものですから、見つからないで済んだのです。だが、お嬢さんをかくしたやつは、存外冷静にふるまったようです。僕はさっきから、このふたの漆《うるし》の上に指紋が残っていないかと調べてみたのですが、何もありません、きれいにふき取ってあります」

最初はなにかほんとうらしくないような気がしたが、だんだん明智の説明を聞くうちに、事件の性質がハッキリわかって来た。第一に気づかわれるのは、三千子の生命の安否であった。山野夫人は、それを口にするのが恐ろしい様子で、ちょっともじもじしていたが、わざとなにげないふうでいった。

「三千子は誘拐《ゆうかい》されたとおっしゃるのですか。それとも、もしやもっと恐ろしいことでは……」

「それはまだ何ともいえませんが。この様子では楽観は出来ませんね」

「でも、三千子の身体をここへかくしたとしましても、どうしてそれを外《そと》へ運び出すことが出来たのでございましょう。昼間は私どもはじめ大勢の目がありますし、夜分は戸締りをしてしまいますから、忍び込むにしても、外へ出るにしても、私どもが気づかぬはずはございませんわ。朝になって戸締りがはずれていたようなことはいちどもないのですから」

「そうです。僕も今それを考えていたのです。ここのガラス窓なんかも、毎朝締りをお調べになりますか」

「ええ、それはもう、主人が用心深いたちだものですから、女中たちもよく気をつけるように云いつかってますし、それにあんなことのあったあとですから、皆いっそう注意しているのでございます」

「もしかお嬢さんが見えなくなってから」明智はふと気がついたようにいった。「何か大きな品物を外へ持出したことはないでしょうか。このピアノでもわかるように、お嬢さんをどうかしたやつは、なんだかとっぴな考えを持っているのです。お嬢さんを運び出すのにも、ばかばかしい手品を使ったかも知れません。つまりお嬢さんの身体を何かしら、まるで想像もつかない品物の中へかくして、持出したのではないかと思うのです」

夫人は明智のこの妙な考えにちょっと驚いたように見えた。

「いいえ、別にそんな大きな品物なんか、持出したことはございませんわ」

「しかし、お嬢さんがお邸にいらっしゃらないとすれば、なにかの方法で外へ運び出されたに違いないのです。このピアノの様子では、お嬢さんが御自分で外出されたとは考えられませんからね」

明智はちょっとためらってから、

「たいへんお手数《てかず》ですが召使の人たちをここへお呼び下さるわけにはいきますまいか。少し尋ねてみたいのですが」

「ええ、おやすい御用ですわ」

そこで夫人は家じゅうの雇人《やといにん》を客間に呼び集めた。何となくものものしい光景だった。五人の男女が入口のドアの前に目白押しにならんで、もじもじしていた。彼らは何ものとも判断の出来ない明智の支那服姿を、妙な目つきでながめた。

雇人のうち二人だけそろわなかった。小間使の小松は頭痛がするといって女中部屋で寝ていたし、運転手の蕗屋《ふきや》は二三日前から実家へ帰って不在だった。

明智はそんなふうに、大勢を一室に集めて訊問《じんもん》のようなことをやるのはあまり好まなかった。いつもの遣《や》り口とは違っていた。だが、今彼は三千子の身体が（それはおそらく死体であったかも知れないが）どんなふうにして山野邸を運び出されたか、その点だけを大急ぎで調べる必要があったのだ。

山野夫人はけげん顔の雇人たちに明智小五郎を紹介してなんなりと彼の質問には、少しも遠慮せず答えるようにとさとした。

「こちらのお嬢さんが行方不明になられてから、つまり四月二日ですね、あれからこっち、このお邸に出入りした人を、出来るだけ思い出してほしいのです」

明智はすぐさま本題にはいった。そして、まず玄関番の書生の方に目を向けた。

書生の山木《やまき》は、ニキビ面を少しあからめて、思い出し思い出し来訪者の名前を列挙した。そしてその男女合わせて十五六名の人たちは皆永年の知合いで、少しも疑うべきところはないとつけ加えた。夫人もその点同意見だった。

「そのうちに、何か大きな品物をお邸から持出した人はありませんか、来客ばかりでなく家内の人でも、だれでもかまわない、とにかく何か大きなものを持って門を出た人はないでしょうか」

「大きなものといってもせいぜい手さげ鞄《かばん》くらいのものです」書生は不思議そうに答えた。「自動車や車は門を出たりはいったりしましたけれど、だれもそんな大きなものを運び出した人なんかありません」

ほかの雇人たちもそれ以上のことは知らなかった。

「裏口の方からだれか出はいりしたものはありませんか」

明智は最後に二人の下女中をとらえた。

「勝手の方は、見知り越しの御用聞きくらいのものですわね」

女中の一人が別の女中の方を見て同意を求めるようにいった。

結局何もわからなかった。自動車の助手も、主人のほかにはだれも乗せなかった。大きな品物なんか運んだ覚えはないと明言した。もしも彼らがなにものをも見のがしていなかったとすれば、この上は天井裏とか縁《えん》の下とか邸内の隅々を探してみるほかはないように見えた。だがそれはすでに山野家の人たちによって一応捜索し尽されていた。まことに山野三千子は煙のように消えてしまったのだ。

「だが、そんなことは不可能です。何か見のがしているものがある。現にあなた方はこのピアノを見のがしていた。もっとあなた方が注意深かったなら、運び出されないうちに、お嬢さんを見つけていたかも知れないのです。なにかしらわかりきったものです。ごくつまらないことを見のがしているのです。今おっしゃったほかに、何か云い残しているものはありませんか。たとえば書生さんは郵便配達が門を出入りしたことをいわなかった。もっとも郵便配達がお嬢さんを運び出すことは出来ないけれど、そんなふうなごくつまらないものがはぶかれていはしないでしょうか」

「掃除屋、衛生人夫なんかもありますね」

ふと気がついたように紋三が横合いから口を出した。

「そうだ。そんなふうのものです」

「あら、掃除屋さんといえば、ねえ君《きみ》ちゃん」一人の女中が朋輩《ほうばい》をかえりみて頓狂な声を出した。「ちょうどあくる日ですわね。朝早く塵芥《ごみ》を取りに来たのは。区役所の衛生夫が参りました」

終りの方を明智にいって、小腰をかがめた。

「いつもとかわったところはなかったですか」

「いいえ、別に……、でもなんだか日取りが早いようでございました。いつもは十日目くらいなのに今度は二三日前に来たばかりのところへ、また来たのでございます」

「塵芥箱は勝手口にあるのですね」

「ハア、通用門の内側に置いてあるのでございます」

「その男はどんなふうでした。見覚えがありましたか」

明智はちょっと好奇心を起したように見えた。

「いいえ、別に見覚えはございませんが、やっぱりいつものように印半纏《しるしばんてん》を着たきたない男でございました」

「その男が通用門からはいったのですね。で、塵芥を持って行くところをみましたか」

「いいえ、ただ門のところで行違《ゆきちが》いましたばかりで、私お使いがあったものですから。君ちゃんはどう？」

「私もよく見なかったけれど、そうそう、今考えてみると妙なことがあったわ。前の人が持っていってから二三日にしかならないのに、家《うち》の塵芥箱がいっぱいになっていたのよ。私あの朝、掃除屋さんが来る前に塵芥を捨てにいって、気がついていたのだけれど」

　そしてお君は明智の方を向いて、

「いそがしくって、ついそのまま忘れてしまったのでございますわ」

「その塵芥箱っていうのは、大きなものかい」

　紋三は明智の質問が待ちきれないで聞いた。彼はこうした異様な出来事には、人一倍ひきつけられた。彼はひそかに三千子の行方について彼自身の判断をこころみようとしているのだった。

「ええ、ずいぶん大きいですわ」

「人間がはいれるくらい？」

「ええ、大丈夫はいられますわ」

　そんな問答《もんどう》がくり返されたあとで明智たちは勝手口の塵芥箱を調べに行った。正門とは反対の側の高いコンクリート塀に通用門があいていて、そのはいったすぐのところに、黒く塗った大型の塵芥箱が置いてあった。一応それを調べて見たけれど、ただ大型であることが、或るとっぴな想像を可能ならしめるほか別段なんの発見もなかった。

「塵芥箱の中へ人間をかくして、上からきたない塵芥をかぶせておく。それを衛生夫に化けた男が塵芥車に移して、どこかへ持去る。これは非常にばかげた空想ですが、ばかばかしければばかばかしいほど、かえってほんとうかも知れないのです。この事件には何かしらとっぴなところがあります。しかし、犯罪者は時に非常にとっぴなばかばかしい思いつきをするものですよ」

明智はけげん顔の山野夫人に説明した。

それから綿密な邸内の捜索が行われた。召使たちも引続き取調べられた。頭痛がするといって女中部屋に寝ていた小間使の小松には、明智がその部屋へ行っていろいろたずねた。

そうして山野家の空気にひたっている間に、明智は何かしら少しずつ悟るところがあった。山野夫人をはじめ召使たちの言語表情から、おぼろげな一つの判断が生れて来るように思われた。

明智と小林とは晩餐《ばんさん》のもてなしを受けて、夜にはいって山野家を辞した。紋三はいろいろ言葉をもうけて明智の判断を聞こうとしたけれど、明智は紋三が自動車を降りて彼の下宿の方へ別れて行く時まで、ほとんど沈黙を続けていた。

それから二日の間は、表面なにごとも起らなかった。明智は彼の探偵を進めていたに相違ないし、小林紋三は小林紋三で、彼自身の判断にしたがって、山野家を訪問したり浅草公園や本所の養源寺の附近をうろついて見たりしていた。山野家にも新しい出来事は起らなかった。

だが、三日目の四月十日の夜、銀座《ぎんざ》通りの有名な百貨店に、前代未聞の珍事が出来《しゅったい》した。そして、山野三千子失踪《しっそう》事件が、決してありふれた家出なんかでないことが判明した。

お梅人形

午前二時、その百貨店の三階の呉服売場を、若い店員が一人の少年店員をともなって、見廻っていた。

この店では毎晩、店員、少年店員、警務さん、鳶《とび》のものなど、数十人の当直員を定めて、広い店内を隅から隅まで、徹宵《てっしょう》見廻らせることになっていた。

昼間雑沓《ざっとう》するだけに、一人も客のない広々とした物売場は、変にものすごい感じがした。ほとんど電燈を消してしまって、階段の上だとか、曲り角に、わずかに残された光が、ぼんやりと通路を照らしていた。

売場の陳列台はすっかり白布《しろぬの》でおおわれ、その大小高低様々の白い姿が、無数の死骸のようにころがっていた。

若い店員は、物の影に注意しながら、暗い通路を歩いて行った。時々立ち止まっては要所要所にかけてある小箱のかぎを取出して、持っている宿直時計にしるしをつけた。

ところどころに太い円柱が立っていた。それが何か生きている大男のように感じられた。

少年店員は懐中電燈をともして、店員の先に立って歩いて行った。彼は虚勢をはって歩調を荒々しくしたり、口笛を吹いて見たりした。だが、それらの物音がすみずみに反響すると、いっそうへんてこな気持になった。

いちばん気持のわるいのは、(注6)友禅《ゆうぜん》類の売場の中央に出来ている、等身大の生人形だった。三人の婦人がそれぞれ流行の春の衣裳をつけて、大きな桜の木の下に立っていた。店内ではその生人形に、お松《まつ》お竹《たけ》お梅《うめ》という名前をつけて、まるで生きた人間のように「お梅さんの帯だ」とか「お梅さんのショールだ」とかいっていた。お梅さんというのは三つのうちでもいちばんきれいで、若い人形だった。

この飾り人形についてはいろいろの挿話があった。若い店員が或る人形に恋をしたなどというわさがよくつたわった。夜中にそっと忍んで来て、人形に話したり、ふざけたりしている男もあった。今のお梅さんも、あんなに美人なのだから、ひょっとしたらだれかが恋をしていたかも知れないのだ。

そんなうわさ話が生れるほどあって、この人形どもは何だか死物《しぶつ》とは思えないのだ。昼間はそ知らぬ振りをして、作りもののような顔ですましていて、夜になるとムクムクと動き出すのではないかと疑われた。事実、夜の見廻りの時に、人形のすぐ前に立って、じっとその顔を見つめていると、突然ニコニコと笑い出しそうな気がされた。

今店員たちの行く手には、その三つの人形が、遠くの電燈のおぼろな光を受けて、まっ黒く見えていた。

「ちょっと、ちょっと、いつの間に、あんな子供の人形を置いたのです。ちっとも知らなかった」

少年店員がふと立ち止まって、店員の袖《そで》を引いた。

「エ、子供の人形だって、そんなものありゃしないよ」

若い店員は怒ったような調子で、少年の言葉を打消した。彼はこわがっているのだ。

「だって、ごらんなさい。ほら、お松さんとお竹さんが子供の手を引いているじゃありませんか」

少年はそういって、人形の方へ懐中電燈をさし向けた。遠いためにはっきりとは見えないけれど、そこには、お梅人形のかげになって、確かに一人の子供が立っていた。

どう考えても、そこに子供人形のあるはずがなかった。変だぞと思うと無性《むしょう》にこわくなって来た。

「オイ、スイッチをひねるんだ。あの上のシャンデリヤをつけてごらん」

若い店員はワッといって逃げ出したいのを、やっと踏止《ふみとど》まって少年店員をせき立てた。

少年店員は、スイッチを押しに行ったけれど、面くらっているために、急にはそのありかがわからない。店員はもどかしがって、少年の手から懐中電燈を奪って、それをあやしい人形にさし向けながら、近づいていった。

長い陳列台を一つ廻ると、ちょっと空地が出来ていて、そのまんなかに三人の人形が立っていた。懐中電燈の丸い光が、ブルブル震えながら、床を這い上がっていった。人形の周囲にめぐらした木柵、人造の芝生、お松さんの足、お梅さんの足、お竹さんの足、と次々に円光の中にはいっていった。

そこで丸い光はしばらく躊躇《ちゅうちょ》していた。事実を確かめるのがこわいといったふうにおののいていた。が突然思い切って、空をきって、光が飛んで、バッタリ動かなくなった箇所には、世にも不思議なものの姿がクローズ・アップにうつし出されていた。

その者は鳥打帽をかぶり、何か黒いものを着て、さっき少年店員がいった通り、ちょっとすまし返ってお松お竹の両婦人に手を引かれていた。だが、一見してそれは子供でないことがわかった。大きな顔に大きな目鼻がついて、頰のあたりに太い皺《しわ》がきざまれていた。俗にいう一寸法師だった。大人のくせに子供の背丈しかなかった。それが懐中電燈の円光の中に、胸から上を大写しにして、私は人形ですという顔をして、活人画《かつじんが》のようにまたたきさえしないでいるのだ。

昼間、太陽の光でそれを見たなら、美しい生人形と畸形児の取合わせが余り変なので、だれでも大笑いをしたことであろう。だが夜、懐中電燈のおぼろげな円光の中に浮び上がった畸形児のすました顔は、すましているだけに、いっそう気違いめいて、ものすごく、感じられた。

「オイ、そこにいるのはだれだ」

若い店員は思いきってどなりつけた。

しかし相手は答えなかった。答えのかわりに丸い光の中の半身像が、ちょうど映画のフィルムが切れでもしたように突然見えなくなった。つまり相手は逃げたのだった。

少年店員がやっとのことで、スイッチを探しあてて、一時にその辺が明るくなった。だがその時分には、畸形児は木柵を越え、陳列台のあいだを通り抜けて、どこかへ見えなくなっていた。無数の陳列台が縦横様々に置きならべてある、その間を台より低い、一寸法師が逃げて行くのでは、まるで追いかけようがなかった。

間もなく店員の非常信号によって、宿直員全部が三階に集まった。そしてありたけの電燈をつけて、非常にものものしい捜索がはじめられた。陳列台の白布は一々とりのけられ、台の下や、開き戸の中なども隈《くま》なく調べられた。三階にかくれていないとわかると、全員が二隊に分れて、一隊は四階以上を一隊は二階以下を探すことになった。だが、あのように種々雑多の品物を、ところせまく置きならべた百貨店の中で、小さな一人の人間を探し出すのは、不可能に近い仕事だった。

ほとんど夜明け方まで大がかりな捜索が続けられたが、結局わかったのは、なに一《ひと》品《しな》盗まれていないこと、窓その他人間の出はいり出来る場所は、すべて完全に戸締りがしてあって、外部から何者かが忍び入った形跡絶無なことであった。

盗まれた品物がなければ、宿直員に落度《おちど》はなく、罰俸《ばつぼう》を恐れることもなかった。

「あいつ臆病者だからね。きっと何かを見違えたんだよ」

というようなことで、捜索はうやむやのうちにおわってしまった。

その翌日所定の時間になると、百貨店のあらゆる窓やドアがあけ放され、いつに変らぬ雑沓がはじまった。

支配人は、一応出入口の係員を呼んで一寸法師のお客を見なかったかと尋ねたが、昨日も今日もだれ一人そんな不具者に気づいたものはいなかった。結局昨夜の騒ぎは若い店員の幻《まぼろし》に過ぎなかったのかと思われた。

盗まれた品物もなく、曲者の忍び込んだ箇所もない。その上若い店員が主張するような不具者なんか昨日閉店以前にはいった形跡もなく、今日開店後出て行った様子もない。(そういう不具者なればだれかの目につかぬはずはないのだが) だから若い店員の見たのは、単に彼の幻覚に過ぎなかったか、それとも又、少年店員の中のいたずらものが、臆病な彼をおどかしてやろうと、わざと人形の真似なんかしていたのかも知れない。というようなことで、結局発見者が同僚たちの嘲笑《ちょうしょう》をかったばかりでこの事件は落着しようとしていた。

だが、その日のお昼頃になって、例の三階の呉服売場に途方もない騒ぎが起った。桜の造花の下の三美人人形は、まだ最近飾られたばかりなので、三階じゅうの人気を集め、そのまわりはいつも黒山の人だかりがしていたにもかかわらず、不思議とだれもそこへ気づかなかった。大人にとっては、恐らくその着想が、あまりにも奇抜過ぎたのであろうか。それを発見したのは二人の小学生徒であった。

彼等はおそろいの紺《こん》サージの学生服をつけて、柵のいちばん前のところに立って人形を見上げていた。

「ねえ、兄さん、この人形はおかしいよ。右の手と左の手と、まるで色が違っているんだもの、この作者は下手だねえ」

一方の小学生が人形の作者を批評した。

「生意気お云いでないよ」兄の方は周囲の見物に気をかねて弟をたしなめた。「ごらんよ。あの手提《てさげ》をさげている方の手なんか色は少し悪いけど、細工が実にこまかく出来ているじゃないか。この作者は決して下手じゃないんだよ」

「だって、右と左であんなに感じが違っちゃつまらないや。そりゃ、細工はこまかいけど……でもやっぱり変だな、右の手は小さな皺が一本一本書いてあるのに、左の手は五本の指があるきりで皺なんか一本もない、のっぺらぽうだよ……それから右の手には生毛《うぶげ》だってはえているんだし……あら、あら、兄さん、あれほんとうの人間の手だよ。なんだかブヨブヨしているよ。ね、あの指環《ゆびわ》があんなに食い入っているだろう。きっと死人の手だよ」

彼は思わぬ発見に息をはずませて、叫ぶようにいうのであった。「死人の手」という一言《いちごん》は、人形の衣裳や容貌ばかりに見入っていた見物たちの目を、いっせいにその問題の手首へと移らせた。その不気味なものはいちばん若いお梅人形の右の袖口からのぞいていた。

注意して見れば、色合いと云い、小皺の様子と云い、生毛と云い、もう死人の手首に相違なかった。だが、常識家の大人たちはまだ、彼ら自身の目を疑っていた。そんなばかばかしい事が起るはずはないと思いつめていた。

「ねえ、おばさん、あれほんとうの人間の手だね」

小学生はついに一人の婦人をとらえて彼の発見を裏書きさせようとした。

「まあ、いやだ。そんなことがあるものですかよ」

婦人はなにげなく打ち消したけれど、でもどうしたわけか、問題の手首を、まるで食い入るように見つめていた。

「わけはないわ、あんたそんなに確かめたけりゃ、柵の中へはいってさわってみればいいんだわ」

別の婦人が、からかうようにいった。

「そうだね、じゃ僕たしかめて来よう」

いうかと思うと小学生は柵を乗り越えてお梅さんの側《そば》へ走り寄った。兄がとめようとしたけれど間に合わなかった。

「こんなものだよ」

小学生はお梅さんの右手を引抜いて、高く見物たちの方へふりかざした。それを見るとワワワワワというような一種のどよめきが起った。今まで着物の袖でかくれていた手首の根元の方は、肱《ひじ》のところから無残に切り落されて、切口には、赤黒い血糊《ちのり》がベットリとくっついていた。

百貨店でお梅人形の騒ぎがあった同じ日の午後、明智小五郎は山野家の玄関をおとずれた。ちょうど山野夫人が居合わせて、彼は早速例の客間に通された。ちょっと挨拶が済むと、明智は何か気ぜわしく、会話の順序を無視して突然要件にはいった。

「三千子さんの指紋がほしいのですが、もういちど部屋を見せていただけないでしょうか」

「さあ、どうか」

山野夫人は先に立って三千子の部屋へ上がって行った。

書斎も化粧室も、この前見た時にくらべて、まるで違う部屋のように、きれいにかたづいていた。三千子の指紋を探すのは少しも骨が折れなかった。まず書斎の机の上に使い古した吸取紙《すいとりがみ》があってそれに黒々と右の拇指《おやゆび》の指紋が現われていた。化粧室では、鏡台や手函《てばこ》などがきれいに掃除が出来ていて、指紋なぞ残っていなかったけれど、鏡台のひき出しの中の様々の化粧品の瓶《びん》には、どれにもいくつかのハッキリした指紋があった。

「この瓶を拝借していって差支えありませんか」

「ハア、どうか。お役にたちましたら」

明智はポケットから麻のハンケチを出して、選《よ》り出した数個の化粧品容器を、注意してその中に包んだ。

客間に帰ると、明智はテーブルの上に、今の化粧品の容器類と、吸取紙と、ほかに一枚の紙切れとをならべた。この最後のものには、なにものかの片手の指紋がハッキリと押されてあった。明智はそこへひょいと一つの虫眼鏡《むしめがね》をほうり出していった。

「奥さん。この紙切れの五つの指紋と、お嬢さんのお部屋にあった吸取紙や、化粧品の指紋とくらべて御覧なさい。虫眼鏡で大きくすれば、素人でもよくわかりますよ」

「まあ」夫人は青くなって、身を引くようにした。「どうかあなたお調べ下さいまし。私には何だかこわくって……」

「いや、僕はもうさっき調べてみて、この両方の指紋が同じものだってことを知っているのですが、奥さんにもいちど、見ておいていただく方がいいのです」

「あなたが御覧なすって、同じものなれば、それで充分ではございませんか。私などが見ましたところで、どうせよくはわからないのですから」

「そうですか……ではお話しますが、奥さん、びっくりしてはいけません。お嬢さんは何者かに殺されなすったのです。こちらのはその死骸の片手からとった指紋なのです」

山野夫人は、フラフラと身体がくずれそうになるのをやっとこらえた。そして大きな目で明智をにらむようにして、どもりながらいった。

「で、その死骸というのはいったいどこにあったのでございますか」

「銀座の――百貨店の呉服売場なんです。実にこの事件は変な、常軌を逸した事柄ばかりです。そこの呉服売場の飾り人形の片手が、昨夜のあいだに、ほんものの死人の手首とすげかえられていたというのです。警務係をやっている者に知合いがありまして、早速知らせてくれたものですから、ついでにそっと指紋をとってもらったわけなのですが、それから、これは手首といっしょに警察の方へいっているのですが、その手首には大きなルビイ入りの指環がはめてあったのだそうです。これもたぶんお心当りがありましょうね」

「ハア、ルビイの指環をはめていましたのもほんとうでございますが、でも三千子さんの手首が百貨店の売場にあったなんて、まるで夢のようで、私ちょっとほんとうな気がいたしませんわ」

「ごもっともですが、これは少しも間違いのない事実です。やがて今日の夕刊には、この事件がくわしく報道されるでしょうし、警察でもいずれこれをお嬢さんの事件と結びつけて考えるようになるでしょう。お宅にとっては、お悲しみの上に、非常に御迷惑ないろいろの問題が起って来るかも知れません」

「まあ、明智さん、どうすればいいのでございましょう」

山野夫人は、目にいっぱい涙をためて、一種異様にゆがんだ表情で、明智にすがりつくようにいうのであった。

「早く犯人を探し出して、お嬢さんの死骸を取もどすほかはありません。こうなれば警察の方でも充分捜索してくれるでしょうし、案外早く解決がつくかも知れません。その後、ご主人は御帰りないのですか」

「ハア、主人はこちらから電報を打ちまして一昨日帰ってもらったのでございますが、ひどく子煩悩《こぼんのう》の方《ほう》だものですから、あのピアノのことなんか申しますと、とても生きてはいないだろうと気落《きおち》をしてしまいまして、まるで病人のようになって、人様《ひとさま》にお会いするのもいやだと申して、寝間に引きこもっているのでございます。そんなわけですから、今のお話も主人に知らせましたものかどうかと、先ほどから迷っているようなわけでございますの」

「それはいけませんね。だが、ご主人もあまりお気落がひどいようですね。じゃ、今日はお目にかかれませんかしら」

「ハア」夫人は云いにくそうに、「先ほどもあなたのいらしったことを申したのですけど、今日は失礼させていただくと申しているのでございます」

「では、僕はこれでお暇《いとま》しますが、今日まで調べましたことを二三御報告しておきましょう」明智は少し考えてから続けた。「まず例の衛生人夫の行方です。塵芥の中へお嬢さんの身体をかくして持去ったかも知れないという、あの衛生人夫ですね。僕はあの翌日いっぱいかかって、出来るだけ調べたのですが、吾妻橋の東詰《ひがしづめ》まではいろいろな人の記憶を引出して、どうにかこうにか跡をつけることが出来ましたけれど、それから先は、橋を渡ったのか、河岸《かし》を厩橋《うまやばし》の方へいったのか、それとも左に折れて業平橋《なりひらばし》の方に向ったのか、どう手をつくしてもわからないのです。現に唯今《ただいま》でも僕の配下のものが一人その方の捜索にかかりきっているようなわけですが、まだ何の吉報もありません。

「もう一つは、お宅の蕗屋という運転手です」明智は何かニヤニヤ笑って夫人の顔を見た。「奥さんはおかくしなすったようですが、それはご無理とは思いませんが、おかくしなさるということは、どちらかといえばかえって人に穿鑿心《せんさくしん》を起させるものです。僕は早速蕗屋のことを調べました。そして、おそらく奥様以上にくわしい事情を知ることが出来たのです。お嬢さんと蕗屋との間柄は、双方《そうほう》まじめだったようですが、どちらかといえばお嬢さんの方がいっそう熱心だったかも知れません。これはたぶんあなたも御承知だろうと思います。ところが蕗屋はそれ以前から小間使の小松（あの朝、お嬢さんの寝台が空っぽになっているのを発見した女ですね）この小松とかなり深い関係があった。つまり一種の三角関係というようなものがあったのです。

「その蕗屋がちょうどお嬢さんの行方不明と前後して、お暇をいただいて郷里へ帰っているというのは、ご主人が御考えなすった通り、何か意味がありそうに見えますね。で僕もご主人と同じ道をとって蕗屋のあとを追ってみたのです。四月二日以後の彼のあらゆる行動を調べて見たのです。ところが、彼は三日の夕方突然ご主人にお暇を願って、その晩の汽車で彼の郷里の大阪へたっています。その時彼が単身で、女の同行者などなかったことは、たくさんの目撃者（多くは同業者ですが）が口をそろえて証明しております。

「ご主人は大阪で蕗屋にお会いなすっているのではありませんか。お目にかかってその模様をお伺い出来ないのが残念ですが、蕗屋はお嬢さんのこんどの変事には、おそらくなんの関係もないのでしょう。ただ彼は何かを知っているのかも知れませんがね」

　明智はそういって、山野夫人をじっと見つめた。夫人は青ざめて、涙ぐんで、さしうつむいているばかりだ。明智は彼女の表情からなにごとをも読むことが出来なかった。

「表面に現われている点だけでいえば、この際いちばん疑わしいのは小間使の小松です」明智は一だん声を低くしていった。「彼女にとって、お嬢さんは恋の敵《かたき》だったのです。それに小間使なれば、いつだってだれにも疑われないで、お嬢さんのお部屋へ出入りも出来ますし、お嬢さんのいらっしゃらないことを第一に発見したのもあの女だったのです。そして、それ以来病気だといって、一間《ひとま》にとじこもっているのも変にとればとれないことはありません」

「いいえ、あれに限ってそんな恐ろしいことを致すはずはございません」山野夫人はあわてて明智の言葉をさえぎった。「あれは不幸な娘でございます。両親ともなくなってしまって、ひどい伯父《おじ》の手で、恐ろしいところへ売られるばかりになっていましたのを、主人が聞き込んで救ってやったのでございます。そしてもう四年というもの、娘分同様にしてやしなって来たのでございます。当人もそれをひどく恩に着まして、口癖のように御主人のためなれば命も惜しくないなどと申しまして、それはまめまめしく働いていてくれるのでございます。それに気質もごくやさしい娘ですから、どのような事情がありましても、三千子をどうかするなんてことがあろうはずはございません」

「そうです。僕も小松がそんな女だとは思いません」明智は頭の毛を指でモジャモジャやりながら「ただ、表面の事情があの女に嫌疑《けんぎ》のかかるようなふうになっていることを申上げたのです。だが、小松に罪のないことはよくわかっていますが、罪はなくても何か知っていることがあるかも知れません。このあいだも僕は、あの女の寝間へいって、いろいろ尋ねてみたのですが、何を聞いても知らぬというばかりで、顔さえも上げられないのです。強いて尋ねると、しまいにはしくしく泣き出すのです。あの女は何かしら秘密を持っていることは確かです」

明智は山野夫人のどんな微細な表情の動きも見のがすまいとするように、彼女の青ざめた顔をのぞき込んだ。そして、ごく平凡な調子で次の話題に進んでいった。

「この事件には、妙な不具者が関係しているように思われます。俗に一寸法師というやつです。もしやそんなものにお心当りはありませんか。たぶんお聞き及びでしょうが、小林君も先夜そんなものを見たということですし、こんどの百貨店の事件にもどうやら同じ一寸法師が関係しているらしいのです。昨夜《ゆうべ》真夜中に問題のお梅さんという人形のそばで、そいつがうごめいているところを、店員が見たというのです」

「まあ」山野夫人は真《しん》から気味わるそうに身震いした。「小林さんから聞きました時は、あの人が何か見違えたのだろうと思っていましたが、まあ、ではやっぱり、そんな不具者がいるのでございましょうか。いいえ、私少しも存じませんわ。小さい時分見世物で見ましたほかには、一寸法師なんて久しく見たこともございませんわ」

「そうでしょうね」明智は夫人の目を見続けていた。「それについて妙なことがあるのですよ。小林君は一寸法師が養源寺へはいるところを確かに見たのですが、お寺でもそんなものはいないと云いますし、近所の人も見たことがないというのです。

「こんども又それと同じことが起ったのです」

　明智は話しつづけた。

「そうして店員が夜中に一寸法師を見たにもかかわらず、その前日も翌日もそんな不具者が出入口を通った様子がないのです。といって窓を破って出はいりした跡もありません。いつの時も、彼奴《きゃつ》は消えるようになくなってしまうらしいのです。そこに何か意味がありはしないかと思うのですが」

　明智は何かしら知っていた。知りながらわざと何くわぬ顔をして、いわば不必要な会話を取かわしているようなところが見えた。彼は最初から一つの計画をたてて、お芝居をやっているのかも知れなかった。

「それから、今度の事件でもっとも不思議なのは、これは奥様もとっくにお気づきだと思いますが、犯人が彼自身の犯行を公衆の面前にさらけ出そうとしている点です。小林君の見たことと云い、例の千住の片足事件と云い、(もっともこれは全然別の事件かも知れませんが)こんどの百貨店の出来事と云い、すべて犯人は恐ろしい殺人事件のあったことを世間に知らせようとしている形があります。ことに今日のはちゃんと指環まではめてあった。これは山野三千子さんの手首だぞと、広告しているようなものではありませんか。殺人者が自分の犯行を広告するというのは、到底考えられないことです。馬鹿か気違いでなければ、いや、どんな馬鹿でも気違いでも、まさかそんな乱暴なことはしないでしょう。それに、だれにも姿を見せないで百貨店の飾り人形に、死人の手首をとりつけて来るなんて、馬鹿や気違いで出来る芸当ではありません。とすると、この一見ばかばかしく見える出来事には、何か深い魂胆《こんたん》がなければなりません」

明智はそこでポッツリと言葉を切って山野夫人の青ざめた顔をながめた。不自然に長い間そうしてじっとしていた。

山野夫人は、明智の鋭い眼光を意識して、さしうつむいたまま震えていた。彼女はあまりの恐ろしさに顚倒《てんどう》して口もきけないらしく見えた。

「で、もしこれが深い計画によって行われた出来事だとしますと、その意味はたった一つしかありません。つまり、犯人はほかにあるのです。お嬢さんの死骸の一部を公衆の面前にさらけ出しているやつは犯人ではなくて、そういう驚くべき手段によって、別にほんとうの犯人を脅迫しているのです。何かためにするところがあって、非常手段をとっているのです。そんなふうには考えられないでしょうか」

山野夫人はその時、ハッと顔を上げて明智を見た。二人は無言のまま、じっとにらみ合った。お互いにお互いの胸の奥まで突き通すような、恐ろしい眼光を取かわした。が、次の瞬間には、山野夫人はテーブルに顔を伏せて、はげしく泣き出していた。おさえてもおさえても、胸を刺す甲高《かんだか》い声が、袖をもれた。彼女の小さい肩がはげしく波打った。なげ出した白い首筋におくれ毛がもつれて、なまめかしくふるえた。

そこへドアがあいて書生がはいって来た。彼はその場のただならぬ様子を見ると、そのまま引返しそうにしたが、思い返してテーブルの方へ近づいて来た。彼も何か非常に興奮している様子だった。

「奥様」彼はおずおずと夫人を呼びかけた。「大変なものが参りました」

夫人はやっと涙をおさえて顔を上げた。

「ただ今、こんな小包が参りました」

書生は持っていた細長い木箱をテーブルの上に置いて、チラと明智の方を見た。

小包は粗末な木箱で、厳重に釘づけになっていたが、書生が無理にあけたのであろう、蓋が半分に割れて、中から何か油紙に包んだものがはみ出していた。

細長い木箱は午後の第一回の郵便物の中にまじっていた。差出人の記名はなかったけれど、いずれどこからかの到来物に相違ないと思って、書生の山木は何気なく蓋を開いた。(ここでは封書のほかの小包だとか書籍類などは、書生が荷造りをといて主人のところへ差出す習慣だった)だが、一《ひ》目《め》中の品物を見ると、山木は青くなってしまった。彼はそれをどう処分していいかわからなかった。病中の主人を驚かすのははばかられた。といって、だまっておくわけにはいかぬ。ふと思いついたのは客間に素人探偵の明智が来ていることだった。彼はともかく、それを夫人と明智のところへ持って行くことにした。明智は書生の説明を聞きながら箱の中から油紙に包んだ品物を取出して、丁寧に包みをといた。中からは渋紙色《しぶがみいろ》に変色した人間の片腕が出て来た。肱のところから見事に切断され、切口に黒い血がかたまっていた。たまらない臭気が鼻を打った。

「君、奥さんをあちらへお連れしてくれたまえ。これをごらんにならん方がいい」

明智は手早く包みを箱の中へ押し込んで叫んだ。

山野夫人は、しかし、すべてを見てしまった。彼女は立ち上がって無表情な顔で一つところを見つめていた。顔色は透通《すきとお》るように白かった。

「君、早く」

明智と書生とが同時に夫人をささえた。夫人はもう立っている力がなかった。彼女は無言のまま書生に抱かれるようにして日本間の方へ立ち去った。

明智は夫人が行ってしまうと、又包みをといて中のものを取出し、しばらくながめていた。よほど注意しないと、皮膚がズルズルとめくれて来そうだった。それは若い女の手首だった。これと百貨店にさらされたものとがちょうど一対《いっつい》をなしているのではないかと思われた。

彼は棚の上にあった硯箱《すずりばこ》をおろして墨をすると、手帳の上に、注意深く、くさりかかった五本の指の指紋を取った。そして、それを元通り包み直し箱の中に納めて、目につかぬ部屋の隅へ置いた。いうまでもなく、彼は木箱や包紙や、箱の表面の宛名の文字などは、残るところなく綿密に調べた。

それから、先ほどのハンカチをといて、三千子の化粧品の容器類を取り出し、それの表面に残っている指紋と、今手帳に写した指紋とを虫眼鏡でのぞきくらべた。

「やっぱりそうだ」

　彼はため息といっしょに、低い声でひとりごとをいった。箱の中の手首は三千子のものに相違ないことがわかったのだ。それから、何を思ったのか、彼は再び三千子の部屋へ上がって、しばらく何かしていたが、やがて降りて来ると、そこに書生の山木が待ち受けていた。

「奥様から、お調べがすみましたら失礼ですが御随意《ごずいい》にお引取り下さいますように申上げてくれということでした。それから警察の方への届けなんかも、よろしくおはからい下さいますように」

「ああ、そうですか。それは御心配のないようにお伝え下さい。ですが、ちょっとでいいから御主人にお目にかかれないでしょうか」

「いえ、それも大変失礼ですが、主人はお嬢さんのことで、非常に神経過敏になっておりますので、出来るだけはいろいろなことを耳に入れないでおきたいとおっしゃって。すべて秘密にしてありますので、この際なるべくならお会いくださいませんようにということでした」

「そうですか。じゃ僕は帰ることにしますが、この箱は君がどこかへたいせつに保存しておいて下さい。いずれ警察から人が来るでしょうから。それまでなるべく手をつけないようにね」

　明智は化粧品のハンカチ包みをたいせつそうに持って立ち上がった。書生の山木と小間使のお雪《ゆき》とが、玄関まで彼を見送った。その時廊下の小暗《こぐら》いところでお雪が小さな紙切れを明智に手渡したのを、先に立った山木は少しも気づかなかった。

密　会

　山野大五郎氏は大阪から帰って以来、床についたきりだった。軽度の発熱が続いて、たえずはげしい頭痛がともなった。医師は流行感冒だといっていたけれど、その発熱の原因が一人娘の三千子の失踪にあることは疑うまでもなかった。大阪行の結果が失望に終った上、留守中明智小五郎の意外な発見によって、三千子の行方不明が単なる家出なんかでないことがわかってから、彼の懊悩《おうのう》はいっそうはげしくなったように見えた。

　山野氏は家人に顔を合わせることを厭《いと》った。書生の山木などは、うっかり来客を取次いでひどくどなりつけられたりした。店の支配人が店務の打合わせにやって来るのさえ、多くは会わないで返した。その頃主人の部屋へはいるものは夫人の百合枝と、小間使のお雪が三度のお給仕に出るくらいのものだった。

山野夫人は、不気味な木箱の贈物を見てから、まるで病人のようになって、居間にとじこもっていた。夕食の時間になっても、茶の間へ顔を出さなかった。小間使のお雪が、心配してたびたび様子を見に来たけれど、彼女はものもいわないで考え事をしていた。

七時が打ってしばらくすると、何を思ったのか百合枝は着がえして、山野氏の部屋へはいって行った。山野氏は蒲団《ふとん》の上に仰臥《ぎょうが》して、青い顔をして、ぼんやりと天井をながめていた。草色の絹をかぶせた電燈が、部屋をいっそう陰気に見せていた。

夫人は主人に薬をすすめたり、部屋を乾燥させないために枕頭の、火鉢にふたをとったままかけてある銀瓶《ぎんびん》に水を差したりしてから、山野氏の顔色を読むようにして、

「私ちょっと片町《かたまち》までまいりたいのでございますが」

とおずおずいった。

「相談にでも行くのか」

山野氏は、髭の伸びた顔を夫人の方にねじ向けて尋ねた。二三日の間にめっきりやせが見えて目ばかり大きく血走っていた。

「ハアたびたびですけれど、お加減がそんなにお悪くないようでしたら、ほんの一時間かそこいらお暇がいただきたいのですが」

本郷《ほんごう》の西片町《にしかたまち》には、山野夫人の伯父にあたる人が住んでいた。両親をなくした彼女には、この人が唯一の身内だった。

「私は差支えないから、行くなら、気をつけて行って来るがいい」

山野氏は何か別の考えごとをしているような、うつろな声でいった。

「ではちょっと行って参りますから」

山野夫人はそういって立ち上がろうとして、ふとそこにひろげてある夕刊に気がついた。次から次へと起って来るさまざまの出来事に、ついぼんやりしてしまって、彼女は大変なことを忘れていた。今日の夕刊は主人に見せてはならないのだった。

そこには予期した通り、いや予期以上の仰々《ぎょうぎょう》しさで、百貨店の珍事が報道してあった。二面の大半がその激情的な記事でうずまっていた。一家の私事がいつの間にか一つの大きな社会的事件に拡大された形だった。むろんその記事には三千子の事など一と言だって書いてあるはずはなかったけれど、この仰々しい三面記事がその実自分たちの一家に関係していようなどとはまるで嘘のような気がされた。

山野氏がその記事を読んだことは疑うまでもなかった。だが、読んで或ることに気がつきはしなかったかどうか。夫人は山野氏の表情からそれを読もうとつとめたが、彼の気抜けのしたような顔は、なにごとをも語っていなかった。おそらくは、彼はこのあまりに大きな社会記事が、彼の娘の運命を暗示していようなどとは想像も出来なかったのであろう。

山野夫人は、お雪に行先を告げて、外出の用意をさせた。お雪は山木さんでもお連れなすってはとすすめたけれど、近所のタクシーを雇うからそれには及ばないといって、彼女はただ一人で門を出た。

門の外は、両側とも長い塀が続いて、ところどころに安全燈がにぶい光を放っているのが、いっそう暗さを引立てているように見えた。人通りなどはまるでなかった。

彼女は暗闇《くらやみ》の往来に立ち止まって、しばらく何か考えていたが、やがてトボトボと歩き出した。だが、妙なことにはそれはタクシーの帳場とは反対の、いっそうさびしい方角をさしていた。第一の曲り角へ来た時、彼女は一応うしろを振り返って、だれも見る人のないことを確かめると、それから少し急ぎ足になって、暗い道暗い道とよって歩いて行った。

二三町も行くと、道は隅田川のさびしい堤《どて》に出た。対岸の家々の燈火が、ちょうど芝居の書割《かきわ》りのようにながめられた。まっくらな広い河面《かわも》には、荷足船《にたりぶね》の薄赤い提灯《ちょうちん》が、二つ三つ、動くともなく動いていた。

堤に出て、少し行って、だらだら坂を下ると、三囲神社《みめぐりじんじゃ》の境内《けいだい》だった。山野夫人は坂の降り口のところで、又注意深く左右を見廻しながら、神社の中へはいって行った。だが、夫人がそれほど用心深くしていたにもかかわらず、彼女は一人の尾行者をさとることが出来なかった。彼女が邸の門を出るとから、小間使のお雪が、彼女以上の用心ぶかさで彼女の跡をつけていた。

三囲神社の境内は、墓場のように静かだった。堤の上の安全燈からさす光のほかは、隙漏《すきも》る燈火《ともしび》さえなかった。暗闇の中に大入道《おおにゅうどう》のような句碑がニョキニョキ立ちならんでいた。

山野夫人は探るようにして自然石のあいだを縫って行った。そしてひときわ大きな句碑の前までたどりつくと、何かを待ちもうけるように立ち止まった。

「奥さんですか」

すると、句碑のうしろから、白いものが現われて、ささやくように声をかけた。その男は和服に春の外套を着て、大型の鳥打帽を眼深《まぶか》にかぶっていた。やみの中でも大きな眼鏡が遠くの光を反射してキラキラ光った。

「ええ」

山野夫人はかすかに答えた。震え出すのを一生懸命にこらえているような声音《こわね》だった。

「僕のいったことはうそじゃないでしょう。云っただけのことは、ちゃんとやってのけるのです」

不思議な男は、太いステッキによりかかりながら、夫人の顔をのぞき込むようにしていった。

「僕は命を捨ててかかっているのですよ。どんな事だってやってのけます。これ以上のことだって。さあ、返事を聞かせて下さい。僕の願いを承知してくれますか、どうですか」

「もう駄目ですわ。ここまで来てはもう取返しがつきませんわ」夫人は泣き出しそうな声でいった。「きっと、すっかりわかってしまいます。それに、明智さんを頼んでしまったのですもの。あの人は恐ろしい人です。底の底まで見通しているような気がします。あなたはそれならそれで、なぜもっと早く云ってくれなかったのです。せめて明智さんなんか頼まない先に」

「明智ですって、フフン」不思議な男は鼻の先で笑った。

「あの男がどうしたというのです。何も恐れることなんかありませんよ。こんなことになったのも、あなたが悪いのだ。僕を見くびって、たかをくくっていたのが悪いのだ。口ばかりではあなたが驚かないから、実行するほかなかったのだ。今になって泣き言《ごと》をいったって何になるものか。だが決して絶望することはありませんよ。すべての秘密は僕が握っているのだ。三千子さんが殺されたことがわかったところで、だれが殺したんだか、死骸がどこにあるのだか、警察にしろ、素人探偵にしろ、だれがどんなに探したってわかりっこはありゃしません。だから少しも心配することなんかありゃしない」

　お雪は出来るだけ二人に接近して、句碑の蔭から彼らの密話を聞こうとした。彼女はこわいことよりも、妙な好奇心と一種の正義の感情でいっぱいになっていた。それに日ごろから彼女とは人種でも違うように畏敬《いけい》していた百合枝夫人のこの犯罪じみた奇怪な行動が、彼女を不思議に興奮させた。彼女は腹立たしいような一種異様な感じで、ブルブル震えていた。

「だから、安心しているがいいのだ。私さえ怒らなければ、万事大丈夫なんだ。だが、あなたは今晩どういう口実で家《うち》を出たのですか」

　男の低いおさえつけるような声が続いた。

「片町まで行って来るといって」

　夫人は途切《とぎ》れ途切れに答えた。

「あなたの伯父さんのところですね。じゃ二三時間は大丈夫だ。堤の上にタクシーが待たせてあるから、私といっしょにおいでなさい。二時間もすればきっと返してあげる。何もビクビクすることはない。だが、もしあなたが私の申出を拒絶なさると、とんでもないことになりますよ。私は一切合切《いっさいがっさい》ぶちまけちまう。そうなればむろん私も罪におちるが、あなたは身の破滅だ。生きちゃいられない。だからさ、私のいうことを承知するほかはないのだ。とんだやつに見込まれたのが不運とあきらめるんだね。さあ、時間がないから早くきめて下さい。私はもう待てるだけ待ったのだから」

「あなたが、そんなひどい人だとは思わなかった。悟りすました世捨人《よすてびと》のような顔をしていて、その実恐ろしい悪党だったのね」夫人はため息をついた「でも仕様がありませんわ。あのことを秘密にしておいてもらうためには、どんな犠牲だって払わなければ。けれど、あなたは、そんな無理往生《おうじょう》なことをして、それで寝ざめがいいのですか。私はどうしたって、あなたが好きになれないんだから」

「ウフフフフフ」奇怪な男は、気味わるく声を殺して笑った。「私は十年の間待っていたのだよ。あなたは知るまいけれど、私はその長いあいだあなたのことばかり思い続けて来たのだ。私がどんなに苦しんだか、いろいろばかばかしいくわだてをやったか。今にすっかり白状する。ウフフフフ、あなたはきっと驚く、あなたを思っていた男の正体がわかったら、あなたは気絶するほど驚くに違いない。だが、こんどのことは、なんという幸運だったろう。こんなことでも起らなければ、私は一生涯私のこの切ない思いを打明ける折がなかったのだ。さあ、くわしいことは、あちらへ行ってから話そう。ともかくあなたは私についてくるほかはないのだ」

男は、そういったまま、自信に満ちた様子で、境内を出て堤の方へ歩いて行った。山野夫人は彼女自身の意思を失って、別の意思の命令によって動いているかのように、歯がゆいほど従順に男のあとに従った。

三囲神社から半丁ほど上手《かみて》の堤にそって、ポッツリと一軒のこわれかかった空家があって、その蔭にかくれるように一台の自動車がとまっていた。

ヘッドライトを消しているので、ちょっと見たのでは空家の一部分としか見えない。奇怪な男はそこまでたどりつくと、山野夫人をさしまねいて、押し込むように車に乗せ、何か運転手にささやいて、彼も暗い箱の中へはいった。

自動車はただちに、けたたましい音をたてて、人通りのない、堤の上を、吾妻橋の方へ飛ぶように消え去った。

お雪は物蔭に立って、くやしそうに車のあとを見送った。もうどうすることも出来ない。邸に帰るほかはないのだ。だが、彼女は明智に報告すべき事柄を、少くとも二つだけは心にとめていた。その一つは怪しい男が夫人を連れ去った自動車の番号――

二九三六という数字。もう一つは不思議な男の姿なり声音なり、ことにその特徴のある歩き振りが、彼女のよく知っている或る人に酷似していたという事実だった。

あまり意外な人物を思い出したので、お雪は変な気がした。頭がどうかしているのではないかと思った。だが、あのちょっとびっこを引く歩き方はどうしても、その人に相違なかった。肩のぐあい、ステッキのつき方、その他すべての点が、間違うはずのないいちじるしい特徴を示していた。彼女はそれらの事柄を明智に電話で報告するために、邸に急いだ。

奇怪な人物と山野夫人とを乗せた自動車は広い通り細い町をいくどか曲り曲りして、とあるものさびしい町角に止まった。出発する時から窓のカーテンがおろしてあったので山野夫人は彼女がどこに運ばれるのか少しも見当がつかなかった。たびたび行先を尋ねたけれど、男はニヤニヤ笑うばかりで少しも答えなかった。

「さあ、来ました」

自動車が止まると、男は夫人をうながして車を降りた。彼は出発以前にくらべると、人が違ったように変にむっつりしていた。

夫人は車を降りた時、町に見覚えはないかと思って、さびしい往来を見廻したけれど、まるで知らないところだった。あまり長く走ったようにも思わなかったのに、その辺の様子はどこか非常に遠い田舎町の感じをあたえた。

　男はステッキを力に、足を引きずるようにして、存外早く歩いた。彼はものもいわず、うしろを振りむきさえしなかったけれど、夫人はそのあとについて行くほかはなかった。それから又細い通りをいくども曲って、三丁ばかりも歩くと、おそろいの小さな門のついた、官吏《かんり》の住宅とでもいった感じの借家が、ずっと軒をならべている町へ出た。不思議な男は、そのうちの一軒の門をくぐって、門からすぐのところにあるガラス張りの格子戸をあけた。山野夫人は、もう度胸をきめてしまったというふうで、青ざめてはいたが、案外平気で男のあとに従った。

　男は自動車の運転手にさえ、彼のかくれがを知らせまいとして、わざと三丁も手前で車を降りた。小間使のお雪がその車の番号を覚えていたところで、こんなに用心深い相手にはなんの役にもたたなかった。だが、幸いなことには、山野夫人の身辺には、明智やお雪のほかに、もう一人の人物が絶えずつきまとっていた。彼は正義だとか好奇心だとかよりも、もっと熱烈な或る動機から、寸時も夫人の監視をおこたらなかった。

　不思議な男と山野夫人とが自動車を降りて、暗い町に姿が消えたころ、運転手とならんで運転台に腰をかけていた助手が、借り物の派手なオーバーをぬいで、一枚の紙幣といっしょに運転手に渡しながらいった。

「ヤ、ありがとう。じゃこれは少しだけれど、お礼のしるしだから。助手の人にもよろしくいって下さい」

助手に化けて運転台に腰かけていたのは、ほかならぬ小林紋三だった。彼はほんものの助手から借りていたオーバーをぬぐと、その下に例の一張羅の空色の春外套を着ていた。

彼は自動車を降りて、半丁ばかり先を歩いて行く男女のあとを、用心深く尾行した。そして、彼らが小さな門のある家にはいったところまで見届けた。

紋三はそれから執念深くその家の前に見張りを続けていた。たとい彼に家の中へ踏み込む勇気があったとしても、山野夫人の秘密がなんであるか、夫人に対して妙な男がどのような関係を持っているのか、それらの点が少しもわかっていないために、無謀なことは出来なかった。

幸い家のわきに細い露地《ろじ》があって、それが家の裏口のところで行き詰りになっていたので、その露地の入口に見張っていれば、たとい彼らが裏口から抜け出しても、見逃すことはなかった。

紋三は、暗い露地の中に身をひそめて、根気よく立ち番をしていた。こんなふうに自動車の助手に化けたり、闇の中で不思議な人物の見張りをしたりすることが、彼をいくらか得意な気持にさえした。

格子戸をあけてはいると、一坪ほどの土間があって、三畳の玄関、そこからすぐに二階への階段がついていた。男はだまってその階段をあがっていった。山野夫人はなぜか跫音《あしおと》を盗むようにして、そのあとに従った。足の不自由な男は、子供のように両手を使って、階段を一段ずつ、のろのろと這い上がった。夫人は下に待合わせながら、まるで蟹《かに》が石垣を這いあがるようだと思った。

二階は六畳と四畳半と二間ぎりだった。男はその六畳の座敷にはいって、ふすまをピッタリとたてきった。

「立っていたって仕方がないでしょう。そこに座蒲団《ざぶとん》があるから、御自由にお敷きなさい。だが、百合枝さん、とうとう来ましたね」

男は気味わるく笑いながらいった。そして自分も一枚の座蒲団をとって、外套のままその上に腰をおろした。彼は、足を曲げるのが非常に困難らしく、長いあいだかかって、やっと横ずわりにすわった。

「いやにかたくなってますね。もっとくつろいじゃどうです」

彼は眼鏡の奥から蛇のような目を光らせて、夫人を見た。

「ここにはだれもいないのですか」

百合枝は隅の方に小さくすわって、かわいた唇《くちびる》でいった。

「まあいないようなものです。耳の遠い婆さんが雇ってあるのだけれど、あなたがいやだろうと思って顔を出さないように云いつけてあるのです。つんぼも同様の婆さんだから、大丈夫ですよ。少々大きな声をしたって聞こえる気づかいはない」

男はその時までかむっていた大きな鳥打帽をぬいだ。その下にはモジャモジャした短い毛がきたならしく生えていた。不思議なことには、そうして帽子をぬぐと、彼の相好《そうごう》がガラリとかわって見えた。

「まあ」

それを見ると、百合枝はびっくりして息を引いた。

「ハハハハハ、これかね」男は頭をかき廻すようにして、「これはかつらですよ。顔が違って見えるかね。これくらいのことで驚いちゃいけない。もっとひどいことがあるんだ。だがどんなことがあったって、あなたはもう私のものだ。逃げようたって逃げられるものじゃない。逃げればあなたの身の破滅なんだからね」

男は鼻の上にみにくい皺をよせて、奇怪な笑い方をした。彼は少しずつ、仮面をぬいで、残忍な正体を現わしはじめていた。

「ワハハハハ」

　彼は突然歯をむき出して気違いのように笑った。

「百合枝さん。ああ、今こそおれはこうしてあなたに呼びかけることが出来るんだ。恋人のように呼びかけることが出来るんだ。十年のあいだ、おれは胸のうちでこの名を呼び続けていた。どうしたって出来るはずがないとわかっていても、その望みを捨てることが出来なんだ。だが、今それがかなったのだ。まるで夢のような仕合わせだ。百合枝さん、私を愛してくれなんてそんな無理なことは頼まない。この不幸な生れつきの男を、あわれんで下さい。私のわるだくみをにくまないで、こうまでしなければならなかった私の切ない心持を察して下さい」

　男は威圧的な態度を一変して、身もだえをしながら哀願した。いつの間にか、外套姿の長い身体が横倒しになって、奇怪な長虫のように、身をくねらせながら、百合枝の方に近づいて来た。

「あなたはいったいだれです。私の知っているあなたではないのですか。だれです、だれです」

　百合枝はいっそう隅の方へ身をすくめながら、うわずった声で叫んだ。

「あなたはそれが知りたいのですか。じゃ、今教えてあげる」

横たわっていた男が、飛び上がるようにはね起きて、つと電燈の方へ手を伸ばしたかと思うと、パッという音がして、突然部屋がまっ暗になった。

二階の雨戸がすっかりしまっている上に、外の往来にも薄暗い門燈のほかにはなんの光もないので、電燈が消えると部屋の中は真の闇であった。

百合枝夫人はその中で、ある身構えをしてじっと男のいた方角を見つめていた。彼女は何よりもこんどの事件の真相が暴露することを恐れた。その秘密をたもつためにはどんな犠牲も忍ばねばならぬと覚悟をきめていた。それに、生娘《きむすめ》でもない彼女は、はしたなく悲鳴をあげるようなことはなかったけれど、でもやっぱり、云い知れぬ恐怖に胸のあたりがビクビク震え出すのをどうすることも出来なかった。

今にも飛びかかって来るかと思ったのに、男は不思議と鳴りをひそめていた。しばらくの間は部屋の向うの隅から、何かカタカタという物音にまじって、彼の荒い息づかいが聞こえて来るばかりだった。

「不意に電気を消したりしてびっくりするじゃありませんか。早くつけて下さい。でないと、私《し》帰りますよ」

百合枝は強いて何気ない声で、しかしかなり力強く云い放った。

「帰れるものなら、帰ってごらんなさい。そんな強がりをいったって駄目だ。あなたはどうしたって帰ることは出来ないんだ。電気を消したのはね、あなたがこわがるといけないからだよ」

そして、ゾッとするような含み笑いが、暗闇の中から響いて来た。

「あなたは忘れているだろうが、はじめて山野の家《うち》で会ったのはもう十年も昔のことだ。その時分あなたはまだ肩上《かたあ》げ(注7)をした無邪気な娘さんだった。あなたはよく先《せん》の奥さんのところへ遊びに来た。山野の邸が西片町にあった時代だ。ね、思い出すだろう。私はその頃からちょくちょく山野の邸へ出入りするようになった。というのは一つはあなたの顔が見たかったからだ。だが、そんなことは気振《けぶ》りにも見せなんだ。おれは人なみの恋なぞ出来る身体ではなかったのだ。この世のことは何もかもあきらめはてていた。それが、何の因果か百合枝さん、あなたのことだけはあきらめてもあきらめても、あきらめきれなかった。いっそあなたを刺し殺して自分も死のうと思ったことがいくどあるか知れない。山野のところへ嫁入りした時などは、ほんとうに短刀を懐中に入れて、あなたに会いに行ったことさえある。おれはそれほど思いつめているのだ。少しは不愍《ふびん》に思ってくれてもいいだろう」

途切れ途切れの切ない声だった。それがひとこと云うたびに、闇の中を、這うように百合枝の方へ近寄って来た。事実声の主は少しずつ、彼女の方へにじり寄って来るらしく、黒いもののうごめく気配がだんだん身近に感じられた。

百合枝は変な気持だった。ただこわいのではなくて、何かこう不気味な獣に襲われているような、妙なすごさだった。それに不思議なことには、相手の告白を聞いているうちに、その蛇のような執念に、ある魅力を感じ出していた。それは憐みの情というよりも、もっと肉体的な一種の懐《なつ》かしさであった。

突然やわらかいものが彼女の膝を這い廻って、逃げる暇もあたえず、つと彼女の手を握った。冷たく汗ばんだ男の掌《てのひら》が感じられた。

「あら」

百合枝は、思わず低い叫びを上げて、これを振り離そうとした。だが、思い込んだ男の手は、モチのようにねばり強くて、容易に離れなかった。離れないばかりか、だんだん強い力で彼女の華奢《きやしや》な指を締めつけていった。

それと同時に妙な音が聞こえはじめた。百合枝は最初は、男が咳《せき》をしているのかと思った。コホンコホンはげしく喉《のど》が鳴った。だが、間もなくそれが鼻をすする音にかわり、そして、不意にククククク、ククククと、むせ返るような声が起った。男が泣き出しているのだ。彼は百合枝の手先を締めつけ締めつけ、彼女の腕にボタボタと涙を落して、気でも狂ったように泣きつづけた。

百合枝は男の激情に引入れられて、彼女もいつの間にか、不思議な興奮を覚えながら、片手を男のなすがままにまかせて、だまって彼の泣き声を聞いていた。手の上に雨のように降りかかる涙の感触が彼女の恐怖を少しずつやわらげていった。

「百合枝さん、百合枝さん」

男は泣きじゃくりの間々《あいだあいだ》に、いくどとなく彼女の名を呼んだ。そして、彼の一方の手は、大きな昆虫のように、五本の足で百合枝の全身を這い廻った。膝から帯を越し、むずがゆく乳の上を這って、なだらかな肩をすべり、背筋のくぼみを、あやすようになで廻した。百合枝は薄い着物を通して、ジトジト汗ばんだやわらかい掌を、直接肌にふれられでもしたように、不気味に感じた。だが、それははなはだしく不気味であったにもかかわらず、同時にあやしくも彼女の道念を麻痺《まひ》させる力を持っているかと見えた。

彼女はいつの間にか抵抗力を失っていた。それゆえ、男のほてった顔が彼女の頬にふれ、熱い涙が彼女の唇をぬらし、焰《ほのお》のような吐息が彼女の呼吸とまじり合っても、彼女はそれを払いのけようともしなかった。

だが、しばらくすると、突然彼女は恐怖の叫び声を立てて、男の腕から身をのがれようとあせった。そうしているあいだに、彼女は相手の身体に起った或る恐ろしい変化に気づいたのだった。

さっきから彼女の手が無意識に男の身体を探っていた。そして、ふと足の方にふれた時、今まで彼がすわっているとばかり思ったのが、その実、畸形的に短い足をいっぱいに伸ばして、立っていることを発見した。彼の顔は彼女の顔と同じ高さにあった。それでいて彼女は坐っているのに、相手は明らかに立ち上がっているのだった。つまり男はいつの間にか、異常に背の低い畸形児にかわってしまったのだった。彼女は一瞬間にすべての事情をさとった。男はかつらや眼鏡や外套によって、今宵《こよい》変装していたと同じように、平常《へいぜい》の彼自身が一つの変装にすぎなかったのだ。もう一つ奥にはこのようないまわしい彼の正体がかくされていたのだ。小林紋三に尾行され、百貨店の番頭に発見された、あの一寸法師こそこの男であったに相違ない。彼女を脅迫している男と、三千子の死体を切断して罪深い悪戯《あくぎ》をやった男とが、まったく同一人物であることを、今まで気づかなんだのは、むしろ迂闊千万《うかつせんばん》であった。彼が十年という長い年月、切ない恋を打ちあけないでいたのも、このような犯罪事件のかげにかくれて、彼女の弱味につけ込んで、その思いをとげようとしたことも、彼が見るも恐ろしい畸形児であったとすれば、まことに無理でないわけだ。

相手が一寸法師とわかると、いかに覚悟はきめているとはいえ、彼女はもう我慢が出来なかった。こんな怪物に、少しのあいだでも妙な魅力を感じていたかと思うと、彼女はゾーッと背筋が寒くなった。彼女は遮二無二《しゃにむに》怪物の腕をふりもぎろうともがいた。

だが、相手は彼女がさとったと見ると、ひとしお力をくわえて犠牲者を抱きすくめた。畸形児とはいえ、死にもの狂いの腕力に、か弱い女の百合枝がどう抵抗出来るものではなかった。

「いまさら逃げようたって逃がすもんか」

彼はりきみ声をふりしぼった。

「声をたてるならたててみるがいい。ソラ、まさか忘れはしまい。そんなことをすればお前の身の破滅だぞ。いいか、山野一家の滅亡だぞ」

一寸法師は、起き上がった百合枝の腰のあたりにからみついて、おどし文句をならべながら、相手のひるむすきを見て、短い足を彼女の足にからみ、恐ろしい力で彼女を倒そうとした。

百合枝は叫ぼうにも叫ぶ自由を奪われ、逃げ出そうにも、逃げ出す力を失い、まるで悪夢にうなされている気持だった。畸形児は不気味な軟体動物のように、ぺったりと彼女の半身に密着して、腰のあたりを締めつけた両腕は、刻一刻とその力を増していくのだった。

小林紋三はうそ寒いのを我慢して、執念深く露地の入口に立ちつくしていた。まだ夜ふけというでもないのに、その町はいやに暗くて静かだった。どの家もどの家もまるで空家のようにだまりこくっていた。

蝙蝠《こうもり》みたいに露地の板塀に身体をくっつけて、薄暗い往来を見ていると、時たま灰色の影のようなものがスーッと通り過ぎた。それが人間に違いないのだけれど、少しも音をたてないので、何か物《もの》の怪《け》という感じがした。

彼は山野夫人が二階にあがった気配を感じたので、もしや話し声でも漏れて来ないかと、その方を見上げて耳をすましたが、密閉された雨戸の中はひっそりとして、燈火の影さえささなかった。

ふと何か聞こえたように思って、耳をそばだてると、遠くの方から、力のない赤ん坊の泣き声が聞こえて来たりした。

紋三はこの数日、長い間の倦怠《けんたい》をのがれて、かなり緊張した気持を味わうことが出来た。彼はやっとこの世に生《いき》がいを見出したように思った。奇怪な犯罪事件の渦中にまき込まれて、素人探偵を気どることも、子供らしい彼にはずいぶん面白かったが、それよりも、今までは、なにか段違いの相手のような気がして、口をきくことさえはばかられた山野夫人が、思いもかけず、くだけた調子で彼に接近して来たことが何よりもうれしかった。彼は三千子のことをかこつけに、機会さえあれば山野家をおとずれ、夫人の身辺につきまとった。

そして、ついに夫人の秘密を握ることが出来た。恋という曲者が、彼を異常に敏感にしたのだ。夫人の一挙一動、どんな些細《ささい》な事柄も彼の監視をまぬがれることは出来なかった。彼は小間使のお雪と同様に、今宵の密会をさとった。そして、お雪には真似の出来ない芸当をやった。彼は機敏にも怪人物の自動車の助手を買収して、とうとうこのかくれ家をつきとめることが出来たのだ。専門家の明智小五郎をだし抜いて、彼の夢にも知らない手がかりを握ったかと思うと、紋三はひどく得意だった。

だが相手の奇怪な人物がなにものだかは、まるで見当がつかなんだ。ふと、どこかでいちど会ったような気がしないでもなかったが、それ以上のことは少しもわからないのだ。わかっているのは、男が夫人の弱味につけ込んで彼女を脅迫していることと、夫人が何か恐ろしい秘密を持っていて、甘んじて男の意のままに動いていることだった。

だが、夫人にどんな秘密があろうと、紋三は彼女をにくむ気にはなれなかった。にくいのは相手の男だった。彼は男に対してはげしい嫉妬《しっと》を感じた。か弱い夫人が、今ごろあいつのためにどんな目に会っているかと思うと、気が狂いそうだった。

さまざまのみにくい場面が、まざまざと目の先にちらついた。そこには獣《けだもの》のような男がいた。なまめかしく取乱《とりみだ》した夫人の姿があった。それを思うと彼は肉体的な痛みを感じた。いくど家の中へ飛びこもうとしたか知れなかった。だが、夫人の迷惑を察してわずかに踏み止まった。

待っても待っても彼らは出て来る様子がなかった。さっきからほとんど一時間も闇の中に立っていた。妄想は募《つの》るばかりだった。もう辛抱《しんぼう》がしきれなかった。それにちょうどその時、彼は二階の方から女の悲鳴らしいものを聞いた。聞いたように思った。

彼は半狂乱の体《てい》で、門をはいると手荒く格子戸をあけた。

「御免なさい」

家の中はシーンとしずまり返っていた。

「だれもいないのですか」

彼は二度も三度も大声にどなったが、なんの返事もなかった。彼は思いきって玄関の障子をあけた。それでもまだだれも出て来ないので、次の間《ま》との境の襖《ふすま》を開いて中をのぞいて見た。そこには人の影もなかった。

紋三は、万一とがめられたところで、何とでも云い逃れの道はつくと高《たか》をくくった。彼は臆病者のくせに、一方には非常に向う見ずな大胆なところがあった。

彼はいきなり靴をぬいで玄関にあがったが、さすがにあわてていたので、そこの土間に山野夫人の履物が見えないことも気がつかなかった。ふすまをいっぱいに開くと、次の茶の間らしい部屋へ踏み込んで奥の間との境のふすまをあけて見た。そこに一人のきたならしい老婆が、ハッと居眠りからさめたようなとぼけた顔をしてすわっていた。

「あらまあ、ちっとも存じませんで、どなた様でございます」

老婆はなじり顔に、大声でいった。

「どうも失礼、いくら呼んでも返事がないものだから。こちらに山野の奥さんが見えているでしょう。実は急な用事が出来てお迎いに来たのですよ」

「どなた様で、今旦那はお留守でございますが」

老婆は耳が遠いらしく、とんちんかんな返事をした。

紋三はふたこと三こと問答をしているうちに、もどかしくなって、老婆などを相手にしないで、勝手にその辺の障子ふすまを開いて、山野夫人のありかを探した。だが、階下にはほかにせまい台所があるぎりで、どこにも人影が見えなかった。

彼は老婆が止めるのも聞かないで、二階へ上がって行った。今にもだれかにどなりつけられるかと身構えさえして階段を上がったが、不思議なことにはそこには人の気配はなかった。二間きりの二階で、六畳の方に暗い電燈がついて、調度もきちんとかたづいていた。妙にガランとして今まで人のいた様子はどこにも見えなかった。

「この人はまあ、何という無茶なことをなさる。旦那はお留守だといっているじゃありませんか。私のほかに猫一匹いやしないのですよ」

老婆はノコノコ二階までついてきて、紋三を監視しながら、ぶつぶつつぶやいた。

「だが、確かにこの家へはいるところを見たんだが。変だな。君はうそをいっているね」

しかし何をいっても、ほとんど老婆には通じなかった。彼女はだんだん声を大きくして、しまいには隣近所に聞こえるような悲鳴をあげた。

紋三は押入れなども一々あけて見て、隈なく家中を探したけれど、老婆の云った通り、猫の子一匹いなかった。あのように表口裏口を監視していたのだから、夫人たちがもし家を出たとすれば彼の目につかぬはずはないのだし、彼が表からはいった物音を聞きつけて、その隙《すき》に彼らが裏口から逃げるというようなことは不可能だった。そんな余裕のあろうわけがない。つまり、彼らはこの家の中で消えうせてしまったとしか考えられなかった。

紋三は又しても狐につままれた気持だった。考えて見ると、こんどの事件には妙にいくども同じようなことが起った。三千子も部屋の中で消失した。例の気味のわるい一寸法師は、養源寺の庫裏へはいったまま消えてなくなった。そして今夜は山野夫人の番だ。紋三はうんざりした。

彼は老婆に叱《しか》られながら、すごすごと家を出た。

「このごろおれの頭はどうかしているのか。それとも悪人が神変不思議《しんぺんふしぎ》の妖術でも心得ているのか。いったいどっちがほんとうなんだ」

まるで悪夢にうなされているような感じだった。彼は電車道を探して暗い町を歩きながら、ふと子供のころに聞いた、狐や狸が人を化かす話を思い出していた。ある荒唐無稽《こうとうむけい》な恐怖が、彼の背筋を冷たくした。

疑　惑

その翌朝、小林紋三は妙にぼんやりした顔をして、山野家の玄関に現われた。彼は一と晩じゅう悪夢にうなされ、その夢と昨夜《ゆうべ》の出来事とがまじり合って、どこまでが現実でどこまでが夢だか、よくわからない気持だった。すっかり嘘のような気もした。

気のせいか、山野の邸は以前とはどこかしら違った感じをあたえた。門内の砂利道《じゃりみち》にゴミが落ちていたり、玄関の式台に埃《ほこり》がたまっていたり、二階の雨戸が半分しかあいてなかったり、すべての様子がものさびしく、すさんで見えた。

取次ぎに出た書生の山木も変に蒼《あお》ざめた顔をしていた。紋三は山野夫人があのまま又行方不明になっているのではないかと、そればかり気がかりだった。

「奥さんは？」

彼は奥の方をのぞき込むようにして、小さな声で尋ねた。

「いらっしゃいません」

紋三はそれを聞くとギョッとした。

「いつから？」

「エ？」

山木は変な顔をして、紋三を見た。

「昨夜からお帰りがないのだろう」

「いいえ、今しがた明智さんのところへおいでなすったばかりです」

「ああ、明智さんとこへ」紋三はテレかくしに口早やにいった。彼は恥かしさでまっかになっていた。「じゃ、昨夜も、どこへもお出ましじゃなかったの」

「昨夜は片町の御親戚へいらっしゃいました」

書生は平然として答えた。

「いつ頃お帰りになった？」

「九時ごろでしたよ」

書生が又変な顔をした。九時といえばまだあの暗い露地にうろうろしていた時分だった。彼はますますわからなくなった。山野夫人はあの厳重な見張りをどうして抜け出すことが出来たか。そんなことは到底不可能だ、とすると、昨夜のはやっぱり一場の悪夢に過ぎなかったのか。彼はともかくいちど夫人に会ってみたいと思った。

「じゃ、明智さんとこにいらっしゃるだろうね」

「ええ、つい今しがたお出かけになったのですから」

「その後別に変ったこともない？」

紋三は帰り支度をしながら、ふと気がついて尋ねた。

「大将の病気はどうだね」

「どうもよくない様です。熱が高くって、今朝から看護婦が二人来るようになったのですが、なんだかどうも、家《うち》の中が滅茶苦茶《めちゃくちゃ》ですよ。そこへ、小間使の小松が、昨夜医者へ行くといって出たきり帰らないのです」

「小松といえば、頭痛がするとかいって寝ていた、あれだね」

「ええ、心当りへ電話をかけたり、使いをやったりしたのですが、今のところ行方不明です。それに又、今朝は早くから警察の人たちがやって来る始末でしょう。奥さん一人で大変なんです」

「警察では、何か手がかりでもついたのかい」

紋三はいちいち出し抜かれたようで、いい気持はしなかった。

「駄目ですよ。何もわかってやしないのです」書生ははき出すようにいった。「例の片腕の小包のことを、明智さんから通知したのでしょう。で、それを調べに来たのですよ。あのやかましい百貨店の片腕事件が、うちのお嬢さんの事件と関係があることがわかったものだから、警察でもやっと本気に騒ぎはじめたのですよ。そんなわけで、お嬢さんのなくなったことは、主人には今まで内密にしていたのが、すっかりわかってしまって、いっそう病気がひどくなったのです。実際滅茶滅茶です。我々にしたって夜もろくろく寝られやしない」

書生はニキビ面をしかめて、大袈裟《おおげさ》にこぼして見せた。

紋三はそれだけ聞いてしまうと山野家を辞して、夫人の跡を追い赤坂の明智の宿に向った。彼の頭にはさまざまの事柄がモヤモヤと渦を巻いていた。疑問の人物が一日一日ふえていくようにも見えた。第一が例の奇怪な一寸法師、暇を取った運転手の蕗屋、昨夜の不思議な眼鏡の男、今また小間使の小松の失踪、それに彼の敬愛する百合枝夫人もまた、渦中の人に相違ないのだった。

昨夜のことはまさか夢ではないのだから、いくら好意に解釈しても、夫人がこの事件でかなり重要な役割を演じていることは確かだし、悪く考えれば、夫人が彼女にとっては継子である三千子を、何かの手段でなきものにしたとも疑うことが出来た。紋三は昨夜からたびたびこの恐ろしい疑問にぶつかった。ぶつかるごとに思わずギョッとして、強いてほかのことを考え考えして来た。

だが、万一その疑いが事実だったとしても、彼は決して夫人をにくまないばかりか、むしろ彼女と共にその罪の発覚を恐れ秘密を保つために努力したに相違ない。そして、このような夫人の弱味を握ったことを彼女との間の永久の絆《きずな》として、秘かに喜んだかも知れないのだ。彼の夫人に対する一種のあこがれは、この数日の間に、それほどまでに育てられていた。したがって、彼は明智の才能を恐れないではいられなかった。もし彼が首尾よく三千子殺害の犯人を発見し得たならば、そして、その犯人がほかならぬ百合枝夫人だったら、と思うと気が気でなかった。そんな意味からも彼はいちど明智に会って様子を探っておきたかった。

「しかし、まさかそんなことはあるまい。もし夫人にやましいところがあれば、最初から明智なんか頼まないだろうし、昨夜の今日、彼女の方から明智をたずねるというのも辻褄《つじつま》が合わない」

それを考えると少し安心が出来た。

そうした物思いにふけっているあいだに、電車はいつか目的の停留場に着いていた。車掌が大きな声を出さなかったら、彼はうっかり乗越しをするところだった。菊水旅館をたずねると、すぐに明智の部屋へ通されたが、そこには明智一人きりで、目的の山野夫人の姿はなかった。

「山野の奥さんはみえていないのですか？」

紋三はすわりながら、まずそれを聞いた。

「今、帰られたところだ。もう一と足早ければ会えた」

明智は相変らずニコニコして紋三を迎えた。

「そうですか、急いで来たんだけれど、……それはそうと、その後何か手がかりでも見つかりましたか」

年齢や社会的地位が違っても、昔の下宿友達の心やすさが、つい口を軽くした。それに紋三は昨夜の冒険でいくらか思いあがっていた。彼のような素人があの重大な秘密をかぎつけているのに、名探偵といわれる明智がまだなにごとも知らない様子が、もどかしくもあり、少なからず愉快でもあった。

「いや、発見というほどのこともないよ」

明智は落ちついていた。

「この事件はかなりむずかしそうですね。あなたにも似合わない進行がおそいじゃありませんか」

紋三はついそんな口がきいてみたくなった。いってしまってからハッとして明智の顔色を読んだ。

「ずいぶん変な事件だからね」だが明智は別に怒る様子もなくて、やっぱりニコニコしていった。「それはそうと、君は昨夜は大いに活動したそうだね。僕の方の手がかりなんかより、一つそれを聞こうじゃないか。君もなかなか隅《すみ》に置けないね」

紋三はいきなり赤くなってしまった。明智がどうして昨夜の出来事を知っているのか、不思議で仕様がなかった。彼のニコニコ顔がにわかに薄気味のわるいものに思われて来た。

「君は、今山野夫人から何か聞いたと思うかも知れないが、その心配はない。奥さんは決して君の変装を感づきはしなかった」明智は紋三の表情をたくみに読んでいった。

「奥さんはこの頃何もいわなくなった。ちょっとしたことでも、隠そう隠そうとしている。僕に探偵を依頼したのを後悔している様子さえ見える。だから、今日来たのも、早く犯人が見つけたいためではなくて、僕がどこまで真相を探っているか、ビクビクもので、それを聞き出しにやって来たのだ」

「じゃ、あなたは奥さんがこんどの犯罪に何か関係があると思うのですか」

紋三は明智の底意《そこい》が知りたかった。

「関係のあることは明白だ。しかしなぜ夫人がみずから進んで僕なんかに探偵を依頼したか、そして今になってそれを後悔しはじめたか。その点がよくわからない。だいたいあの女自身が一つの疑問だよ。非常に貞淑《ていしゅく》のようでもあり、どうかするとばかにコケットなところも見える。ちょっととらえどころがない。だから、ひょっとしたら彼女は、わざと僕の前にこの事件をなげ出して見せて、大胆なお芝居を打とうとしたのかも知れない。秘密がバレるおそれはないと信じきって、たかをくくっていたのかも知れない。女の犯罪者には、そういう突飛《とっぴ》なのがあるものだ」

「もしそうだとすると、最近にその自信を失うような事件が起ったわけですね」

「僕だって、これでなかなか働いているんだよ。彼女にもしうしろ暗い点があれば、心配し出すのは無理ではない。君なんか、僕が手をつかねて遊んでいたように思っているだろうが、どうして、そんなものじゃないよ。現に君の昨夜の行動だって、すっかりわかっているのだからね」

「昨夜の行動って云いますと？」

「ハハハハハ、しらばくれても駄目だ。自動車の番号まで調べがついているんだから。君が昨夜助手に変装して夫人ともう一人の男をのせていった車は、君だって知るまいけれど、二九三六という番号なんだ」

「じゃ昨夜、あなたもどこかにかくれていたんですか」

「ソラごらん。とうとう白状してしまった。想像なんだよ。たぶん君だと思ったものだから、鎌をかけてみたんだよ。種をあかすとね。山野の家《うち》のお雪という小間使いが僕の腹心なんだ。二度目にあすこへ行って雇人たちを一人一人調べた時、適当なのをえり出したのだ。むろん報酬も約束したけれど、あのお雪というのは雇人のうちでもいちばん忠義者で、お邸のためだというと、進んで僕の頼みを聞いてくれた。なかなか役にたつ女だよ。それが昨夜夫人の後を尾けて、自動車の番号を覚えていてくれたのだ。それから先はお雪からの電話で、僕自身が出動して取調べた。車の番号がわかっているのだから、その会社を探し出すのはわけはない。会社がわかって運転手がわかれば、今度は五円札(注8)一枚ですっかり調べがつく。君らしい男に頼まれて運転台にのせたことも、その男が二人の乗客のあとを追ったことも明白になった。だが夫人をつれ出した男はずいぶん用心深くやったね。悪事には慣れた奴だ。目的の家《うち》の前まで車にのるようなことはしなかった。だから僕には君たちの行った家までではわからないけれど、僕の想像では、同じ中之郷《なかのごう》O町の小さな門のある無商家《しもたや》じゃないかと思うのだが、どうだね」

「その通りです。どうしてわかりました」

紋三は明智の名察に面くらって、夫人のためにその家を秘密にしておくつもりのを、つい忘れてしまって叫んだ。

「やっぱりそうだったか。じゃ、ついでだからすっかり話しをするがね。その前に、見せるものがあるんだ」

明智は手文庫の中から、細長く破れたいくつかの紙切れを取りだし、丁寧に皺をのばして、卓上にならべ、順序をそろえて継ぎ合わせた。

明智は妙な紙切を継ぎ合わせてしまうと、それを卓の隅におしやっておいて、手文庫の中から次々と色々な品物を取出した。例のピアノのスプリングに引懸っていた黒い金属の束髪《そくはつ》ピン、三千子の鏡台から持って来たたくさんの化粧品類、三千子の机の上にあった指紋つきの吸取紙、えたいの知れない石膏《せっこう》のかけら、網のような春のショール、小型の婦人持手提、一枚の写真、三通の封書、それだけの品々をまるで夜店の骨董屋《こっとうや》のように、ズラリと卓上に置き並べた。ほかにまだ、手文庫の底にははきふるしたフェルト草履《ぞうり》が一足残っていた。

小林紋三はこの驚くべき光景を見て、あっけにとられてしまった。その品々はすべてこんどの事件の証拠品に相違ないのだが、いつの間に明智がこれだけのものを集めたか、いちいち説明を聞かないでも、そのものものしい様子を見ただけで、ついさっきまで明智に対していだいていた、多少の軽蔑の念が、あとかたもなくなってしまった。

「どうだい小林君、僕がなまけていなかったしるしだよ。この品々は間もなく僕の手を離れる。僕の友人の田村《たむら》検事が今度の事件の受持ちにきまったということだから、みんなあの男に渡してやるつもりだ。これだけあればずいぶん調べのたしになるどころではない、これを充分吟味《ぎんみ》すれば、何もジタバタしなくたって、すわっていて事件の真相をつかむことが出来るかも知れない。で、僕の手を離れる前に、ちょうどいい機会だから君に一応見ておいてもらおう。君はこんどの事件の紹介者でもあるし君自身なかなか熱心な素人探偵でもあるようだから、僕にしてはいわば職業上の秘密なんだけれど、特にお目にかけるわけだ。その代りこの品々に対する僕の判断はいっさい云わない。いえないのじゃない。いうことを差控《さしひか》えておくのだ。君も知っている通り、僕は事件がすっかり解決するまでは、中途半端な想像なんかしゃべらない癖なんだ」

明智はそれらの品物を愛撫《あいぶ》するようにひねくり廻しながら、ちょっと奥底の知れない薄笑いを浮べて云った。骨董屋の親父が古道具の値ぶみでもしている恰好だった。

「どれからはじめるかな」彼はさも楽しげに見えた。「そうそうO町の家のことを話しはじめていたね。君は驚いたようだが、実はこんな種があるんだよ。この破れた紙切れだ。ちょっと読んで見たまえ」

それは半紙の半分ほどの分量の紙が、こまかく切りさかれた上に、ところどころ焼けこげがあって、たぶん手紙の切れはしなのであろうが、とても完全に読むことは出来なかった。

………

御依頼により埋葬つかまつる……と小生とかの蕗屋の三人のみにこれあり……右につき篤《とく》と御談合申上げたく……郷表《ごうおもて》（一二字不明）六三中村《なかむら》……
御一読の上は必ず火中……

どう見直してもこれ以上はわからなかった。

「昨夜の君の行先をあてたのは、この郷表うんぬんの文句からだ。六三とあるのは番地としか考えられないから、上の郷表に相当する町名は、東京中に中之郷〇町のほかにない。僕は早速あすこへ行って見た。そして、わけなく中村寓《ぐう》と表札の出た小さな門のある家を発見した。中へはいって聾の婆さんにも会った。主人は勤め人らしいことをいっていたけれど、ほんとうかどうかわからない。中村という人物はまるで姿を見せなかったが、僕はあの家そのものについて研究した。そしていろいろ悟るところもあった。もし僕の想像が確かだとすると、この事件には実に恐ろしい人物が介在している。そいつの呪《のろ》いが事件全体を非常に複雑なものにしている。だがそいつは恐らく殺人犯人ではない、犯人はもっと別のところにいるのだ。だから、真犯人が見つかるまでは、残念だけれど、その悪魔の正体をあばくわけにはいかない。僕はほんとうの犯人を逃がしてしまうことを恐れているのだ」

紋三は明智の廻りくどい話しをもどかしく思った。明智のいっているのは昨夕山野夫人をつれ出した人物に相違ない。あのあやしげな男が夫人を脅迫していることも明白だ。だが、あの男が犯人でないとすれば、脅迫されている方の、三千子にとっては継母の百合枝夫人こそ、恐ろしい殺人者なのではあるまいか。彼はそのほかに考えようがないように思った。明智も山野夫人を疑っているに相違ないのだが、はたして彼女を犯人だと思っているかどうかは不明だった。

「ですが、この紙切れはどこから見つけ出したのです」

紋三はその点を明らかにすれば、何かわかりそうな気がしたのだ。

「僕の腹心のお雪が拾ってくれたのだ。手紙の受取り主は山野の奥さんだ。奥さんがこの文句にある通り、読んでしまってからこまかく切りさいて、丸めて、台所の七輪《しちりん》の中へくべたのを、お雪がそっと拾ったのだ。幸い七輪の火が少なかったので、奥さんは焼けてしまったと思ったのが、中の方がこれだけ残っていた。封筒がすっかり灰になったのは残念だけれど、しかしこれだけでもずいぶん手がかりにはなる」

紋三はそれだけ聞くと、いよいよ彼の疑いを確かめることが出来たように思った。

「では、手紙の受取人が奥さんだとすると、この（御依頼により）というのは、奥さんの御依頼によりですね。（埋葬）というのは三千子さんの死体をどっかへうめたことかも知れませんね。それから、この（小生と蕗屋の三人のみ）の前には奥さんの名前があるわけですね」

彼は矢つぎばやに想像を進めていった。そして、実はビクビクしながら明智の表情をうかがった。

「そういうふうにも考えられる、しかし断定は出来ない。断定すれば犯人は山野夫人ときまってしまって世話はないのだけれど」

明智はニヤニヤ奥底の知れない笑い方をした。

「でもほかに考えようがないじゃありませんか」

と紋三は明智に本音を吐かせないではおかぬ意気込みだった。

「奥さんを疑おうとすれば、まだほかにも材料があるよ」明智は落つき払っていた。

「このショールと手提と、それからこの手文庫の中の草履だ。これはみんな三千子さんが家出の時、身につけていたといわれている品だが、僕のお雪はこの三品《みしな》を山野夫人の部屋の押入れの隅から見つけ出してくれたのだよ」

「つまり山野夫人が、三千子さんを家出と見せかけるために、その品々をかくしておいたわけですね。そうだとすれば、なおさら夫人が疑わしいじゃありませんか」

紋三はこの新しい証拠品にビックリしながら、しかしいっそうはげしく突っ込んでいった。

「疑わしいだけで、まだ夫人が犯人だなんてきめるわけにはいかないよ」明智は軽く受け流した。「君がそんなに夫人を疑うなら、こころみにその反対の見方をして見ようか。まず第一に夫人が進んで僕に事件を依頼したこと、これは前にもいった通り犯罪者の高をくった大胆なお芝居だとしても、手紙が充分焼けてしまうまで見きわめずに立ち去ったことだとか、たいせつな証拠品を自分の部屋の押入れの隅などへ、ちょっと探せばすぐわかるところなどへ入れておいたことだとかは、ピアノの指紋を消したり、死体を塵芥箱へかくしたりした手際とは雲泥《うんでい》の相違だ。犯罪者は往々くだらない過失をやるものだけれど、これは少しばかばかし過ぎるかも知れない。とも考えられるじゃないか」

明智はわざとらしく曖昧《あいまい》な云い方をして、しばらく紋三の顔をながめていたが、やがて、又しても意外なことを云い出した。

「だが夫人には、不利な証拠が次から次へと出て来るのだ。これなどもその一つだがね」

彼は卓上の妙な石膏のかけらを、指紋をつけないように注意してつまみあげた。

「これがやっぱり、夫人の部屋の押入れの奥から出て来たのだ。ショールなんかにくるんで小簞笥《こだんす》のうしろにかくしてあったのだ。もっともこれは破片《かけら》を一つだけ持って来たので、高さ一尺ばかりの石膏像のこわれたものが、そっくりそこにあったのだがね」

紋三は困ったような顔をして、明智を見た。

「いやこういったばかりではわかるまいが、それについてはまずこのヘヤーピンを研究しておく必要がある」明智はかつてピアノの中から発見したピンを取り上げた。「探偵小説のソーンダイク博士ではないが、こいつには顕微鏡的検査が必要だった。僕はそういうことはいっこう不得手《ふえて》なので、友人の医者に頼んで見てもらったのだが、このピンの頭がひどくゆがんでいる。何か角《かど》のあるものでたたきつけた跡だ。で、僕は家へ持ち帰って明るいところでよく調べて見たところが、折れ曲った部分に白い粉がついている。なおよく見ると、生地が黒いのでよくわからないけれど、なんだか血痕らしいものも附着している。それは今でもよく見れば残っているがね。その粉と血痕を削り取って顕微鏡で見てもらった結果は、粉の方は石膏と何か染料がまじっているらしい。どうもブロンズにぬった石膏細工の粉だろうというのだ。血痕の方は人間の血に相違ないことがわかった。そこで、山野の邸にブロンズの石膏像があったかどうかを調べる必要が生じた。だがこれはやっぱりお雪の証言によって苦もなくわかった。三千子さんの書斎の棚の上に、首だけの青い像がのっていたというのだ。それには厚い台座がついていたので、投げつければ、当りどころが悪ければ、人を気絶させることも、場合によっては殺すことも出来るだろう。山野夫人の部屋の押入れから出た石膏のかけらには、恐ろしく血痕がついていたのだから、台座の角が頭にあたって、被害者は脳振盪《のうしんとう》を起したものに相違ない。そういうわけで、夫人の部屋で発見された、この石膏のかけらは、いわばこんどの殺人事件の兇器に相当するのだよ」

「それだけ証拠がそろっていても夫人が下手人《げしゅにん》でないというのですか」

「ないとはいわない。断言するのは少し早計だと思うのだ。この事件は見かけは簡単のようだけれど、その実かなりこみ入っている。先にいった怪物が関係しているだけでも、かなり特異な事件だ。一寸法師が生々しい片腕を持ち歩いたり、百貨店の飾人形に死人の腕が生えたり、妙に常軌をいっした、人間らしくないところがある。それはともかく、今も云うように兇器が石膏であったこと、死体をピアノの中へかくしたことなど考えると、この殺人は決して準備されたものではない。おそらく犯人にとっても思いがけない出来事なんだ。まさか殺すつもりではなかったのがついこんな大事件になってしまった形だ。だが、それだからいっそう探偵の方は面倒なんだ。準備された犯罪は、どこかに計画の跡がある、その跡をたどっていけば、何かをつかむことが出来る。こんどのはそれがまるでないのだからね」

「でも証拠という証拠がみな山野夫人を指さしているじゃありませんか」

「まあ待ちたまえ、まだ少し残っている。議論はあとにして、ともかく一応説明してしまおう。僕もまだいそがしい身体《からだ》なんだ。次はこの三通の手紙だ。これが又いろいろなことを教えてくれるのだよ。封筒が二つ端書《はがき》が一つ、差出人は表にはどれもKとあるばかりだが、こちらの封筒の中味には北島春雄《きたじまはるお》という本名がしるしてある。気味のわるい前科者が又一人事件に加わって来たわけだ。この北島というのはつい十日ばかり前に刑務所を出たばかりの前科者なんだよ。君は三千子さんをよく知っているだろうが、ずいぶんだらしのない娘だね。親父は一人娘で甘いのだし、お母さんは継《まま》しい仲で充分しつけが出来ないのだから、無理もないけれど、三千子さんという人はおそらく生れつきの淫婦《いんぷ》ではないかと思うね。

「これは山野夫人からもらって来た、三千子さんの最近の写真なんだが、この写真を見ても、三千子さんの性質が想像出来る」

明智は卓上の大型の写真をとって、つくづくながめながらいった。それは山野の家族一同がそろってうつしたもので、大五郎氏を中心にして召使いなどもすっかり顔をならべていた。

「僕は三千子さんばかりでなく、運転手の蕗屋の顔が知りたくて、わざとこの大勢でとったのをもらって来たのだよ。ここにある破れた手紙によると、蕗屋がこの事件に何かのかかわりを持っていることは確かだからね」明智はちょっと説明を加えた。

「僕は人間の顔を見ることが好きだ。じっと相手の顔を見つめていると、そこから何かしらわいて来るものがある。その人物の過去のあらゆる物語が小さな顔面に結晶《けっしょう》しているような気がする。それを一つ一つほぐしていくのは非常に面白い。この三千子さんの表情なんかもいろいろなことを語っている。第一に来るのは人工という感じだ。作りものという感じだ。髪の結い方、化粧の仕方、洋服の着こなし、これだけを見ても、どんなに技巧のうまい女だかわかる。それにこのたくみな表情を見るがいい。これは決して生地《きじ》のままの三千子さんじゃない。舞台にのぼった役者の顔だ。ちょうどその隣に小間使の小松がならんでいるが、面白い対照だね。この方は正反対に無技巧だ、着物から頭から、無表情な顔つきで、すっかり昔流の日本娘だ。だが、こういうおとなしそうな女は、思い込むとずいぶん突飛なことをやりかねない。近眼と見えて眼鏡をかけている。それに眉が見えない。眉をそっているのは妙だね。生れつき薄い眉をかくすためなんだそうだが、なんだか嫁入りをした女のような感じだね。薄い眉、ああ僕は薄い眉を持った女を知っているよ。そいつは思い出しても恐ろしいやつだった」

明智はだんだん雄弁になっていった。何か非常にうれしいことでもある様子だった。しかし、聞手《ききて》の紋三は相手の饒舌《じょうぜつ》が何を意味するものか、ちょっと見当がつかないのだ。彼は北島春雄という男から三千子にあてた三通の手紙をおもちゃにしながら、ふと小松の不思議な失踪について考えた。そして、話の様子では、もしや明智は小松を疑っているのではあるまいかと思った。

「小松がいなくなったことは知っているのですか」

「山野の奥さんから聞いた。僕は今それについて一つの考えが浮かんで来たのだ。ひょっとしたら、この事件の中心人物はあの女かも知れないのだ」

明智は頭の毛を指でかき廻しながら云った。彼は妙に興奮していた。紋三はやっぱり小松を疑っているなと思った。三千子にとっては恋敵の小松なのだから、もしあんなおとなしやかな娘でなかったら、彼女こそまっ先に疑わるべき人物だった。だが、紋三のこの推察は、少しばかり見当違いであったことが、後になってわかった。

「その手紙の話をしていたんだね」明智はふと気がついたように話を元にもどした。

「僕はそれを三千子さんの書斎の椅子のクッションの中から見つけ出した。最初三千子さんの机なんかを調べた時に、手紙の束を見たけれど、妙にあたりまえのものばかりで、興味をひかなかった。若い女のところにはもっと華やかな手紙があってもいいと思った。で、次に行った時には、どこか秘密のかくし場所でもないかと綿密に探して見た。本棚なんかも調べた。すると、この令嬢が案外にも探偵小説の愛読者だったことを発見した。内外の探偵本がそこにずらりと並んでいたのだ。くすぐったい気持だ。三千子さんが探偵趣味家だとするといささか捜査方針をかえなければならないと思った。そこでこんどは探偵好きの隠しそうな場所を探した。そして最初に気づいたのが椅子のクッションだった」

明智はおかしそうに笑った。

「ところが、驚いたのは、クッションの中にかくされていた艶書《えんしょ》の分量だ。父親の監督不行届《ふゆきとどき》と、母親の遠慮勝ちだったことが一つはいけないのだが、娘自身生れつきの淫婦でなくてはあれだけのふしだらが出来るものでない。しかも両親は少しも知らないでいるのだ。日づけにして二年ばかりのあいだに、七人の男と艶書のやりとりをしている。それがみなそうとう深い関係まで進んでいたらしい文面なんだ。その七人目が運転手の蕗屋だ。これはむしろ三千子さんの方から打込んでいたらしい。写真で見ても女に好かれそうな男だ。蕗屋の方もかなり真剣な手紙を書いている。だが一方に小松との関係があるので、それを三千子さんが責める。しかし蕗屋としてはそうむごいことも出来ないといった立場らしかった。蕗屋の前にもう一人男があって、この北島春雄とはそのまた前の関係だ。手紙を読めばわかるが、自業自得とはいえ、この男は可哀そうなんだ。三千子さんのために牢《ろう》にまではいっている。それを両親に少しも気づかれないように秘《ひ》し隠《かく》しているのだから、三千子さんも恐ろしい女だ。まず封筒の方のを読んで見たまえ」

手紙の日づけは両方とも——年二月となっていた。つまり約一カ年以前に書かれたものだ。

……おれは貴様をのろう。貴様の歓心を買うためにおれがどんな苦労をしたか。とうとうおれは泥坊とまでなりさがった。貴様とつき合っていくためには、貴様に軽蔑されないためには、おれはそのほかに方法がなかったのだ。詐欺《さぎ》で訴えられて、おれは今ひかれて行くのだ。いつか貴様に金策を頼んだことを覚えているか。あの時なんとかしてくれたらこんな事にならないで済んだのだ。しかし貴様は、とっくに変心していた。もう一人の男のところへ行くのを急いでおれのいうことなんか聞きもしなかった。あの時のおれの心持が想像出来るか。恋の恨みと罪の恐れだ。おれはもう半分気違いだった。おれはいくども短刀を懐《ふところ》にして貴様の邸のまわりをうろついた。だがどうしても機会がなかった。おれはこの恨《うら》みをはらすまでは、警察の手をのがれたいと、下宿に帰らないで木賃宿《きちんやど》に泊っていた。貴様のすべっこい頬っぺたに、短刀を突込んで、グリグリかき廻してやることばかり考えていた。だがもう駄目だ。おれはとうとうつかまってしまった。刑事に泣きついてやっとこの手紙を書く暇をもらった。

云いたいことは山ほどもあるが、もう、時間がない。ただ一つ約束しておくことがある。おれはなん年食らい込むか知らぬが、牢を出たら、誓って復讐してやる。おれは今からその日を楽しみにしている。貴様も首を洗って待っているがいい。……

もう一つの封書は、その十日ほど前に書かれたもので、それにはたったいちどでいいから会ってくれという哀訴歎願《あいそたんがん》の言葉が綿々と書きつらねてあった。葉書には三月二十七日の日づけがあった。三千子変死の一両日前に届いたものだ。おそらく彼は刑務所を放免されると、その足で郵便局へ立ち寄ったのであろう。鉛筆の走り書きで、当事者にしかわからない簡単な、しかし恐るべき文句がしたためてあった。

お喜び下さい。やっとお目にかかれるようになりました。近日中にぜひお目にかかってお約束をはたすつもりです。例の約束を。K

「こんな葉書を受取ってだまっていたのですね。こわくなかったのでしょうか」
紋三は読み終って不審をはさんだ。

「僕もそれを考えたのだが、ひょっとしたら山野さんには打ちあけてあったかも知れない。僕は実はまだいちども山野さんに会っていないのだよ、熱がひどいらしいので。だが警察の保護なんか願っていないことは確かだ。それをやるのはずいぶん恥さらしだからね。三千子さんも蕗屋をはばかって打ちあけかねていたかも知れない。恋人にそういう前科を知られるのはつらいことだから」

「それだと、こんどの事件は、この執念深い失恋者の復讐だったかも知れないわけですね」

紋三は次々と現われて来た証拠品に面くらった形だった。彼は今日この菊水旅館に来るまでは、いくぶん事件の真相をつかんだ気持でいたのが、明智の話を聞いているうちにだんだん自信を失っていった。これらの証拠品はいったい何をさし示しているのだか、明智がどんな判断をくだしているのだか少しもわからない。不思議なことには証拠が一つ現われるたびごとに、事件の真相が明らかにはならないで、反対にますますやこしく不明瞭なものになって行くように思われるのだ。

「さあ、その点も今のところ確かなことはいえまいが、もしもこの男が下手人だとすると、いろいろつじつまの合わぬところが出来てくる。第一あの晩には外部から人のはいった形跡が少しもないのだからね。といって、ちょうどこの男が出獄した時に、三千子さんが殺されたというのは、偶然としては一致し過ぎているようにも思われる。北島は一年のあいだ牢の中で復讐のことばかり考えていたのに相違ないのだから、どんな巧妙な手段を考え出していたかわからない。その上失恋と前科のために半気違いになった捨て身の仕事だし、彼が下手人でないとは容易に断言出来ないよ」

紋三は、明智がわざと曖昧な云い方をして彼をじらしているのではないかと思った。同時にふと例の一寸法師のみにくい姿が浮かんだ。彼はこの頃何か不可解な事実にぶつかると、すぐあの畸形児を思い出すようになっていた。

「この北島の行方はわかっているのですか」

「今のところわかっていない。だがこれが警察の手に渡れば、前科者でもあるし、そう骨折らないで探し出せるだろう。それはともかく、ここにまだ少しばかりの証拠品が残っていた」明智は卓上の化粧品類と吸取紙を目で示して、「君はもう夫人から聞いて知っているだろうが、例の百貨店の片腕と、それから昨日《きのう》山野氏にあてて郵送して来たもう一つの片腕の指紋をとって、三千子さんの指紋がそれに一致するかどうか調べて見たのだ。そして、不幸にして、僕の推察が当ったのだが、その証拠がこれだ」

明智はたいせつそうに麻のハンカチをといて、いろいろの形の瓶《びん》だとかニッケル製の容器だとかを、そこにならべた。それらのなめらかな表面にはたくさんの黒い斑紋《はんもん》が現われていた。指紋をはっきりさせるために黒い粉をふりかけてあったのだ。

「三千子さんはずいぶんおしゃれだったとみえて、化粧品の種類は驚くほどあった。手の化粧品や、爪磨き粉、やすり、バッファーなんかもひと通り揃っていた。だがその中で、指紋のよく出ているのはこれだけで、あとは容器の表面がザラザラしていたり、紙製だったり、なめらかなものでも、大部分は指紋がちっとも残っていないので役にたたない。鏡の表面だとか抽斗の金具も調べたけれど、掃除してしまったあとだった。だがこれだけあれば証拠品としては充分過ぎるくらいだ」

明智は容器を一つ一つ、つまみ上げて、たいせつそうに並べかえていった。

「過酸化水素キュカンバー、緑の水白粉《みずおしろい》、練白粉、花椿《はなつばき》香油、過酸化水素クリーム……みんな平凡だな、和製のあまりお高くない品ばかりだ。それに三千子さんはどうも無定見に手当り次第の化粧品を集めている。上品な趣味じゃないね。だが、こいつはポンピアンの舶来だ。といってたいして高級品でもないけれど、脂肪の強いクリームだな」

明智はその最後の品を、何か楽しげにいつまでももてあそんでいた。

「それだけは指紋がついてないようですね」

紋三はふと気がついて尋ねた。

「外側はふいたようにきれいになっているがね、ソラごらん、中のクリームに、こんな完全な指の跡がついているから」

明智はそういって、いたずら小僧みたいなズルそうな表情をした。

最後の一品は桃色の吸取紙であったが、それには三千子の指紋があるほかには、別に注意すべき点もなかった。たくさんの文字を吸取った跡が、重なり合っていたけれど、みな不明瞭で、とても読みとることは出来なかった。

「さあ、これで僕の発見しただけのものは、すっかりお目にかけた。こんどは君の方の話を聞こうじゃないか、昨夜の話を」

明智は卓上の品々を手文庫の中へしまいながら紋三をうながした。

「いや駄目ですよ」紋三は頭をかいた。「あなたが知っている以上のことは何もないのです」

彼は昨夜山野夫人たちがいつの間にか家《うち》の中から消えてしまったことを手短《てみじか》に話した。

明智はその不思議な事実を、いっこう驚きもしないで、興味のない顔で聞き流した。そして、ふと何か思いついたように、突然まるで違ったことを尋ねた。

「三千子さんは血色のいい方だったかい。写真ではよくわからないが、どっちかといえば赤味がかった、つやつやした顔じゃなかったの？」

「いや、その正反対ですよ。別に身体が弱かったようにも聞きませんが、どっか病的なすさんだ感じで、顔なんかも青白い方《ほう》でした。それをお化粧と表情の技巧でたくみにかくしていました。僕は以前からなんだか処女という感じがしなかったのですよ」

紋三は変な顔をして明智を見た。明智はしきりと例の頭の毛をかき廻す癖をはじめていた。

やがて明智はしゃべるだけしゃべってしまうと、相手がまだ何か聞きたそうにしているのも構わず、もう用事が済んだといった調子で、女中を呼んでお茶を命じた。

間もなく紋三は暇《いとま》を告げて菊水旅館を出た。彼は電車に乗ってからも、明智に見せてもらった証拠品と、次々に現われて来た疑わしい人物のことで頭がいっぱいだった。

「あの中で、化粧品と吸取紙は三千子さんの指紋を確かめるだけのものだから別として、椅子のクッションから出た手紙によって北島春雄を疑えば疑い得るほかには、ヘヤーピンにしろ、石膏像にしろ、ショールにしろ、手提にしろ、フェルト草履にしろ、ことごとく山野夫人に不利な証拠ばかりだ。その上夫人はあやしい手紙を七輪にくべたり、不思議な男と密会したりしている。だれが考えたって、夫人こそ第一の嫌疑者に相違ない」

紋三は明智の弁護があったにもかかわらず、どうしてもこの考えを捨てることは出来なかった。彼は今までに現われた疑わしき人物と、想像し得べき殺人の動機について考えてみた。

「何等《なんら》かの意味で疑うべき人物が六人ある。そのうち一寸法師と昨夜山野夫人を連れ出した男とは、まるでえたいが知れない。運転手の蕗屋は、ちょうど事件のすぐあとで国に帰ったこと、先ほどの焼け残った手紙の中に彼の名前がしるされていたことなど、充分疑うべきところはある。だが、この三人は、どうも直接の加害者でなさそうだ。今のところ何ら疑うべき動機がないし、前後の事情を考えても、そんなふうに思われる。それに反して山野夫人、北島春雄、小松の三人にはそれぞれ三千子を殺しかねない動機がある。夫人は三千子の継母であの我まま娘と仲のよくなかったことは確かだし、北島は失恋の恨みで気違いのようになっていたのだし、小松は蕗屋との恋を奪われた深い恨みがあったのだ。ところで、この三人のうち、もし北島が加害者だとすると、当夜外から人のはいった形跡のなかったこと、あらかじめ兇器を用意しないで三千子の部屋の石膏像なんかを使用したこと、三千子の死体をいちどかくしてあとになって持出したことなぞが、ちょっとつじつまが合わぬように思われる。小松は元来おとなしい女で、あんな恐ろしいことは出来そうもないし、もし彼女が犯人だったとすれば、なぜ昨夜まで逃亡を躊躇《ちゅうちょ》していたかが疑問だ。結局もっとも疑わしいのは山野夫人ではあるまいか」

紋三の考えはどうしてもそこへ落ちていった。彼はまだ生々しい昨夜の奇怪な経験を忘れることが出来ないのだ。

畸形魔

もう夜の一時を過ぎていた。浅草公園もその時刻になると、さすがに人足が途絶え、宵のうち雑沓する場所だけに、余計さびしさが身にしみた。ことに仁王門《におうもん》をはいって右手の、五重の塔、経堂《きょうどう》、ぬれ仏、弁天山《べんてんやま》にかけての一区画は、宵のうちからほとんど人通りがなかった。広い公園の中でもここだけがまるで取残されたように、異様に薄暗くさびしかった。

その五重塔の裏手の、さびしいうちでも、もっともさびしい箇所に、なんの樹だか、神木とでも云いそうな大樹が枝を張っていた。遠くの安全燈の光は、五重の塔の表側の方にさえ、ほとんど届かないのだから、その裏の木《こ》の下暗《したやみ》にはむろん影さえもない。公園中での魔所《ましょ》といってもよかった。不思議なことには、その辺では巡回の靴音も、一と晩に二三回ぐらいしか聞えないのだ。

その夜は空に星の光もなく、大樹の下は常よりもいっそう暗く、すさまじく見えた。時々ホウ、ホウとあやしげな鳥の鳴き声が聞こえて来た。

「おお、兄貴、おお、兄貴、寝たのかえ」

大樹の根元から、低い含み声がわいた。そして、そこに敷き捨ててあった、きたない菰《こも》がムクムクと動いた。一見してはただ一枚の菰が捨ててあるように見えるのだが、実はその下に一人の宿なしが出来るだけ身体を平べったくして寝ていたのだ。

「起きてる」

どこからか、もう一つの声が答えた。同じようにおし殺したささやき声だった。

「遅いじゃねえか。餓鬼共《がきども》がよ。どじを踏みやしめえな」

「大丈夫、慣れてらあな。まあ寝ているがいい」

それきり声はしなくなった。菰は元のように、一枚の捨て菰に過ぎなかった。

しばらく沈黙が続いた。雨雲が低くたれて、死んだように風がなかった。薄気味のわるい静けさだった。やがて、かすかにかすかに、物のきしる音が聞こえはじめた。それがほとんど十分間も絶えては続き、絶えては続きしていたが、五重の塔の大きな扉がそろそろと開いて、そのまっ黒な口の中から、二人の青年が忍び出た。二人とも荒い飛白の着物を着て、学生帽をかぶっていた。

「誰だい。ああ、お前たちか、またうめえ仕事をやったな」

菰が動いて、さっきの声がささやいた。

「うまくないよ。今日はぽっちりだよ」

青年たちは縁《えん》を降りて、菰の方へ歩み寄った。

「おれはいいが、ここにいる定公《さだこう》に割り前を忘れちゃいけないぜ」

もう一つの声がいった。よく見ると、大樹の黒い幹の根元に、ひときわ黒く大きなうつろが口を開いていた。そのうつろの中に何者かが巣を食っている様子だった。

「わかっているよ。ソラ、こんなのが三枚だ。くたびれちゃったから、少し息をつきに出て来たんだ。もう今夜はこれでおしまいだ」

青年たちはこの塔の内部の、貴重な金具を取りはずして、それを売って生活しているのだった。にぎやかな浅草観音の境内の、五重の塔の中に、こんな泥坊が忍び込んでいようとは、そこから一丁とはへだたぬ交番のお巡りさんでも、気がつかなかった。

「ホウ、ホウ、ホウ」

突然少し甲高な鳥の声がした。

「おお、合図だ。あぶねえ、あぶねえ」

菰はそうつぶやいて動かなくなった。青年たちも大急ぎで元のとびらの中へかくれた。巡回の靴音が塔の向うに聞こえはじめたころには、もはやなんの気配も残っていなかった。

だが、彼らはそうしてお巡りさんの目をのがれることが出来たけれど、もう一つの目には少しも気がつかなかった。塔の縁の下に紺の背広を着た一人の男が、さっきから、じっと彼らの様子をうかがっていた。

「おお、兄貴、このごろしばらく顔を見せなかったが、又どっか荒し廻ったんじゃねえのか」

巡査の足音が遠ざかるのを待って、菰が話しかけた。

「ウンニャ、ちっとばかりいそがしいことがあってね。ここんところ、いたずらの方は手控えてるんだ。今日は久しぶりで、又赤いものが見たくなったもんだからね」

うつろの中の声が答えた。

「因果《いんが》な病いさね。……それはそうと、例の片腕の一件はおさまりがついたのかね」

「ウフフ、覚えていやあがる。お前だから何もかも話すがね。今世間じゃ大騒ぎさ。今日の新聞なんか、おれのまいた種で、三面記事がうずまってるんだ。こんどこそ、いくらか溜飲《りゅういん》がさがったてえものだ。だが、ことわるまでもねえ、人になんかこれから先もいうんじゃねえぜ、おらあな、一本の足を千住の溝の中へ、一本の足を公園の瓢簞池《ひょうたんいけ》の中へ、一本の手をデパートの陳列場へ、一本の手を或る家へ小包にして送ってやったあ。ウフフフフ、そいつが今世間じゃ大評判なんだぜ。こんな心持のいいこたあねえ」

うつろの中の悪魔は、この驚くべき事実をこともなげに打明けて、さもさも愉快でたまらぬというように、奇怪な笑い声を漏らした。笑い声の間には、不気味な歯ぎしりの音がまじっていた。彼は歯ぎしりをかんで狂喜しているのだ。

菰はあまりのことに返事も出来ないのか、しばらく何の声も聞こえなかった。

「てめえ、云いやしめえな。もし云おうもんなら、こんだ、てめえが、あの通りの目にあうんだぞ、いいか」

うつろの中から又しても気味のわるい笑い声だった。

「とんでもねえ、お前とおれの仲じゃあねえか。口がくさってもいうもんじゃあねえ。それに、いつも兄貴にゃあ、厄介をかけてるんだからな」

「だろうな、そうなくちゃならねえ。おらあな、定公、自分でもわかってる。因果な身体に生れついたひがみで気違いになっているんだ。こう、世間の満足なやつらがにくくてたまらねえんだ。やつらあ、おれにとっちゃ敵も同然なんだ。お前だからいうんだぜ。だれも聞いてるものはねえ。おれはこれからまだまだ悪事を働くつもりだ。運がわるくてふんづかまるまでは、おれの力で出来るだけのことはやっつけるんだ」

押し殺した声が、歯ぎしりとともに高まって、うつろの中にものすごく響いた。

そして又しばらく沈黙が続いた。

「おお、兄貴、半鐘《はんしょう》だぜ。やっつけたな」

耳をすませば、はるかに鐘の声が聞こえた。

「定公、だれもいめえな」

「大丈夫だ」

それを聞くと悪魔ははじめて、うつろの中からのっそりと姿を現わした。みにくい一寸法師だった。彼は注意深くあたりを見廻してから不具者にも似合わぬす早さで、大木の幹をよじ登り、枝から枝を伝わって、生茂《おいしげ》った葉の中に見えなくなった。彼の手は、短い足の不足をおぎなって、軽業師《かるわざし》のように自由自在に動いた。ちょうど猿の木登りといった恰好だった。

「燃える燃える。風がねえけど、この分じゃ十軒は確かだ」

梢から悪魔の呪い声が、でもあたりをはばかって、ほとんど聞きとれぬほどに響いて来た。

火は公園から西にあたって、十丁ほどのま近に見えた。半鐘の音《ね》、蒸気《じょうき》ポンプのサイレンの響きが、映画館街の上を越して伝わって来た。それにまじって時々樹上の畸形児の狂喜のうなり声が聞こえた。

やがてハタハタと、忍びやかなしかしあわただしい跫音《あしおと》がして、二人のきたない少年が塔のうしろへかけ込んで来た。

「あれは、お前たちがやっつけたのか」

「そうよ」

菰の問いに応じて一人の少年が気競《きお》って答えた。

「うまくいきやがった。風はねえけれど十軒は大丈夫だぜ」

その声を聞きつけたのか、大樹の葉がガサガサ鳴ってサルのような畸形児が地上に飛び降りた。

「うまくやったな。定公、おれあ又ちょっと見物と出かけるからな。ソラこれを餓鬼どもにわけてやってくんな」

彼は大急ぎで懐中から一枚の紙幣を取出すと、それをこもの中から出ている手に握らせながら、口早にささやいた。そして、彼の小さな身体は飛びはねる恰好で、闇の中に消えていった。塔の縁の下に隠れていた背広の男は、後に残った浮浪人どもに見つからぬように反対の側から這いだして、一寸法師の跡を追った。

六区を抜けて広い通りに出ると、深夜ながら威勢のいい野次馬《やじうま》が、チラホラかけだしていた。軒にたたずんで赤い空を眺めている人々もあった。一寸法師とその尾行者は、それらの野次馬にまじって走った。そんな際に、だれも畸形児に注意する者もなかった。又尾行者も相手に気づかれる心配なく、相当接近して走ることが出来た。

火事は合羽橋《かっぱばし》の停留所を過ぎて二三丁いった清島町《きよしまちょう》の裏通りにあった。まだ警官の出張も手薄で野次馬は自由に火事場に近づくことが出来た。燃えているのは長屋建てのかなりの住宅だった。もう五六軒は火が廻っていた。

蒸気ポンプの水を吸う音と、消防夫たちの必死のかけ声のほかには、妙に物音がしなかった。多勢の見物どもは押しだまって、あちこちにかたまり合っていた。火はもくもくとして燃えた。風のないため焔がほとんど垂直に立ち昇り、火の粉は見物どもの頭上に落ちて来た。まっ赤な渦巻《うずまき》の中を縞のようにポンプの水が昇った。

ホースを漏れる水のために、雨降りあげくのような泥道を、右往左往《うおうさおう》する消防夫たちにまじって、狂気の一寸法師がチョロチョロと走り廻った。彼の奇怪な顔は火焔のためにいろどられ、大きな口が顔いっぱいにいとも不気味な嘲笑を浮かべていた。彼こそはこの世に火の禍《わざわい》を持って来た小悪魔ではないかと思われた。

背広の男は一方の群集にまじって、じっとその様子をながめていた。彼の顔も焔の色に染まって、異常な緊張を示していた。

だが、やがて蒸気ポンプの威力は、さしもの火勢を徐々にしずめてゆき、見物たちも安心したのか、一人去り二人去り、だんだん人数が減っていった。

一寸法師はさきほどからの狂乱にグッタリとつかれて、しかし同時にすっかり堪能《たんのう》した恰好で、群衆の列にまぎれて元来た道を引返した。いうまでもなく背広の男は尾行を続けていった。

一寸法師は暗い町の軒下から軒下を縫って、鼬《いたち》のようにす早く走った。足の極端に短い彼にしては驚くべき早さだった。その上、子供のように背が低いのと、着物の色合いが保護色めいて黒っぽいために、チラチラと隠顕《いんけん》自在なとらえどころのない物の怪のようで、ともすれば見失いそうになるのだ。背広の男はやっとの思いで尾行を続けた。

畸形児は暗いところ暗いところとよって、公園をつききると、やっぱり吾妻橋を渡って、本所区の複雑な町々を、いくつも曲った末、一軒の不思議な構えの格子戸《こうしど》の中へ消えた。

ちょっと小広い町で、世に忘れられたような古めかしい商家などが軒をならべている中に、その家はことさら風がわりだった。普通の不商屋《しもたや》の張出しになった格子窓の一部を小さなショーウインドーに改造して、そのガラス張りの中に、三つ四つ大きな人形の首がならべてある。目を金色にぬった赤鬼の首だとか、生きているようにこちらを向いて笑いかけている大黒様の顔だとか、凄いような美人の青ざめた首だとか、それが薄ぼんやりした小さな電燈に照らし出されて、挨だらけのガラスの中に、骨董品のようにならんでいるのだ。ほかの商家ではすっかり戸を締め切って、軒燈《けんとう》のほかにはなんの光も漏れていないのに、このみすぼらしいショーウインドーだけが、戸もないのか、路上に夢のような光の縞《しま》を投げているのが、いっそうものすごい感じをあたえた。

背広の男は、青ざめた顔で、その不思議な家をながめ廻した。彼は一寸法師がこんなところへはいったことを意外に思っている様子だった。標札をすかして見ると「人《にん》形師安川国松《ぎょうしやすかわくにまつ》」とやっと読めた。

一寸法師は、中にはいって格子戸に締りをすると、ほっと息をついた。だが、彼は尾行者のあることなぞは少しも気づいていなかった。気違いめいた興奮のためにほとんど我を忘れた体《てい》に見えた。

はいったところには縦に長い土間が続いて、その横に、旧式な商家に見るような障子のない広い店の間があった。片隅には人形細工に使用する箱だとか道具などがゴタゴタと積み重なり、正面の八角時計の下には、びっくりするような大きな土製のキューピー人形が、電燈に照らされて、番兵ぜんと目をむいていた。ちらと見た瞬間には、生きた人間がこちらをにらみつけているのかと疑われるほどだ。畳《たたみ》なども赤茶けてすべてが古めかしい中に、この人形だけが際立って新しく、桃色の肌がつやつやと輝いていた。

畸形児は、土間の突当りの開き戸をあけて、裏の方まで通り抜けになっている細い庭を、奥の方へはいって行った。

「だれだえ」

すぐ横手の障子の中から寝ぼけた声が尋ねた。

「おれだよ」

一寸法師は簡単に答えて、さっさと歩いて行った。障子の中の人は、別段それを咎《とが》めようともしない。そのまま怪物の姿は庭の奥の闇の中へ消えてしまった。

表に取り残された背広の男は、戸の隙間から家の内部をのぞいたり、ぐるっと町を廻ってその家の裏手を調べてみたり、方々の標札をのぞき廻って町名番地を確かめ手帳に控えたり、ほとんど二時間ばかりの間、執念深くその辺をうろついていたが、やがて東が白む頃、やっと断念したものか、疲れた足を引きずって元来た道を引返した。

吾妻橋を渡ると、彼はふと気がついたようにそこの公衆電話にはいり、ちょっと手帳を見て赤坂の菊水旅館の番号を呼んだ。相手が電話口に出るまで十分ほどもかかった。

「菊水さんですね」彼は意気込んでいった。「早くから起して済みません。明智さんいらっしゃるでしょう。大至急お知らせしたいことがあるのです。まだお寝《やす》みでしょうけれど、ちょっと起してくれませんか。僕？　斎藤《さいとう》ですよ」

彼は明智の出て来るのを、足踏みしながら待つのだった。

小林紋三が明智をたずねてさまざまの証拠品に驚いた日、小間使の小松の失踪が発見された日、そして三千子の殺害事件がいよいよ警察沙汰になった日からもう三日目であった。

そのあいだにはいろいろ重大な出来事が起っていた。陰の事件としては斎藤という男が一寸法師の残虐きわまる行動を見たのもその一つであったが、表だったものでは、明智の提供した証拠品がもととなって、実行的な警察は、まず第一の嫌疑者として三千子に復讐を誓った北島春雄の行方を捜索して、ある木賃宿に潜伏中の彼を苦もなくとり押えた。北島はなお取調べ中で罪は確定しないけれど、三千子変死当夜のアリバイ（現場にいなかった証拠）をたて得ないこと、変名で木賃宿に宿泊していたこと、その他申立ての曖昧な点が多々あって、もしほかに有力な嫌疑者の現われない時は、前科者の彼こそ、さしづめもっとも疑うべき人物に相違なかった。北島を挙げると同時に、警察は、第二の嫌疑者として小間使の小松の行方を捜索した。情人《じょうじん》の蕗屋が大阪の実家に帰っているのだから、ほかに身寄りとてもない小松は、きっと彼をたよって行ったに相違ないと見込んで、その地の警察に取調べを依頼した上、こちらからもわざわざ一人の刑事が急行した。だがその結果、蕗屋の実家には数日来蕗屋もいなければ、小松の訪ねた様子もないことが確かめられたばかりで、それ以上のことはまだわかっていない。

押入れから発見された数々の証拠品によって、山野夫人が取調べを受けたことはいうまでもない。だが彼女はその品々についてまったく覚えがなく、だれかが彼女をおとしいれるために用意しておいた偽証に相違ないと主張した。第一彼女を犯人とすれば、何故《なにゆえ》みずから進んで警察に捜索を依頼したり、素人探偵を頼んだりしたかがわからなくなる。それのみか、意外なことには、彼女にとっては実に有力な証人があらわれた。というのは病中の山野大五郎氏が、当夜彼女がいちども寝室を出なかったことを明言したのだ。それによって山野夫人に対する嫌疑はひとまずとかれた形であった。

だが、少くとも小林紋三だけは、そのくらいのことで夫人の無罪を信ずることは出来なかった。中之郷O町のあやしげな家については、紋三がそれを口外しなかったのはむろんだが、何故か明智までも沈黙を守っているらしく、警察は山野夫人とかの不思議な跛の男との密会事件を少しも知らない様子だった。紋三はそれを夫人のためにひそかに喜んでいたのだが、しかし彼女に好意を寄せれば寄せるほど、夫人に対する恐ろしい疑いはかえってますます深まっていくのだった。

日々の新聞紙が、山野家の珍事について書きたてたことはいうまでもない。百貨店の片腕事件が未曾有《みぞう》の珍事であった上に、被害者が若い娘であること、加害者が非常に曖昧なこと、その上一寸法師の怪談までそろっているのだから、あのセンセーションを巻き起したのはまことに当然だった。事件が評判になるにつれて、山野家関係の人々が胸を痛めたのはもちろんだが、中にも主人公の大五郎氏は一人娘を失った悲しみに加えてこの打撃に、にわかに病勢がつのり、それが又一家の者の心配の種となった。

ところが、意外なことは、その最中に、山野夫人が又しても例の異様な男のさそいに応じ、二度目の密会をとげるために、今度は大胆にも昼日中《ひるひなか》家を外にしたことであった。例によって彼女は片町へ行くといって出たのだが、それを聞いた紋三がもしやと思って、その片町の彼女の伯父のところへ電話をかけて問い合わせた結果、それがわかったのだ。紋三以外にはだれも知る者はなかった。

ところが、ちょうどその折をえらんだように、夫人にとって実に危険なことが起った。夫人の秘密はついに曝露《ばくろ》する時が来たかと思われた。

紋三は山野夫人が片町へ行っていないことを電話で確かめたけれど、この前のようにすぐ後を追う元気はなかった。一方では、このあいだの晩の出し抜かれた気持を思い出すと、そうして心配しているのが、ばかばかしいようでもあった。妙な嫉妬みたいなものが、彼をひどく憂鬱《ゆううつ》にした。

夫人の行先は中之郷O町の家に相違ないのだが、そこへ行って、もしいやなものを見るようだとたまらないと思った。といって夫人の帰るのを書生部屋で山木とにらみ合っているのはなおつらい。彼はともかく山野家を出て、電車道の方へ歩いていった。

「これはいっそ明智でも訪問して気を紛《まぎ》らした方がいいかもしれない。三日ばかり会わないのだから探偵の方もよほど進捗しているだろうし、それにこのあいだはなぜかかくすようにしていたが、どうやらO町の家の秘密を握っている様子だから、一つくわしく聞き出してやろう」

紋三はふとそんなふうに考えた。それというのが、彼はこの事件で夫人の勤めた役割を明智の口からはやく聞きたかったのだ。

明智は今日も宿にいた。いつの間に働くのだかわからないような男だった。

「やア、ちょうどいいところだった」

紋三が女中のあとについて部屋にはいると、例によって明智のニコニコ顔があった。

「実はね、三千子さんの事件がだいたい形《かた》がついたのだよ。君にも知らせようと思っていたところなんだ」

「じゃ、犯人がわかったのですか」

紋三はびっくりして尋ねた。

「それはとっくにわかっていたさ。ただね、今日まで発表出来ないわけがあったのだよ。それについて、実はこれから捕物に出かけるのだ。今に警視庁の連中が僕を迎えにくることになっている。僕が指揮官というわけでね。それに今日は珍しく捜査課長御自身出馬なんだ。心やすいものだからね、僕が引っぱりだしたんだよ。だが、この捕物は充分それだけの値打がある。相手が前例のない悪党だからね。実際世の中には想像も出来ない恐ろしい奴がいるものでね」

「例の一寸法師じゃありませんか」

「そうだよ。だが、あいつはただの不具者じゃない。畸形児なんてものは、多くは白痴か低能児だが、あいつに限って、低能児どころか、実に恐ろしい智恵者《ちえしゃ》なんだ。希《き》代《たい》の悪党なんだ。君はスチブンソンのジキル博士とハイド氏という小説を読んだことがあるかい。ちょうどあれだね。昼間は行いすました善人をよそおっていて、夜になると、悪魔の形相すさまじく、町から町をうろつきまわって悪事という悪事をしつくしていたんだ。執念深い不具者の呪いだ。人殺し、泥棒、火つけ、その他ありとあらゆる害毒を闇の世界にふりまいていた。驚くべきことは、それが彼奴《あいつ》の唯一の道楽だったのだ」

「ではやっぱり、あの不具者が三千子さんの下手人だったのですか」

「いや、下手人じゃない。このあいだもいったように下手人は別のところにいる。だが、あいつは下手人よりもいく層倍の悪党だ。我々はまず何をおいてもあいつを亡《ほろ》ぼさなければならない。それを今まで待っていたのは、もう一人の直接の下手人をのがさないためだったが、その方ももう逃亡の心配がなくなったのだ」

「それはいったいだれです」

紋三は息をつめて尋ねた。山野夫人の美しい笑顔が目先にちらついた。

ちょうどその時宿の女中がはいって来て、明智に一枚の名刺を渡した。

「ああ、捜査課長の一行がやって来たんだ。すぐ出かけなきゃならない。君もいっしょに行ってみるか。話の残りは自動車の中でも出来るんだが」

明智はもう立ち上がって着換えをはじめていた。

旅館の門前に警視庁の大型自動車が止まっていた。一行は捜査課長のほかに、私服の刑事二名、そこへ明智と紋三が同乗した。

「君の注意があったから、原庭《はらにわ》署の方へも手配を頼んでおいたよ。だが、危険なこともあるまいね」

課長は彼ほどの地位にもかかわらず、まだ肥らないで、狐のような感じのやせた男だった。一見何か軽々しいようでもあったが、しばらく見ていると妙なすご味が出た。普通こんな場合出て来る人でないだけに多少そぐわぬ感じがあった。

「何ともいえないね。不具者ではあるが、地獄から這い出して来たような悪党だからね。実際人間じゃないよ。小人の癖におそろしく素早くて、猿のように木登りが上手だ。それに彼奴一人ならいいんだが、仲間もいるし」

明智は車の席につきながらいった。

「だが、感づいて逃げ出しやしまいね。見張りは大丈夫かね」

「大丈夫、僕の部下が三人で三方からかためている。皆信用の出来る男だ」

自動車が走り出すと、前の座席とうしろの座席では話が通じにくくなった。自然、明智は隣の小林紋三と話し合った。

「例の中之郷O町の家《うち》だね。君はその後あの家を調べてみたかね。あすこは以前長いあいだ一種の淫売窟《いんばいくつ》だったんだよ。非常に秘密な素人の娘や奥さんなんかを世話する家だった。その方の通人たちにはかなり有名なんだけれども、近所の人たちはまるで知らない。そのあとをあの怪物が借りたんだ。だから、よくそんな家にあるように、あの家には二階から秘密の抜け道が出来ている。万一警察の手入れのあった時の逃げ場だね。それが、押入れの中から隣家との壁と壁のあいだを通って、とんでもないところへ抜けているんだ。君があんなに見張っていて逃げられたのも無理ではないのだよ」

「そうとは知らなかった。ばかばかしいわけですね。いったいどこへ抜けているんです」

紋三は変にあっけない気がした。

「養源寺の裏手へ抜けているんだ。君は気づいていたかどうか。養源寺は中之郷A町にある。そのA町とO町とは背中合わせじゃないか。つまりA町の養源寺からはいってO町へ抜けることも出来れば、O町の家から養源寺の寺内を通ってA町へ抜けることも出来るんだ。表通りを廻れば二三丁もあるけれど、抜け道からでは隣同士だ。ところが養源寺といえば、いつか君が一寸法師のはいるのを見た寺だ。ね、だいたい見当がつくだろう。これが彼奴の手品の種なんだよ」

「なるほど背中合わせにあたりますね。ちっとも気がつかなかった」

「だが彼奴の逃げ道はもう一つあるんだ。同じA町の養源寺の墓場の裏手に、これも背中合わせだが、妙な人形師の店がある。あの不具者はここの家からも出はいりしていたことがわかった。つまり彼奴の住家《すみか》は、三つの違った町に出入口を持っているわけだ。彼奴があれだけの悪事を働いて今日まで秘密をたもつことが出来たのは、まったくこの出没自在な出入口のお蔭《かげ》といってもいい」

「すると、あの寺の和尚や、その人形師なんかも仲間なんですね」

「むろんそうだね。仲間以上かも知れない」

明智は例の人をじらすようないいかたをした。

「そこで、今日はその三方の入口から包囲攻撃をやるわけなんだ」

「では先だって山野の奥さんといっしょにO町の家へはいった男はだれです」紋三が不審らしく尋ねた。「やっぱり仲間の一人でしょうか」

「その男は跛だったね」

「ええ、跛でした」

「じゃ、それがあの一寸法師なんだよ。顔に見覚えはなかったかい」

「鳥打帽子と大きな眼鏡でかくしていて、それに暗かったのでよくわかりませんが、だって、一寸法師がどうしてあんな大男になれるのです」

「そこだよ。その点が又、やつの悪事の露顕《ろけん》しなかった理由だよ。奴は闇の世界でだけ一寸法師で、昼間は普通の人間なんだ。恐ろしい手品だ」

「でも、どうしてそんなことが出来たのです」

「奴は子供の時分怪我《けが》をして両足に大手術をやったと称しているのだ。つまり義足をはめている体《てい》なのだ。小人というものは首や胴体は普通の人間とかわりはない。ただ足だけが不自然に短いものだということを考えて見たまえ」

「義足ですって、そんなばかげたことで、うまくわからないでいたのですか」

「ばかばかしいだけに、かえって安全なのだ。ただ義足といったのでは、ほんとうに思えないだろうが、僕はその実物を見たのだ。くわしいことは今にわかるがね。それに、一寸法師を見たのは君一人で、山野家の人たちにしろ一寸法師なんて特殊な人間は頭にない。最初から一人の義足をはめた不具者で通っていたのだよ」

「じゃ、その義足をはめた男というのはいったいだれです」

「養源寺の和尚さ」

話の通じにくい自動車の上では、これだけの会話を取りかわすのもやっとだった。紋三はまだ明智のいうことがよくのみ込めなかった。あまり変な話なので、ばかばかしいような、からかわれているような気さえした。だがその疑いを確かめないうちに、車はいつの間にか本所《ほんじょ》原庭警察署の建物の前に止まっていた。

署では署長をはじめ彼らの来着を待ち構えていた。一同車を降りて二三の打合わせを済ませると、そこの刑事なども同勢《どうぜい》に加わって、徒歩で程近いO町に向った。捜査課長は署長室にとどまって吉報を待つことにした。

刑事たちは捜査課長の手前、素人探偵の指図に従わねばならなかった。彼らは養源寺、O町の家、人形師の住居と三手《みて》にわかれて、それぞれ入口に張番をした。そこには明智の部下の者がさっきから彼等の来るのを待っていたのだ。

「私が合図をするまでは、どんな奴でも逃がさないようにして下さい。女であろうが子供であろうが、家から出る者は一応止めておいて下さい」

明智はなんどもくり返して頼んだ。そして彼自身は紋三と一人の刑事を従えて養源寺の門内にはいっていった。

庫裏の障子をあけると、きたない爺さんが竈《かまど》の前で何かしていた。

「君は向うの菓子屋のお爺さんだったね」明智が声をかけた。「お住持はお留守かね」

「ヘエ、おいでになりますよ。どなた様で」

「忘れたのかい。二三日前に君の店で買物をしたんだが。実は今日は警察の御用で来たんだが、ちょっとお住持をここへ呼んでくれたまえ」

爺さんはかしこまって、奥の方へ住持を探しに行ったが、しばらくすると変な顔をしてもどって来た。

「どうも見えないんですよ。ちっとも気がつきませなんだが、いつの間にお出ましなすったのか」

「そうかい。ともかく一度上がらせてもらうよ。警察の御用なんだからね」

明智はそういったまま、てばやく靴をぬいで上にあがった。爺さんは呆気《あっけ》にとられて、止めようともしなかった。紋三と刑事も明智にならって靴をぬいだが、その時紋三は今まで忘れるともなく忘れていた事柄を、ハッと思い出した。和尚が見えないのは裏から〇町の例の家に行ったのに相違ない。そこには山野夫人が来ているのだ。もし和尚が見つかれば、夫人もいっしょに恥をさらす羽目《はめ》になるのは知れている。恥どころかのっぴきならぬ証拠を握られるのだ。

紋三はそれと同時に、ある驚くべき事実に気がついた。今までは夫人を脅迫している男がなにものとも知れなかったので、一種の嫉妬を感じていたに過ぎないのだが、明智の明言するところによれば、その男こそかの不気味な一寸法師にほかならぬのだ。夫人はどんな弱味があって、あのようないまわしい者と密会を続けているのかと思うと、夫人までがえたいの知れないものに見えて来た。

紋三がそんなことを考えているうちに、明智はずんずん本堂の方へ踏み込んでいった。ガランとした本堂にはもう夕闇がせまって、赤茶けた畳の目も見えないほどになっていた。妙な彫刻のある太い柱、一方の隅に安置されたぬりのはげた木像、大きな位牌《いはい》の行列、奇怪な絵のかけもの、香のにおい、それらの道具までが、底の知れない不気味さをかもし出していた。むろん人の気配はなかった。

明智は注意深く堂のすみずみ、ものの蔭などをのぞき廻って、二三の広い部屋を通り過ぎ、最後に庭に降りると、石燈籠《いしどうろう》や植木のあいだもくまなく調べた上、板塀の開き戸をあけて、墓地の方に出て行った。紋三たちは縁側の下にあった庭草履をはいてそのあとに続いた。

墓地ももうおおかた暗くなっていた。往来に面した方の生垣《いけがき》の破れ目から、そこに明智の部下の者が見張っているのが、ちらついて見えた。紋三はいつかの晩、その破れ目から墓地の中へ忍び込んだことを思い出さずにいられなかった。

「ほら御覧なさい。あすこの黒板塀が細く破れているでしょう。ちょうどあの向う側が人形師の安川の仕事場になっているのですよ。あなた済みませんが、しばらくあすこを見張っていて下さいませんか。僕たちはこちら側のO町に面した家を一応調べてみますから」

明智は刑事の方をふり向いて、ていねいにいった。刑事はいなむわけにもいかぬので、指図にしたがって板塀の方へ歩いて行った。O町の例の家の側はまばらな竹垣になっていて、少し無理をすれば、どこからでも出はいりが出来るように見えた。

「君、ちょっとここを見たまえ」

明智はふと立ち止まって、墓地の一方の隅の銀杏《いちょう》の木の根元を指さした。そこには木の幹の蔭に大きな穴があってその中に塵芥がうずたかくつもっていた。

「これはお寺の塵芥捨場になっているらしいのだ。僕は二三日前の晩ここへ忍び込んで、この塵芥の中をかき探したり、新しい墓地をあばいて見たりしたのだよ。三千子さんの死骸がこの辺にかくされているかと思ったのだ」明智はなんでもないことのようにいった。「それはね、ホラ山野の邸から三千子さんを運び出すのに、だれかが衛生夫に化けて塵芥車を利用した形跡のあった事は君も知っているだろう。塵芥車は吾妻橋のところで行方がわからなくなったのだが、君から一寸法師のことを聞いたものだから、あの塵芥はひょっとしたらここへ運ばれたのではないかと疑ったのだよ。そして早速この寺の附近で聞き合わせて見ると、ちょうどその朝早く一台の塵芥車が寺の門をくぐったことがわかったのだ。死骸をかくすのに墓地ほど屈竟《くっきょう》な場所はない。うまいことを考えたものだと思った。しかし僕が探した時には、もうどっかへ移されて死骸はなかったのだが」

「すると衛生夫に化けたのもやっぱり彼奴だったのですか」

「いやあの不具者には重い車なんかひけない。それは彼奴じゃないよ」

彼らは低い声で話しながら竹垣の方へ歩いて行った。竹垣をくぐるとすぐのところにずっと石垣が続いて、そこから地面が一段高くなっていた。明智はその石垣をよじのぼって、板塀と土蔵の庇間《ひあわい》の薄暗い中へはいって行った。五六間行くと突当りになって、そこに別の塀が行手をふさいでいる。明智はポケットから細い針金を取り出し、正面の塀のある個所にさし込んでゴトゴトやっていたが、間もなくくるるのはずれるような音がして、塀の一部分がギイと開いた。かくし戸になっていたのだ。

かくし戸の内部は、壁と壁のあいだの、人一人やっと通れるほどの狭い通路になっていた。彼らは手探りでその中へはいって行った。紋三はふと子供の時分のかくれん坊の遊びを思い出していた。恐ろしいというよりは、何か子供のころの郷愁というようなものを感じた。

少し行くと先にたった明智が「梯子《はしご》だよ」と注意した。彼らはあぶない梯子を音のしないように気をつけながらのぼっていった。のぼったところに一間ぐらいの細長い板敷があって、そこで行止まりになっていた。左右とも板ばりで、幅は身体を横にしなければならないほど狭かった。

「ここがちょうど押入れの裏側にあたるのだよ」明智がささやき声でいった。「静かにしていたまえ」

彼らはしばらくのあいだ、そのまっくらな窮屈《きゅうくつ》な場所でお互いの呼吸を聞き合った。紋三は押入れの向う側に山野夫人を想像すると、身体がしびれるほど気がかりだった。どうか帰ったあとであってくれればいいと祈る一方では、あのみにくい一寸法師とならべて、夫人の取乱した様子を見てやりたいという、うずくような気持もあった。

部屋の方からはしばらくなんの物音も聞こえなかったが、やがてピッシャリと障子をしめる音がして、

「百合枝さん、だれかに感づかれるようなことはしまいね」男の太い嗄《しわが》れ声が聞こえた。「エ、だって今窓からのぞいていると、表に変なやつがウロウロしているぜ。うるせえやつらだ。このあいだも妙な若造《わかぞう》が家の中へ上がり込んだって話だし、あぶねえ。もうここの家も見切り時だ。だが奴《やっこ》さんたち、まさか抜け道まで知りゃあしまい

な」

薄い板張りと襖があるきりなので向うの話し声は手に取るように聞こえた。

「早く逃がして下さい。もし見つかるようなことがあったら、ほんとうに取返しがつかないんだから」

平常《へいぜい》と違ってひどくぞんざいな調子だけれど、はたして山野夫人の声だった。

「それはおれにしたって同じことだ。だが、まだまだ心配することはない。おれの力はお前も知っているだろう」

そのおさえつけるような太い声が、あの畸形児かと思うと変な気がした。声だけは人並以上に堂々としているのが滑稽でもあり、ものすごくも感じられた。

「それじゃ引上げようか。持物を忘れないように気をつけるんだ」

その声がだんだんこちらへ近づき、畳を踏む音といっしょに、そっと襖をあける気配がした。

明智は闇の中で紋三の腕を握って合図をすると、板ばりの一部に手をかけて音のしないように引きはずした。ポッカリと四角な穴が開いて、薄い光がさして来た。紋三はいきなり顔を合わせるかと思いハッと身構えをしたが、穴の向うにはいくつも行李《こうり》が積んであって、まだ相手の姿は見えなかった。

やがていちばん上の行李がソーッと取りのけられ、そのあとへ一本の腕がニョイと出て、二番目の行李の紐をつかむと、ズルズルと向うへ引っぱって行った。紋三の腕を握っている明智の手が、ピクピク動いた。

行李がのけられた。その向うから和尚の坊主頭がバアとのぞいた。二三尺の距離で八つの目がぶっつかった。

「ワッ」

というような音だった。四人が同時になにごとかを叫んだのだ。

和尚はいきなり四畳半の方へ逃げた。明智が行李を蹴散《けち》らして追いすがった。四畳半の窓をあけると物干場《ものほしば》がある。階下に見張りがあるため逃げ場は屋根のほかにないのだ。畸形児はす早く窓の外に出ると、物干場の手すりを足つぎにして二階の屋根によじのぼった。一と足おくれた明智は、屋根からぶら下がっている相手の足をつかんだ。だが、その足はしばらくもみ合っているうちにすっぽりと抜けて明智の手に残った。白い靴下でおおわれた人形の足のようなものだった。

猿のように木登りのうまい畸形児にとっては、屋根の上こそ屈竟の逃げ場所だ。彼は僧形《そうぎょう》の白衣《びゃくえ》の裾をひるがえして急勾配《こうばい》の屋根を這《は》った。

「小林君、そこの窓から刑事を呼んでくれたまえ」

云い残して明智も屋上に這いあがった。長い棟《むね》の上を、夕闇の空を背景にして、畸形児の白衣と明智の黒い支那服とがもつれ合って走った。

屋根が尽きると、畸形児は電柱や塀を足場にして次の屋根へと移った。ある時は一間ばかりのところを両手で電線につかまって渡りさえした。一寸法師の軽業だ。

そうなると明智はとてもかなわない。わずかなところを、一寸法師の真似が出来ないばかりに、大廻りしなければならないのだ。見る見る二人の距離は遠ざかっていった。

正体をあばかれた畸形児は、もう死にものぐるいだった。逃げたとて、逃げおおせる見込みはないのだけれど、そんなことを考える余裕はない。彼はせめて人形師安川の家までたどりつこうとあせるのだ。

やがて、畸形児の行手に一軒の湯屋《ゆや》の大きな屋根が立ちふさがった。うしろを見れば、追手はいつの間にか二人になっている。ぐずぐずしているうちにはまた人数がふえるかも知れないのだ。彼は思いきって湯屋の小屋根へ飛び降りると、軒《のき》づたいに小さくなって走り出した。だが、やっとの思いで曲り角まで達した時、騒ぎを聞きつけて先廻りをした一人の刑事が、向うの屋根からピョイピョイと飛んで来るのが見えた。

そして、彼の姿を見つけると、いきなり大きな声でどなり出した。絶体絶命だ。

一寸法師は最後の力をしぼって、樋《とい》づたいに湯屋の大屋根に登った。だが、そのひときわ高い棟の上でホッと息をつく間もなく、追手たちは同じ屋根の両方の端にとりついていた。もはや逃げる場所がなかった。そこから飛び降りて頭をぶち割るか、おとなしく縄を受けるかだ。

追手たちは身構えをしながら、瓦《かわら》を一枚一枚這い寄って来た。畸形児ののぼせ上がった目には、それが三匹の大蜥蜴《とかげ》のように見えた。彼はあてもなくキョロキョロとあたりを見廻した。すると、ふと目についたのは、湯屋の煙突だった。黒くぬった太い鉄の筒が、すぐそばの瓦の中から、空《そら》ざまに生えていた。彼はいきなりその煙突にとりつくと、得意の木登りでスルスルと登っていった。

追手は同じように煙突を登る愚《ぐ》をしなかった。彼らはその下に集まって、瓦のかけらを木の上の猿に投げた。そして気長に相手の疲れるのを待つつもりだ。

だが畸形児には別の考えがあった。煙突には船の帆柱のように、頂上から太い針金が三方に出てその一本がせまい空地を越して、向う側のゴミゴミした長屋の屋根に届いていた。彼はケーブルカーのようにその針金をすべって、向う側に渡るつもりなのだ。もしそれがうまくいけば、そこは複雑な迷路みたいな町だし、夕闇のことだからうまく逃げおおせることも、まんざら不可能ではなかった。

命がけの軽業がはじまった。白衣の怪物が空に浮いた。針金を握って足を離すと、ハッと思う間《ま》にツルツルと五六間すべった。針金がピュウンとうなって、煙突が弓のようにまがった。

針金が手の平に食い入って、鑢《やすり》のように骨をこすった。畸形児はなかばもすべらぬうちに、痛さに耐えがたくなった。もう針金を握る力がなかった。ふと下を見ると、そこの空地にはいつの間にか五六人の人が空を見あげて立騒いでいた。たとい向うまですべりついたところでもう逃亡の見込はないのだ。「駄目だ」と思うと指が伸びた。一瞬間、畸形児の目の前で世界が独楽《こま》のように廻った。

墜落した一寸法師は、そのまま気を失った。空地にいた人たちが声を上げてそのまわりにはせ寄った。

誤解

小林紋三は明智の指図にしたがい、表の方の窓を開いて、大声にどなった。そしてそこに見張りをしていた刑事が駈けだすのを見送ると、一瞬間、ぼんやりと突っ立っていた。明智の跡を追って屋根にのぼったものか、ここに止まって山野夫人の介抱《かいほう》をしたものかと迷ったのだ。夫人は彼の足許にうつ伏して死んだように身動きもしない。

よく見ればこまかく肩をふるわせて泣き入っていた。襟《えり》がみだれて乳色の首筋が背中の方までむき出しになり、その上をおびただしいおくれ毛が這い廻っている。

屋根の上の騒ぎもだんだん遠ざかり、階下の老婆はどうしたのか姿を見せず、そのさ中に、異様な静寂が来た。世界が切り離された感じだった。

「奥さん」

紋三は夫人の肩に手をかけて低い声で呼んだ。すると突然夫人が、起きあがって叫び出した。

「私です。三千子を殺したのは私です。お巡りさんにそういって下さい。小林さん、お巡りさんのところへ連れていって下さい」

青ざめた顔が涙にぬれて、唇がみにくく痙攣《けいれん》した。

「いえ、その前に、家《うち》へ連れていって下さい。私は家へ帰らなければならないんです。さあ、早く早く、小林さん」

彼女は紋三の腕にすがるようにしてわめいた。充血した目が人の来るのを恐れて、キョトキョトあたりを見廻した。

紋三も興奮のために青ざめていた。不思議な戦慄が背中をはった。なめてもなめても唇がかわいた。

「奥さん逃げましょう」

彼の声はかすれ震えていた。

「早く、家へつれていって」

「僕と、僕といっしょに、逃げましょう」

百合枝は激情のために立ちあがる力もなかった。紋三の肩にすがりついては、くずおれた。彼は夫人の狭い胸をいだくようにして、やっと階段を降りることが出来た。降りたところに耳の遠い老婆がポカンと立っていた。彼女は何かしら騒動が起ったことを感じて、やっとそこまで出て来たところだった。

紋三は老婆をつきのけて入口へ走った。そこにあり合わせた下駄を突《つっ》かけて門の外へ出た。見張りの刑事は一寸法師の方へ行って誰もいない。彼らはもう暗くなりはじめた町を、人通りの少ない方へ少ない方へと、よろめきもつれて走った。幸い誰も見《み》咎《とが》める者はなかった。

電車通りも無難に越して、彼らはいつか隅田川の堤へ出ていた。そのほかに逃げ道はなかったのだ。夫人は息切れがしてしばしば倒れそうになった。紋三の肩にすがった夫人の手が、キュッキュッと彼の首をしめた。つめたいみだれ髪が彼の耳をなぶった。やがて彼らは山野邸へのまがり道までたどりついた。

「そちらへ行くんじゃありません、今家へ行ったらつかまるばかりです。さあ、もっと走るんです」

「いいえ、私はどうしても、いちど家へ帰らなければならない。離して、離して」

夫人はか弱い力をふりしぼって、邸の方へ曲ろうとしたが、紋三がしっかり抱き込んで、そうはさせなかった。

「心配しないだっていいです。僕はどこまでもあなたといっしょに行きます。さあ、ぐずぐずしている時じゃありません。逃げましょう。逃げられるところまで逃げましょう」

紋三は夫人を引きずりながら、うわずった声でいった。それでも彼女はしばらくの間、紋三の腕の中でもがいていたが、やがて力がつきた。紋三は夫人の身体が突然しっとりとやわらかく、重くなったのを感じた。彼女は身も心も疲れはてて、あらそう気力も失《う》せたのだ。

紋三はほとんど夫人を抱き上げるようにして、堤を北へ北へと走った。行くにしたがって人家がまばらになり夕闇はいっそう色濃く迫って来た。いく丁走ったであろうか。ふと見れば、堤の右手にあたってまっ暗に茂った深い森があった。

紋三の足は二人分の重味のためにもういうことをきかなくなっていた。息切れがして胸がはじけそうだった。ちょうどその時休み場所には屈竟の森が見つかった。彼は倒れ込むようにその中へはいっていった。ほとんど気をうしなった夫人の身体を大樹の蔭に寝かせておいて、堤に引返すと、彼は川のところまで這いおりて、きたない水をすくって飲んだ。そうして少しばかり咽喉《のど》が楽になると、こんどはハンカチに水を含ませてそれを持って森の中へはいって行った。

百合枝は元のままの姿勢でそこに仰臥《ぎょうが》していた。顔だけがクッキリと浮かび、淫《みだら》がわしくとりみだした風情《ふぜい》は、薄闇の中に溶け込んで、夢のような美しさをかもし出していた。

紋三は濡れたハンカチを片手にボンヤリとその美しい姿をながめた。昨日まで、愛すればこそ一種の恐れさえ抱いていた人と、今駈落《かけおち》をしているのだと思うと、悲壮なような、名状《めいじょう》出来ない感じで胸が痛くなった。

彼はそこに膝をついて、百合枝の首を抱き上げると、彼女の唇へ、濡れたハンカチのかわりにいきなり自身の唇を持っていった。そして、彼がまだ小さい子供だった時分、隣に眠っていた従妹《いとこ》にしたように、彼女の接吻《せっぷん》を盗むのだった。

「あら、私どうしたのでしょう」

やがて、接吻の雨の下から百合枝の唇がいった。

彼のあまりの激情が彼女の眠りをさましたのか、それとも彼女はすべてを知っていて、わざと今気のついた体《てい》をよそおっているのか、紋三は疑わないではいられなかった。それほど百合枝のさめかたは不自然で、それにさめたあとでも、彼女の首をまいた紋三の腕をこばもうともしないのが変だった。まんざら気のせいばかりでないと思うと、紋三は目の中が熱くなった。

「どうです、歩けますか」彼はさっきのハンカチを百合枝の口にあてがって「もう少しの我慢です。この辺を右に折れて行けば、曳船《ひきふね》の停車場があるはずです。そこから汽車にのりましょう。そしてどっか遠いところへ行きましょう」

「いえ、もう駄目ですわ。逃げたって駄目ですわ。あいつがもうすっかり白状してしまったに違いないのですもの」

「何をいうのです。だから逃げるんじゃありませんか。それともあなたが、とても逃げおおせないと思うのだったら」彼は殉情《じゅんじょう》に目を光らせて、芝居のせりふめいた声を出した。「僕は命なんかちっとも惜しくないのです。僕をいっしょに死なせて下さいますか」

「まあ、あなたは……どうして死ぬことなんかおっしゃるのです」

「だって、あなたは絞首台《こうしゅだい》がこわくないのですか。むろん僕だって逃げられるだけは逃げた方がいいと思うのだけれど、でもいよいよ逃げられなくなった時は、死ぬよりほかないじゃありませんか」

「それはそうですけど。………」

百合枝はそういったまま、闇の中にすわって、長いあいだだまっていた。紋三も彼女の一方の手を握りしめてものをいわなかった。

「あなた、どこまでも私の味方になって下さるわね」

「どうしてそんなこと聞くのです。わかりませんか」

「わかってますわ。でも、私が今まで通り山野の貞淑《ていしゅく》な妻であっても」

「ええ」

「どんなことがあっても?」

「誓います」

「じゃ云いますが、三千子を殺したのは私ではないのです。ほかに下手人がいるのです」

「え、それはいったいだれです」

紋三はびっくりして尋ねた。

「山野です。私の夫の山野です。ですから、私は一刻も早く家に帰って、あの人を逃がさなければなりません」

「だって、山野さんは三千子さんの実の親じゃありませんか。そんなばかなことがあるもんですか。よし又《また》そうしたところで、逃がすなんて、あの大病人をどうしようというのです。それに、お邸には今頃はもう警察の手が廻っているに相違ないのですよ」

「ああ、やっぱり駄目ですわね。でもひょっとしてあの不具者がうまく逃げてくれたら、そうすれば秘密がばれないですむかも知れないのです」

「あいつですか。あいつが秘密の鍵を握っているのですか。それで、あなたはあんなやつの命令にしたがっていたのですね。御主人の罪をかくしたいばかりに」

「そのほかに私に出来ることはなかったのです」百合枝は涙声になった。「そのことがわかった時から私は山野の家名と主人の安全のために、命を捨てても尽《つく》さなければならないと決心したのです。それが私の亡くなったお母さまの教えなのです」

　紋三はボンヤリ相手の激情をながめていた。

「あなたは、主人と私との関係をよくご存じないでしょうが、私の家にとっては山野家はたいせつな恩人なのです。私がひどく年の違う主人にとついだのも、主人のために犠牲になる決心をしたのも、皆私の亡くなった両親の志をついだのです。私の気性としてそうしないではいられなかったのです」

「ですが、それにしても僕にはわからないことがあります」紋三はやっと気をとりなおしていった。「あなたは焼き捨てたと思っているでしょうが、あなたの受取った変な手紙が明智さんの手にはいったのです。例の不具者があなたをO町の家へ呼び出すために書いた手紙です。それには確か御依頼の三千子さんの死体を埋《うず》めた、このことはだれそれと私と蕗屋の三人しか知らない、という意味が書いてありました。一人の名前だけ焼けていてわからないのですが、それが手紙の受取人のあなたでなくて誰でしょう。そのほかいろいろな証拠があるのです。たとえばあの日に三千子さんが持って出たというショールだとか手提だとかがあなたの部屋の押入れにかくしてあったじゃありませんか。それだけじゃない。三千子さんの頭をわったと想像される石膏像まであなたの部屋にあったのだ。僕があなたを疑ったのは無理じゃないでしょう」

紋三は照れかくしに、さまざまの証拠をならべたてた。

「まあ、そんなものが私の部屋にあったなんて、ちっとも知りません。明智さんが見つけなすったのですか」

「いいえ、小間使いのお雪です。あれが明智さんに買収されていたのですよ」

美しい夢を台なしにされた紋三は、自棄《やけ》気味になっていた。

「まあ、そうですの、でもそれはちっとも知りませんわ。さっきおっしゃった手紙なら覚えがありますけれど、あれまで明智さんの手にはいっているのですか。……あの手紙なんです。私がはじめてほんとうの下手人を知ったのは。不具者が山野の頼みで死骸の始末をしたことを打明けて、私を脅迫して来たのです。私と主人の関係や私の気性をよく知っているものだから、その弱味につけ込んで、私を思うようにしようとたくらんだのです。あの手紙はいちばん最初明智さんがいらしったあとで受取ったのですよ。あの時まで三千子さんが死んだことさえ半信半疑でした。でなければ私が三千子さんをどうかしたのだったら、なんで明智さんなんかお願いするものですか」

紋三はあまりにことが意外なのと、とんだ思い違いをして、夫人といっしょに死のうとまで云い出した恥かしさ、このおさまりをどうつけていいのだか、見当がつかなくなってしまった。

すっかり秘密を打ちあけてしまった百合枝は、もうなにもかもおしまいだという態《てい》で、がっかりうなだれていたし、美しい夢の国から現実界へつき落された紋三ははばかばかしさと恥かしさに、咄嗟にいうべき言葉もなく、ぼんやりそこにすわっていた。長いあいだ気まずい沈黙が続いた。

「では、あの手紙に書いてあった三人のうちの不明な一人は」やっとしてから、紋三はいやに事務的な調子にかわって尋ねた。「山野さんだったのですか。つまりあの不具者が山野さんの頼みを引受けて死体をうずめたわけですね」

「そうですの」

夫人はもうどうでもいいというような調子で答えた。

「それがうそでないことは、ちょうど三千子がいなくなってから、主人は店のお金をずいぶん持ち出しているのです。支配人が心配して私に話してくれたのですが、主人にそんな大金の入用があったとは思えないのです。私はあの手紙を見ると、すぐそこへ気がつきましたの。そしてその金はもしかしたら半分は運転手にやったのか知れません。主人があの男をわざわざ大阪まで追っかけていったのは、三千子を誘拐したのを、取りもどすためだといってましたけど、あとでは秘密を口外させないために、お金をやりにいったのだとわかりました。でも私は主人を疑うような素振《そぶり》は、これっぽっちも見せないでいました。ああして病気までしているのを見ると、気の毒でしょうがなかったのです」

「蕗屋がどうして秘密を知ったのですかね」

「ええ、はっきりしたことはいえないんだけど、あの塵芥車を挽《ひ》いたのが蕗屋じゃなかったかと思うのです。だって、まさか山野自身がそんな真似はしまいし、養源寺さんは、あの不具者でしょう。ほかに三千子の死骸をはこぶような人がありませんもの。しかし、そんなことをいまさら詮索《せんさく》してみたってはじまらないわ。小林さん、あたしどうすればいいんでしょうね」

「ともかくお邸へ帰ってみようじゃありませんか。まさかさっきのように僕と駈落して下さいとはいえませんからね」紋三はあかくなってぎごちなく冗談みたいなことをいった。「うまく彼奴が逃げてくれるか、いっそ屋根から落ちて死にでもしたら、又善後策の施しようもありましょうが、しかしこうなったら、どっちみち覚悟しなきゃなりますまい。この先とも僕はあなたの味方になって出来るだけのことはやってみますよ。それはお許し下さるでしょう」

「私こそお願いしますわ」

夫人が他意なくすがってくるのを見ると、愚《おろか》なる紋三は、又少しうれしくなった。

やがて二人は森を出て堤の上を山野家の方へ歩いていた。

「ですが、わからないのは山野さんの心持です。全体どうして、実の娘さんを殺す気になったのでしょう」

「山野は商売人にも似合わない堅苦しい男ですの。そしてカッとなると、ずいぶん思いきったことをやるたちですから、たぶん三千子のふしだらを感づいて折檻《せっかん》でもするつもりだったのが、つい激したあまりあんなことになったのではないかと思いますわ。それにはね、またいろいろな事情がありますの、召使いたちにもかくしてあったのですが、あの逃げていった小間使の小松というのは、ほんとうは主人のかくし子なんですの。かたい人ですけれど若い時分にはやっぱりしくじりがあったのですわ。それを普通なら娘として家《うち》へ入れるところを、主人が今いう頑固者《がんこもの》だものですから、娘のしつけや、親戚の手前不都合だといって、それは蔭になって目をかけていましたけれど、表面は小間使ということにしていましたの」

「それじゃ、三千子さんと小松とは姉妹《きょうだい》なんですね」

紋三は非常に意外な気がした。

「そうですよ。姉妹でいて、二人はまるで気質が違うのです。三千子さんは大のおてんば、小松の方は商売人の腹に出来た子に似合わない、それはそれはよく出来た、おとなしい娘です」

もうすっかり暗くなった堤の上を、二人はとぼとぼと歩いた。一つは身も心も疲れていたせいもあるが、一つははやく帰って真実に直面するのがおそろしく、自然歩みがのろくなったのだ。そして、何かしゃべらなくては淋しくてたまらなかった。

「その実の娘同士が」夫人は語り続けた。「一人の男を、相手もあろうに運転手なんかを、あらそっているのを知れば、ああした山野のことですから、カッとせずにはいられなかったのでしょう。その心持はよく察しられますわ。地獄のような気がしたに違いありません。そのふしだらな娘の一人がやっぱり御自分のふしだらが生んだ罪の子だと思うと、たまらなかったのですわ。考えて見ると山野はほんとうに気の毒なんです」

「なぜ自首してしまわれなかったのでしょうね。そんな過失だったら、たいした罪にもならないでしょうに」

「だって、人一人殺したんですもの。たとい罪は軽くても、世間に顔向けが出来ませんわ。人一倍世間を気にする主人が、なんとかしてかくしてしまおうとしたのは、ちっとも無理ではないのです。山野自身の安全だけでなくて、家名というようなものを心配したのですわ。なぜといってもしこのことがパッとすれば、山野のふしだらから、娘たちのみにくいあらそいがすっかり知れ渡ってしまうのですから」

「三千子さんだけを折檻なすったのは、どういうわけでしょうか」

「それは公然の娘ですもの、主人はそんなことまで、几帳面に考えるようなたちですの。それに、主人の愛が、どっちかといえば不幸な小松の方へかたむいていたことをも考えてみなければなりません。おてんば娘は主人の気風に合わないのですわ」

「奥さん、ちょっとだまってごらんなさい」突然紋三が夫人を制した。「うしろからだれかついてくるやつがあります」

話をやめて、耳をすますと、確かに人の気配がした。それが尾行者に相違ないことは、こちらが足を止めると、向うもピッタリと立ち止まってしまうのだ。闇をすかして見ると、すぐそばの木立の蔭になにものかがしのんでいた。

「誰です。私たちに御用でもおありなんですか」

紋三が虚勢を張って大きな声を出した。

「小林さん、私ですよ」

すると、その男はノコノコ物蔭から出て、心安い調子でいうのだ。

「とうとう見つかっちゃった、O町からつけていたんだけれども、あなた方すっかり興奮してしまって、ちょっとも気がつきませんでしたね。私ですか、明智さんのお手伝いをしている平田《ひらた》ってものです。一二度菊水館でお見かけしたんだけれど、御存じありますまいね」

それを聞くと紋三は重ね重ねの醜態《しゅうたい》にカッとなった。さっきの森の中のことまで、この男の口から明智につたわるのかと思うと、云いようのない浅間《あさま》しさに、いきなり相手につかみかかりたい気持だった。

「なんだってあとをつけたんです」

「ごめん下さい。明智さんの云いつけなんです。私はあのO町の家の前に、あなた方の出ていらっしゃるのを、待っている役目だったんです」

「すると、僕らが逃げ出すことが、ちゃんとわかっていたのですか」

「そうのようです。あなた方のあとをつけて、もしお邸へおはいりになればいいけれど、そうでなかったら、どこまでも尾行して、お二人の話なんかもくわしく聴き取れということでした。そして、もしお二人の身にあぶないようなことが起ったら、お救い申せと……」

「じゃなんだね。明智さんはあの家に奥さんのいることを知っていて、わざと僕をつれ込んだわけだね。そして、二人が逃げ出して、いろいろなことを話し合うのを立聞きさせようという手はずだったのだね」

「万一の場合なんですよ、万一そんなことが起ったら、こうしろという命令だったのですよ。なんでも奥さんがとんだ誤解をしていらっしゃるから、もしものことがあってはいけないということでした」

罪業転嫁《ざいごうてんか》

その夜《よ》人形師安川国松の家に、不思議な会合がもよおされた。広い仕事場の板敷に、あり合わせの腰かけがならべられ、そこに田村検事、捜査課長をはじめ警察の人々が腰をかけ、そのあいだにうちしおれた小林紋三や、キョトキョトと落ちつかぬ安川人形師の姿もまじっていた。山野夫人は心身過労のために半病人になって邸に残っていたし、大怪我をした一寸法師は、近所の病院にかつぎ込まれて、生死の境にあったので、この会合には加わっていない。

仕事場の一方には出来上がったさまざまの人形が不思議な群像をなし、その傍《かたわら》に未完成の頭、腕、足などが、まるで人食鬼《ひとくいおに》の住家《すみか》のようにゴロゴロところがっていた。そして、人形どもと見さかいのつかぬ明智の支那服姿がその前に立って、何かしきりに説明していた。彼の傍には、小さな台があり、台の上にはいつか彼が紋三に見せた証拠の品々がならんでいるのだ。

彼はいよいよほんとうの犯人を引渡すからというので、友達の間柄の田村検事や、捜査課長などをそこへ呼び集めたのであった。ちょうど畸形児捕物から引続いてのことだったし、ほかにも重大な理由があって、人形師の仕事場が説明の場所にえらばれた。明智にしては、これが当日のもっとも重要なプログラムなのだ。

彼はこれまでの経過を一応説明してしまうと、いよいよ本題にはいっていった。

「つまり三千子殺しの犯人として疑うべき人物が五人あった。第一は養源寺の和尚すなわち例の不具者ですが、これは、もっとも兇悪無慙《きょうあくむざん》の気違いには相違ないけれど、彼が三千子の手足を公衆の前にさらしたこととか、山野夫人を脅迫したことなどから考えて、直接の犯人でないことは明白です。第二は山野夫人です。この人は三千子の継母である上に、ここにあるショールその他の三千子の持物が、彼女の部屋の押入れにかくしてあったり、不具者の脅迫に応じたりして、もっとも深い疑いをかけられていましたけれど、私はあとでお話する別の人物を疑っていたために、小林君のように性急に断定することをしなかったわけです。それに唯今では、すでに夫人が或《あ》ることを告白してしまいましたので、彼女の無実は明白になりました。第三は三千子にとっては恋敵《こいがたき》の小間使の小松です。この女は事件のあった日から病気と称して一間にとじこもり、数日後には家出をして、今もって行方がわからないというようなことで、警察でも深くお疑いになっているようですが、私にはある理由から彼女の所在がわかっております。そして、決して犯人ではないということも。第四は今未決監《みけつかん》にほうり込まれている、可哀そうな北島春雄ですが、この男が犯人でないことは最初からわかっております。それは当日外部から忍び込んだ形跡の絶無だったことのほかに、彼が犯人とすれば兇行に石膏像なんかを使用するはずもなく、ピアノや塵芥箱のような手数のかかる方法によって死体を隠匿《いんとく》する理由もないわけですから。第五は運転手の蕗屋が、事件の翌日国へ帰ったためにやや疑われておりますが、彼は三千子の恋人で彼の方で三千子をきらっていた様子もなく、ちょっと殺人の動機がありません。のみならず、私はこの男の所在をも突止め、彼が犯人でないことを確かめることが出来たのです。つまり五人の嫌疑者のうちには一人も真犯人のいないことがわかったのでありますす」

明智は例によって、思わせぶりなものの云い方をした。これが彼の探偵生活での、いわば唯一の楽しみなのだ。しかしそれが聞手の好奇心を刺戟《しげき》した効果は大きかった。彼らは煙草を吸うことさえ忘れて、小学生のように明智のなめらかに動く唇ばかり見つめていた。

「ところが、ここにもう一人、第六の嫌疑者が現われました。それはたった今、私の部下が山野夫人と小林君のあとをつけて、夫人の告白を聞いて確かめることが出来たのです」明智は隅田堤での一部始終をかいつまんで話した。

「これは山野夫人の不思議な行動から、私も早く気づいてはいたのです。しかし貞淑な夫人の数々の人知れぬ心づかいは、夫人にはまことにお気の毒なわけですが、まったく無駄であったのです。山野氏は決して実子殺しの罪人ではありません」

驚くべきことには、明智はそうして、ことごとくの嫌疑者を、片っぱしから否定してしまった。

「しかし、夫人が山野氏があやまって実子を殺したものと信じたのは、決して無理ではなかったのです」明智が続けた。「夫と妻のあいだにそんな誤解が生じるというのは、ちょっと考えると変なようですが、山野氏が人一倍厳格な性質であること、夫人との間柄が一種特別の、たとえば昔流の主従のような関係にあったことも、この誤解の原因であったに相違ありません。すべての事情が偶然にも山野氏を指さしているように見えたのです。第一事件の当夜山野氏は洋館の方で夜ふかしをしました。運転手の蕗屋を追いかけていって多額の金円を与えました。そこから帰ると神経性の発熱におそわれ、事件が発展するにつれて彼の病気は重くなっていきました。家人を遠ざけて口もきかない日が続きました。それから、不具者が夫人に送った脅迫状の中には、山野氏の名前もしるされていたのです」

彼は台の上の例の焼け残りの手紙をとって、それを手に入れた径路《けいろ》、文面等も説明した。

聞き手はすべて意外な顔色であった。たった一人安川国松だけが、明智の話も耳にはいらぬ様子で、ブルブルふるえていた。

紋三も最初は意外な感じがした。いよいよ間違いないと思っていた山野氏まで犯人でないとすると、もはや疑うべき何人《なんぴと》も残っていないのだ。いったい全体明智は何を考えているのか、彼は今夜真犯人を引渡すと公言している。ではその曲物はこの安川の家にいるのであろうか。まさかあの人形師がその犯人ではあるまいな。だが、そんなふうにいろいろと考えているうち、ふとある驚くべき考えが、彼の頭をかすめた。彼は驚愕と喜悦《きえつ》のために、顔がまっ赤になった。

「あの写真だ。明智があの写真を見て、つまらないおしゃべりをした。あれをもっとよく考えてみればよかったのだ」

それはかつて明智の机の上にあり、今はそこの台にのせてある、山野の家族一同の写真だった。明智がなぜあの写真を意味ありげに取扱ったか、そのわけが今こそわかったのだ。それにしても、これはまあ、何と驚くべき事実であろう。

「そこで、嫌疑者が一人もなくなったわけですが、殺人行為があった以上、犯人のないはずはありません」明智の説明は続いた。「犯人は確かにあったのです。ただそれがあまりに意想外な犯人であるために、何人も、山野夫人すらも、気がつかなかったのです。私はお約束通り、今夜その犯人をお引渡し致します。ですが、その前に、私が真犯人を発見するに至った径路をかいつまんでお話しておきたいと思うのです。警察の方々には多少御参考にもなろうかと思いますので」

又しても明智の思わせぶりであった。田村検事はもどかしさに、ガタリと足を組みなおした。

「明智君、いやに気を持たせるじゃないか。まずその犯人をあかしてからにしたまえ」

「さては」明智は愉快そうにニコニコして、「君にもまだ見当がつかないとみえるね。しかし、まあ順序よく話させてくれたまえ」

「どうも、君の話は小説的でいけない。なるべく簡単に」

磊落《らいらく》な田村氏は笑いながら友人の揶揄《やゆ》にむくいた。

「私が最初、この事件にある不調和を見出したのは、この化粧品のクリームの瓶からです」明智は台の上の白いポンピアン・クリームの壺《つぼ》を取りあげた。「音楽家が不協和音に敏感なように、探偵は事実の不調和に敏感であることが必要かも知れません。往々にして些細《ささい》な不調和の発見が、推理の出発点になるものです。これは三千子の化粧台から持って来たのですが、御覧の通りほかの瓶には皆指紋があるのに、このクリームだけはふきとったように、なんの跡も見えません。いちばん油じみやすいクリーム瓶にです。ところが、外側は注意深くふきとったにかかわらず、千慮《せんりょ》の一失《いっしつ》でしょうか、中のクリームの表面に、実にハッキリと指紋が残っている。そして、その指紋はほかの瓶のや、例の切断された腕の指紋とは、まったく別のものなのです。

「これは右の人差指の指紋です。こちらの水白粉の同じ指のと比較しますと、不思議によく似てはいますけれど、ですから肉眼で見たのでは区別がつかぬほどですが、レンズで見ればまるで別人の指紋であることがわかります。三千子という人は非常におしゃれで、化粧台にはこのほかにまだたくさんの化粧品があったのですが、妙なのは、それには少しも指紋がついていない。いちどでも使用した化粧品の瓶に指紋がついていないというのはちょっと考えられないことです。使用するたびに瓶をふくわけでもありますまい。これは何か為《ため》にするところがあって、わざと指紋をふきとったのではないでしょうか。すると、ここにある分だけ拭き取ってなかったのはなぜでありましょう。それはこの分に限ってそうしてはならなかったからです。つまりこれだけは三千子の持物ではないのです。たくみに用意された偽証《ぎしょう》なのです」

紋三はなんだかうれしいような気持だった。彼の想像の当っていたことが、だんだん明らかになっていくのだ。

「その証拠には、この指紋の残っている化粧品は、贅沢屋《ぜいたくや》の三千子の持物としては、少し地味な好みですし、この過酸化水素キュカンバーだとか、過酸化水素クリームなどは、どちらかといえば脂性《あぶらしょう》の人に適当なものですが、三千子は反対に青白いすさんだ皮膚だったということですからまったく使用しなかったとは断言出来ませんけれど、少しふさわしくない感じです。それから色白粉ですが、青白い人は薔薇《ばら》色のを用いるのが普通であるにかかわらず、ここにある水白粉は赤ら顔に適当な緑色のものです。又花つばき香油なんていうものは、洋髪にはあまり使いません。つまり、どっちから観察しても、これらの化粧品は三千子さんの常用したものではない。どこかほかのところから来て三千子さんの部屋へ置いたものに相違ないのです」

明智の説明はだんだんこまかい点にはいっていく。

「化粧品が準備された偽証であることは、この吸取紙によってもわかります。これもやっぱり偽証の一つなのです」彼は桃色の吸取紙を示した。それの表面には拇指《おやゆび》のインキの指紋がハッキリと現われていた。「これが三千子の書きもの机のまんなかにのせてあった。わざと目につく場所へ置いたことは一見してわかるのです。それから、ここに文字を吸取った跡がかすかに残っている。ちょっと見たのでは、ポツポツと点線になっていて読めませんが、鉛筆で跡をつけてみるとハッキリした文字が現われて来る。だが、文句に注意すべき点はない。ただ女らしい文章の一部分が現われているに過ぎません。ところで、ここに別に三千子の筆蹟《ひっせき》があります。これと吸取紙の筆蹟とくらべてみますと、両方とも若い女らしい手で、よく似ていますが、ただこうして見たのではほんとうのことがわからない。吸取紙の方のは左文字ですからね」

明智はそこに用意してあった懐中鏡をとると、吸取紙の上にかざして、聞手《ききて》の方に見えるようにした。田村検事などは、すぐそばまで顔を持って行って、感心したように二つの筆蹟を見くらべるのであった。

「こうして右文字になおして見るとまったく別人の筆蹟です。つまり、この吸取紙は三千子のものではないのです」

「するとなんだね」田村検事が驚いていった。「エーと、一寸法師が持ち歩いた腕なんかは、三千子のものでないことになるね。それらの指紋がうそだとすると」

「そうだよ。三千子のものではなかったのだよ」

「そんなことをいえば、この事件は根本からくつがえってくるわけだが」

「くつがえって来る。出発点から間違っている」

明智は平気で答えた。田村氏の顔色はようやく真剣味をおびて来た。捜査課長も一膝前にのり出した。

「では、明智君、三千子は死んではいないというのか」

「そうだ。三千子さんは死んではいないのだ」

「じゃあ、君は……」

田村検事は、或る感情の交錯《こうさく》のために顔を青くして、明智をにらみつけた。

「そうだ」明智は検事の表情を読むようにして、「その通り。君の考えはあたってている。三千子は被害者ではないのだ」

「被害者ではなくて……」

「加害者なのだ。三千子こそ犯人なのだ」

「すると、被害者はどこにいる。三千子はいったいだれを殺したのだ」

「待ちたまえ、だいたい見当はついているのだが」明智は検事を制しておいて、隅《すみ》の方に小さくなっている人形師をさし招いた。「安川さん、つかぬことを聞くようだが、ここに並んでいる人形はみな注文の品だろうね」

「ヘイ、左様で」人形師は唇をなめなめ答えた。「みな花屋敷へ入れますんで、生人形でございます」

「この奥の方にならんでいるキューピー人形は、ずいぶん大きなものだが、やっぱり花屋敷へ飾るのかね」

「へイ、左様で」

人形師はもう目に見えるほど震え出していた。

「だが、このキューピー人形は、昨日まで店の間《ま》に飾ってあったようだが、どうしてほかの人形とまぜてしまったのだ」

人形師の挙動がすべてを語っていた。

明智はやにわに、邪魔になる生人形どもを引き倒して、その奥のキューピー人形に近づいた。そして、その辺に落ちていたハンマーを拾うと、人形のおどけた顔面を目がけて、はげしい一撃を加えた。人形の顔が癩のようにくずれ、鋸屑《おがくず》と土の塊《かたまり》がパッと散った。

「これが気の毒な被害者です」

明智が指で土をかきのけていくと、その奥から、黒髪をみだした藍色《あいいろ》の死人の顔が現われ、プンと異臭が鼻をついた。

「申すまでもなく、これは小間使いの小松です。可哀そうに両手両足を半分に切られて、ちょうど……そうです一寸法師そのままの姿で、この、ニコニコした福の神の体内に、ぬりつぶされていたのです。恐ろしい不具者の呪いです。だが……」

明智はふと口をつぐんだ。その時ちょうど死人の咽喉が現われ、そこの皮膚に不思議な黒痣《くろあざ》が見えた。明らかに指でつかんだ痕《あと》なのだ。

「これはきっと、頭の傷だけでは死にきらなかったので、指でくびり殺したのです」

異様な沈黙が来た。ものなれた警察の人々も、この前代未聞の残虐を正視するにたえなかった。皆息をのんだ体《てい》で、部屋全体が一場の陰惨な活人画だった。赤茶けた電燈の光が、人々の半面を照らして、床や壁に、物の怪のような影を投げていた。生きた人間どもは、死んだように動かず、かえって生なき人形どもが顔見合わせてクスクスと笑っているように見えた。

「すると、三千子が恋敵の小松を殺したというのか」

やっとしてから、田村氏が溜息と共にいった。

「そうだよ」さすがの明智もいくらか青ざめていた。「犯罪の裏には恋だ。三千子と小松との蕗屋に対する恋、一寸法師の山野夫人に対する恋、この事件はすべて恋から出発している」

「だが、この人形の中へぬりこめたのは」

「それは三千子じゃない。一寸法師だ。そして、この安川という男も共犯者だ。僕が人形師をあやしいとにらんだのは、一寸法師が昨夜ここへはいるのを見届けたからでもあるが、もう一つは一寸法師が普通の人間に化けていた、その継足《つぎあし》があたりまえの義足ではなくて、木でこしらえた人形の足だった。特別の考案をこらして折れ曲《まが》りのところなんか実に具合よく出来ている。彼奴がしょっちゅう靴をはいていたのはそのためなのだよ。そんなものを作るのはまず人形師よりほかにないからね。つまり、この安川と一寸法師とは十年来の腐れ縁に相違ないのだ」

「だが、明智君。どうも変だね」田村氏はふとなにごとかに気づいて、明智の説明をさえぎった。「僕の頭がどうかしているのかな。そんなことは不可能に思われるのだが。小松が被害者とするとだね、例の一寸法師の持ち歩いた腕なんかは誰のものだろう。小松が家出をしたのはつい二三日前で、百貨店事件の時分にはまだ山野家にいたではないか。そこに時間的な不合理があるように思うのだが」

「だが、事件のあった翌日から、小松は病気になった。そして人に顔を見られることを恐れるようなところがあった。僕が彼女の病床を見舞った時にも、枕に顔をうずめて、僕の方を正視出来なかった。それぱかりではない。彼女の不用意に投げ出された指には、マニキュアがほどこしてあったのだよ、まるで令嬢の指のように」

「ではもしや。ああそんなばかばかしいことがあるだろうか。……」

「僕も最初はまさかと思っていた。だがこれを見たまえ。この写真に気づいた時から僕の意見は確定したのだ」

明智はそういって、台の上から山野家一同のうつした写真をとって、田村や捜査課長の方へさし出した。それには、三千子の顔に妙ないたずらがしてあった。彼女の眉を、すっかり胡粉《ごふん》でぬりつぶしその下に眼鏡の枠が書いてあった。

それを見ると田村氏と捜査課長は顔を見合わせて感嘆したように「似ている」とつぶやいた。

「似ているでしょう。三千子の眉をとって、眼鏡をかけさせ、技巧たっぷりの表情を、もっと静かにすれば、小松と見分けがつきません。それも道理です。小松というのは実は山野氏のかくし子で、三千子とは姉妹《きょうだい》なのだから。ただ、一方はおとなしやかな無表情、一方は技巧たっぷりのおてんば娘なのと、それに髪の形だとか眼鏡や眉の相違があるので、ちょっと気がつかないだけです。わかりますか。つまり三千子はあの晩、恋敵の異母妹《いぼまい》とあらそった末、激情のあまり、ついあんなことをしてしまった。石膏像をなげつけてあやまって殺してしまったのです。そして、咄嗟の場合、小松に化けるという妙案を思いついたわけです」

「それはどういう意味だね。小間使いに化けてみたところで、罪が消えるわけでもあるまいが」

「さっきもお話した北島春雄という命知らずがいたのだ。ちょうどその前日彼は牢を出て三千子に不気味な予告の葉書を出している。失恋に目のくらんだ狂人だ。殺されるかも知れない。三千子はその日もこの命知らずのことで頭がいっぱいになっていた。ちょうどその時あの変事が起ったものだから、一つは北島の復讐をのがれるために、一つは小松殺しの嫌疑をさけるために、又一つには、山野夫人に、継子《ままこ》殺しの嫌疑をかけるために、どちらから考えても都合のよい変装という妙案を思いついたのだ。三千子が探偵小説の愛読者だったことを考え合わせると、彼女の心持なり遣《や》り口《くち》なりがよくわかるのだよ、さっきもいったように、三千子の書棚は内外の探偵小説でほとんど埋まっていたのだからね。死体をピアノにかくしたのも塵芥箱のトリックも夫人の部屋へ偽証を作ったのも、皆彼女の智恵なんだ。例の塵芥車をひいた衛生夫は、情夫の蕗屋が化けたものだ」

「それを家内中が知らなかったというのは、おかしいね」

「いや、たった一人知っていた人がある。それは三千子の父親の山野氏だ。ちょうど事件の起った時分に洋館にいたのだからね。山野氏は家名を重んずる厳格な人だけに、かえって三千子の計画に同意した。そして三千子といっしょになってすべてを秘密のうちにほうむり去ろうとした。小松に化けた三千子に金をあたえて家出させたのも、養源寺の和尚や蕗屋を買収したのも山野氏だった。山野氏のそんなやり方が、夫人の疑いをまねくことになり、結局事件を面倒にしてしまった形なんだ」

「すると、例の不具者は、小松の死体を埋めることを引受けて、その立場を利用して山野氏からは金をしぼり、一方、夫人を脅迫していたわけだね」

「そうだ。山野氏にしては、あの坊主がまさかあんな悪党だとは知らないからね。なぜか非常に心やすい仲だった。不具者め、うまく取入っていたのだろう。それにこれまでずっと援助を与えていた関係があるので、事情をあかして頼めば万々《ばんばん》裏切るようなことはあるまいと思ったのだ」

「実に複雑な事件だね。だが、君の説明でだいたいの筋道はわかった。それでは、約束通り犯人を引渡してくれるだろうね。いったい三千子はどこにかくれているのだ」

　捜査課長ははじめて彼の大切な役目に気づいたように、厳格な調子でいった。

「引渡すことは引渡すがね」明智は沈んだ調子で答えた。

「三千子さんも気の毒なんだ。ふしだらな点は確かに彼女が悪いのだけれど、それも複雑な家庭に育った一人娘であることを考えると、こんなことになったのも彼女ばかりの罪ではないのだ。それに、彼女は今非常に前非《ぜんぴ》を悔いている。人を殺したといっても過失に過ぎないのだし、田村君、この辺の事情をよく含んでおいてくれるだろうね」

「わかった、わかった。なるべく君の希望にそうことにしよう。ともかく早く犯人のありかを教えてくれたまえ」

「なに、三千子さんはここの家《うち》にいるのだよ」

明智が合図をすると、住居の方の障子があいて、そこから明智の部下と小間使姿の三千子と、そして、意外なことには運転手の蕗屋までがいっしょに立ち現われた。三千子はいたましく泣きぬれて、目を上げる力もなかった。

「蕗屋君も最初からこの家にいたのです」人々の不審顔を見てとって明智が説明した。「これもやっぱり山野氏が養源寺の和尚を過信した結果なんですが、死体運搬をした蕗屋君は、やっぱり連累《れんるい》に相違ないので、和尚がすすめるままに、かくまい方を託《たく》したのです。一寸法師にすれば何か又悪だくみでもあったのでしょう。この家の裏手の納屋《なや》を急ごしらえのかくれ家にして、三度の食事もそこへ運ばせることにしていました。そして、蕗屋はそこで、三千子の小松が家出して来るのを待ったのです。殺されたのは三千子だったということがハッキリわかれば、それで三千子の化けた小松の用事はすむのですから。山野氏は適当な時機を見はからって、三千子の小松を家出させ、ここで蕗屋と落ち合うことにしました。三千子が山野氏の令嬢でなくて、小間使いということにしておけば、運転手といっしょになったところで、さして不体裁《ふていさい》でないのです。山野氏は、そんなことまで先から先へと考えていたのかも知れませんね」

　そうして明智の説明が一段落つくと、三千子、蕗屋、安川国松の三人は、ともかく近所の原庭署へ連行されることになった。しおらしくすすり泣く三千子、青ざめた蕗屋、ブルブル震えている安川、一瞬間部屋の空気はうちしめって見えた。三人の刑事が、彼らをひったてるようにして、あとにしたがった。そして、彼らが今仕事場の入口を出ようとした時だった。

「三千子さん、ちょっと」

　じっとキューピー人形をながめていた明智が、ふと何かに気づいた調子で、三千子を呼び止めた。

「あなたは、この死人の首のあとに覚えがありますか。あなたは、小松の首をしめたのですか」

　三千子はちょっとの間《ま》躊躇していたが、やがて不審そうな様子で答えた。

「いいえ。私、そんなこと致しません」

「ほんとうに！」

「ええ」

　明智はそれを聞くとにわかに快活になった。彼は例によって、ニコニコしながら、さかんに長い頭髪をかき廻した。

「田村君、ちょっと待ちたまえ。ひょっとしたら、真犯人は三千子さんではないかも知れんよ」

「なんだって」検事はあきれて明智の顔をながめた。「君はたった今、三千子さんが犯人だと断言したじゃないか」

「いや、それが少々間違っていたかも知れないのだ」

「間違っていたって？」

「この被害者の首の指の痕だね。三千子さんの指にしては、黒痣が大き過ぎるような気がするのだ。今そこへ気がついたのだ。それに三千子さんは首をしめた覚えがないといっている」

「すると」

「もしや、これは……」

ちょうどその時、明智の部下の斎藤が、表の方からあわただしくかけ込んで来た。

「明智さん、ちょっと」

明智は彼を隅の方へつれていって、ひそひそと何かささやきかわした。

「僕の想像は間違っていなかった」明智は明るい顔で人々の方をふり向いた。「やっぱり真犯人はほかにあったのです。三千子さんは小松を殺したわけではないのです」

「それはいったい何者だ」

田村氏と刑事部長がほとんど同時に叫んだ。

「一寸法師です。今この斎藤君がもたらした新事実を報告しましょう、一寸法師は病院のベッドで息を引取りました。彼はその今《いま》わの際《きわ》にあらゆる彼の罪を告白したそうです。その数々の罪がどんなに残虐をきわめていたかは、いずれお話する機会もあるでしょう。今はこの事件に関係した部分だけを申上げます。彼はあの朝塵芥にまみれた小松の死体を蕗屋君から受取ったのですが、その日の夜になって死体を人目につかぬ場所へかくそうとして、塵芥の中から抱き上げた時、偶然にも小松が息をふき返したのです。彼女はまったく死にきっていなかったのです。不具者は一時は驚きましたけれど、次の瞬間には彼の持ち前の残虐性が頭をもたげました。彼はすべての満足な人間を呪っていたのです。それに、小松が今よみがえっては、山野氏から金を引出すことも出来ず、夫人を脅迫する手段もない。そこで彼は折角生き返った娘を再びしめ殺したというのです。そして腕や足だけを方々へさらしものにして、山野氏と夫人とを別々の意味でこわがらせた。それは一つは畸形児の戦慄《せんりつ》すべき犯罪露出慾をも満足させました。だが顔だけはさらしものに出来ない。それをすれば夫人が真相をさとってしまう。そこで顔と胴体のかくし場所を探して、キューピー人形というまいものを見つけたのです。死に際の告白ですから、まさか嘘ではありますまい」

紋三はその時の異常な光景を、長いあいだ忘れることが出来なかった。明智は髪の毛をつかみながら、仕事場の板敷をふみならして、あちらへ行ったりこちらへ行ったり、歩き廻る。三千子、蕗屋の両人は今までの泣き顔に、恥かしげなほお笑みを見せる。山野邸に人が走る。吉報を聞いて喜ばしさのあまり重病の山野氏が夫人を同伴してかけつける。

「なに、殺人罪ではないのですからね。それに若い娘さんのことだし、たぶん無罪になるかも知れませんよ」

田村検事も、肩の荷をおろしたというふうで、ニコニコしながら、実業家山野氏をなぐさめる。

それから、三千子、蕗屋、安川国松の三人はひとまず原庭署へ連れていかれたが、田村氏の言葉もあるので、誰も彼らの身の上を気づかうものはなかった。ただ安川人形師だけが周囲の喜びをよそに、うちしおれているのが余計あわれに見えた。

小林紋三は明智と連れ立って、人形師の家を出た。彼らは事件が円満に解決した満足で、自然多弁になっていた。タクシーの帳場まで歩きながら、いろいろと事件について語り合った。

「めでたし、めでたしですね。あなたのこれまで関係された事件でも、これほど都合よく運んだものは少ないでしょうね」

　紋三がお世辞めかしていった。

「都合よくね」明智は意味ありげな調子だった。「何も悔悟《かいご》しているものに罪をきせることはないのだからね。死ぬ者貧乏だよ。それにあいつは希代の悪党なんだから」

「それはどういう意味でしょうか」

　紋三は変な顔をして尋ねた。

「例えばだね、小松のしめ殺されていることが、キューピー人形をこわすまでもなく、前もって僕にわかっていたのかも知れない。そして、悔悟した三千子さんを救うために、死にかかっている一寸法師をくどき落して、うその告白をさせる……たくみに仕組まれた一場のお芝居。というようなことはまったく考えられないだろうか。わかるかい。……罪の転嫁。……場合によっちゃ悪いことではない。ことに三千子さんのような美しい存在をこの世からなくしないためにはね。あの人は君、まったく悔悟しているのだよ」

　素人探偵明智小五郎は、春の宵闇を大股に歩きながら、すがすがしい声でいった。

（東京及大阪「朝日新聞」昭和二年十二月より翌年三月まで連載）

注1　五十銭
　現在の三百円ほど。
注2　五燭
　燭は光度の単位。五燭はかなり暗め。
注3　庫裏
　寺院の台所。僧侶の住居。
注4　継しい仲
　血のつながらない親子・兄弟などの関係。
注5　四月十日
　全集では四月七日となっている。検証すると四月十日が正しい。
注6　友禅
　友禅染（糊置防染）の技法で、絹布に多彩華麗な絵模様を染めあげるもの。また、その技法で染色された和服の布地。
注7　肩上げ
　大きめの着物を子供のサイズに合わせること。
注8　五円札
　昭和二年の五円は今の三千円ぐらい。

『地獄の道化師』解説

落合教幸

この巻には、昭和二年の「一寸法師」と、昭和十四年の「地獄の道化師」が収録されている。江戸川乱歩が娯楽的な長篇を書き始めるのは、昭和四年の「蜘蛛男」からで、昭和十四年の「暗黒星」「地獄の道化師」「幽鬼の塔」で、いったんは乱歩の活躍は終了する。時局柄、こういった犯罪を扱う読み物は次第に許容されなくなっていったためであった。つまり、昭和前期における乱歩の長篇小説の、始まりと終わりの時期に位置するのが、本書の二作品なのである。こうした理由から、解説は作品の収録順でなく、執筆順でおこなっていくものとする。

一寸法師

大正十二年に「新青年」に掲載された「二銭銅貨」から始まって、「D坂の殺人事件」「屋根裏の散歩者」などの短篇小説を発表していき、乱歩は探偵小説の第一人者としての評価を確固たるものにしていった。

大正十四年に専業作家となった乱歩は、大正十五年一月に大阪から東京へと居を移している。大学を卒業してから様々な職に就き、転居を繰り返していたが、これ以降は基本的に東京で暮らすことになる。

東京へと転居する前に、乱歩は長篇小説の連載を引き受けていた。大正十五年一月号の「苦楽」に第一回が掲載された「闇に蠢く」で、乱歩は初めて長篇小説に挑戦することになった。三回ほどを書いた段階で東京へと移ったようだが、その時点で、さらに二本の連載を引き受けていた。そのうちの一つである、「サンデー毎日」の「湖畔亭事件」は何とか結末まで書くことができたものの、もう一方の、「写真報知」で連載していた「空気男」は中絶してしまう。

これらに続いて書いたのが、「パノラマ島奇談」だった。五回の連載で、長篇とするには少し短いものだが、乱歩にとって「新青年」での初の連載であった。当初の評判はそれほどでもないように乱歩には感じられたが、次第に評価され、のちに乱歩の代表作の一つとなった。

「一寸法師」の連載は「東京朝日新聞」の依頼によるものだった。当時連載されてい

「東京朝日」予告

明日より掲載する
新探偵小説
一寸法師
江戸川亂歩作　柴田春光畫

作者の言葉　江戸川亂歩

私は探偵小説を書くのですが、探偵小説といつても、現在では色々の傾向に分れてゐて、昔の探偵小説といふ感じからは非常に遠いものもあるのです。私が書きますものは、それは完結して見なければ分らないのですが、恐らく本格探偵小説といはれてゐるものには當らず、さうかといつて、もつとも新しい傾向である、いはゞモダン派でもなく、やつぱり私好みの古臭い怪奇の世界を出でないであらうと思ひます。つまり私自身の探偵小説を書く外はないのであります。
そこで、もし始めてこの種の小説をお讀みになる讀者があつたなら、私のものだけによつて、今の探偵小説とはこんなものかなんておつしやらないで、もつと外の傾向のものをも合せ讀まれんことを希望致すのであります。

「大阪朝日」予告

―新らしい探偵小説―
『一寸法師』
江戸川亂歩作
【古家新畫】

山本有三氏の長篇小説「生きとし生けるもの」は近來稀な力作として讀者諸君の大好評を博して來ましたが、山本氏は病氣を得られ、床につきながらなほ執筆をつゞけてゐましたが、遂に病勢はこの名篇を本日の紙上をもつて中絶しなければならぬ仕儀に立到りました。まことに遺憾この上もありませぬ。しかし、氏は病氣全快を待つて重ねて本紙のために執筆せられる約束ですから、早くその日の來るのを待つてゐます。

明日の紙上より連載

そこで明日の紙上より連載する小説は、在來と全然趣を變へて、江戸川亂歩氏に依囑し、創作探偵小説「一寸法師」一篇を掲載しました。いふまでもなく、江戸川氏は傑作「心理試驗」等によつて、一躍探偵小說界の第一人者となつた人で今日まで變化が生れようとして生みの苦しみをつゞけて來た日本の「探偵小說時代」をいよ／＼大衆的に目ざましく現出すべき先驅者と目されてゐます。「アラン・ポオが探偵小說の鼻祖であるごとく、わが江戸川亂歩は日本近代探偵小說の鼻祖だ」といふ小酒井不木博士の斷定は、これを裏書きするものでせう。氏がエドガー・アラン・ポーの發音をそのまゝ自分のペンネームとしてゐることも偶然ではないのです。幸ひに愛讀を願ひます。

「東京朝日」九

第一萬四千五百六十四號　（九）

次の小說
江戸川亂歩氏の創作探偵小說
『一寸法師』

大好評の小説「生きとし生けるもの」は作者山本氏病氣のため掲載を中絶せねばならぬことゝなりました。丁度佳境に入つた所で誠に讀者諸君に申譯ありませんが、同氏は病氣全快を待つて重ねて執筆せらるゝ約束ですから、諸君と共に氏の囘復の一日も早からんことを祈る外はありません。次の小説は、いさゝか目先きをかへて、江戸川亂歩氏の新作探偵小説を八日紙上から連載することゝ致しました。
江戸川氏は日本における探偵小説界の第一人者で、氏の探偵小説は推理の鮮やかさ、情味の豐かさ、構想の非凡さ、描寫のこまやかさにおいて他の追隨をゆるさぬものがあり、「エドガー・アラン・ポーが探偵小説の鼻祖であるごとく、わが江戸川亂歩は日本近代探偵小説の鼻祖である」と小酒井博士が激賞した新進作家です。探偵小説はすべて「？」の興味が中心ですから、篇中の人物やテーマに關する豫報は一切避けて置きます。

十二月五日

「東京朝日」

次の小說
新探偵小說
『一寸法師』
江戸川亂歩作
柴田春光畫
明後八日紙上より掲載します。

「一寸法師」連載予告（『貼雑年譜』より）

た、山本有三の「生きとし生けるもの」が作者の病気によって中断することになった。次の作品には武者小路実篤が予定されていたが、すぐには間に合わないため、その間の三カ月を担当してほしいという依頼であった。

明治期の新聞には、黒岩涙香の翻訳探偵小説が連載されていたりもした。大正十年には松本泰の「濃霧」が「大阪毎日新聞」に連載されていたから、創作探偵小説の初めての連載になるという訳でもなかった。しかし、今回の朝日新聞の連載が、創作探偵小説最初の新聞連載であると乱歩は考えていて、そういった意味でもこれを断ることはできなかった。掲載まで五日ほどという限られた準備期間しかなかったが、乱歩は依頼を受け、書き始めることにする。

「一寸法師」は「東京朝日新聞」と「大阪朝日新聞」に連載された。二百万ともいわれる読者数が乱歩に重圧を与えた。東京朝日は柴田春光が、大阪朝日は古家新が挿絵を担当したが、原稿が遅れるために挿絵が間に合わないこともあった。休載が何度かありながらも、連載はなんとか完結した。しかし乱歩にとってはこの経験は相当の苦痛だったらしく、以後、新聞連載をおこなうことはなかった。

「新青年」大正十五年九月号に、乱歩は「浅草趣味」という随筆を書いている。浅草は乱歩が特に気に入った場所であった。映画だけでなく、メリーゴーラウンドや、サーカスや安来節といった興行の魅力を述べている。若き日の乱歩はここで多くの時間を過ごした。「押絵と旅する男」に浅草十二階が登場するなど、震災前の浅草の記憶は乱歩にとってかけがえのないものであった。

その浅草を舞台として、「一寸法師」の物語は進行する。小林紋三は安来節を見物した帰りに夜の浅草を歩いていた。浅草公園で人間の腕をかかえた一寸法師を見かけた小林は、そのあとをつけていった。一寸法師が入って行った寺を翌日訪ねるが、知らないと追い返されてしまう。その後、知人の人妻、百合枝に出会った小林は、探偵の明智を紹介するよう頼まれる。百合枝は実業家の山野氏と結婚していたが、先妻の娘が行方不明になっているという。明智は捜査を始め、小林もまた調べを進めていった。

事件にかかわる一寸法師は、浅草で少年たちを束ね、放火などの犯罪をさせていた。物語はこの一寸法師を追うことを軸として進み、次第に真相が明らかになっていく。

苦労して書き上げることはできたが、乱歩自身はこの作品の出来に不満だった。一般読者の反応は良かった。しかし乱歩は、探偵小説を読み慣れた読者には、この小説は受け入れられないだろうと感じていた。

「一寸法師」と「パノラマ島奇談」の連載が終わると、乱歩は当分筆を断つことを決意する。昭和二年三月から、乱歩は放浪の旅に出るのだった。

「一寸法師」には松竹と聯合映画芸術協会から映画化の申し込みがあった。松竹は一寸法師を演じる役者を確保できず、製作にまで至らなかった。聯合映画芸術協会の方は、志波西果監督で撮影されていたが、監督が途中で放棄したため、脚本も担当していた直木三十五が引き継ぎ、共同監督として完成させた。

昭和二十三年には松竹で映画化されている。市川勉監督、藤田進が明智役であった。昭和三十年には、新東宝でも製作された。内川清一郎監督である。

乱歩の自己評価とは別に、作品のイメージが世間に流布していくという状況は、この「一寸法師」の時期から顕著になっていく。乱歩が気にしていたのは、この小説が本格探偵小説ではないことであった。だが、連載前の作者予告に「私自身の探偵小説を書くほかないのであります。」と述べたように、「一寸法師」は乱歩の特徴がよくあらわれた小説となっている。猥雑な都会に暮らす所属不明な人々、切り離された死体の腕、思いがけない場所につながる隠れ家、名探偵の活躍など、これから書かれることになる、多くの長篇小説の要素が「一寸法師」には詰め込まれている。

映画「一寸法師」広告（『貼雜年譜』より）

「地獄の道化師」

昭和四年の「蜘蛛男」以降、「魔術師」「黄金仮面」「黒蜥蜴」「人間豹」といった長篇作品の連載を乱歩は続けて行った。自分の理想とする探偵小説からは大きく外れた「通俗」作品を書くことには複雑な思いもあった。

探偵小説界は昭和十年前後に盛り上がりを見せた。夢野久作『ドグラ・マグラ』が刊行されて評判となったほか、木々高太郎、小栗虫太郎などの新しい書き手も登場している。

乱歩はこの時期、評論集『鬼の言葉』にまとめられる評論を書いたり、『日本探偵小説傑作集』や『世界探偵名作全集』の編集にあたったりするなど、小説作品とは別の面で探偵小説に貢献している。

昭和十一年には「少年倶楽部」で「怪人二十面相」の連載がはじまった。これ以降、約一年間ずつ「少年探偵団」「妖怪博士」「大金塊」と少年探偵のシリーズは続く。昭和二十四年には「少年」の「青銅の魔人」で再開され、昭和三十七年の「超人ニコラ」まで、このシリーズは書き続けられることになる。

昭和十二年七月に起きた軍事衝突から日中戦争がはじまり、各種の統制も次第に強くなっていった。この年、木々高太郎が直木賞を受賞したが、それを境にして、探偵小説は下り坂になっていった。昭和十二年にはほとんどの探偵雑誌が廃刊となっていき、十三年には、探偵小説から離れた編集をするようになっていった「新青年」を残すのみとなった。

昭和十四年三月、文庫版短篇集『鏡地獄』に収録される「芋虫」が警視庁検閲課によって削除を命じられる。「芋虫」は昭和四年の作品で、戦争によって障害を負った軍人とその妻の物語である。左翼小説ではなく、新しく書かれたものでもない探偵小説が、このような処置を受けることは異例のことだった。

同時期に刊行されていた、新潮社の『江戸川乱歩選集』についても出版社経由で改訂が命じられるようになっていた。

このような状況だったので、乱歩は探偵小説を書くことをあきらめざるを得なくなった。回想録『探偵小説四十年』には、昭和十四年四月に「隠栖の決意をなす」というように書かれている。

昭和十四年には「暗黒星」「地獄の道化師」「幽鬼の塔」の三作品が書かれた。

「地獄の道化師」は、豊島区I駅の大踏切から始まる。踏切で車から落下した石膏像の中に人間の死体が入っていたことが事件の発端である。捜査が進むと、駅から少し離れた所に住む芸術家にたどりつく。池袋周辺を舞台にした小説なのである。

昭和九年七月、乱歩は池袋に転居している。昭和二十年の疎開を別とすると、昭和四十年に死去するまで、約三十一年間をここで過ごすことになった。それまでに住んでいた芝区車町の家は京浜国道沿いにあり、東海道線も近かったため、乱歩は常に騒音に悩まされていた。当時の池袋は静かな場所であり、家についていた土蔵も乱歩は気に入ったのであった。車町の家にも土蔵があったから、そこから机や書棚を移し、書物を運び込んだ。

乱歩は「池袋二十四年」という文章を雑誌「立教」（昭和三十一年十月）に寄稿している。

乱歩と池袋の関係は、作家になる前にもあった。大正十一年に、整髪料を製造する郊北化学研究所の支配人を務めている。この会社が現在の立教の辺りにあり、乱歩自身は池袋駅の近くに住み、通っていたのである。この時の乱歩の住居は豊島師範正門前で、今の東京芸術劇場や西口公園のある辺りということになる。

昭和九年にふたたび池袋に転居する。乱歩が年譜につけた番号では四十六にあたる最後の住居で、立教大学の北側に位置する。転居当初は近所との付き合いもそれほどではなかった。しかし昭和十六年の秋から、乱歩は防空訓練などに参加し始め、近隣との付き合いが頻繁になっていく。防空郡長などの役員を引き受け、昭和十七年には

昭和九年、池袋転居時の雑誌記事（『貼雑年譜』より）

町会副会長にまでなっている。町会の仕事は昭和二十年の五月まで続いた。

戦後には探偵小説が復興し、乱歩の活動もそちらに移っていく。乱歩自身と立教のかかわりはそれほどではなかったが、乱歩の息子、平井隆太郎氏が立教大学の教員になって、勤務することになった。

乱歩は池袋でながく暮らしたが、ここが作品に使用されることは少なかった。乱歩作品に描かれた東京の場所は、浅草が多く、ほかには銀座や麻布、世田谷などもあるが、池袋についてはあまり書かれていない。「地獄の道化師」はそういった意味では例外的だった。


落とされた石膏像は若い女性の死体であった。運搬していた運転手は逃げていたが、自動車の持主から、依頼主は判明した。「I署管内のSという淋しい町に住む彫刻家綿貫創人」であった。若い刑事がアトリエに忍び込み、創人を探るが、犯人である証拠をつかむことはできなかった。後日、野上あい子という若い女性が警察を訪ねてきた。I駅で石膏像の中から発見された死体は、姉のものではないかという。道化師の指人形が送られてきた翌日に姉がいなくなったのである。あい子もまた道化師におそわれ、つづいて歌手の相沢麗子も襲撃を受けた。捜査を始めた明智のもとには地獄の道化師と名乗る人物からの脅迫状が届く。

「地獄の道化師」は「富士」に昭和十四年一月から十二月まで連載された。翌十五年には、ついに探偵小説を書くことができない状況になってしまう。そういった時期の作品だから、グロテスクな描写などは比較的抑えたものになっていると考えられるだろう。一方で、海外作品も含め多くの探偵小説に触れていた経験が、トリックへの意識も強くしていた。「地獄の道化師」は犯人の隠し方に工夫をしたと乱歩は述べている。「あいかわらずの通俗ものながら、犯人の意外性の構成は、ややうまくできていたのではないかと思う。あまり私の癖の出ていない、『何者』などの系統に属する作品である。」というのが乱歩自身の評価であった。

このように、読み物としての面白さを保ちながら、探偵小説としての仕掛けを組み込むことも乱歩は意識して書き続けていたのだった。「一寸法師」から「地獄の道化師」までの長編作品は、乱歩の目指した本格探偵小説からは離れていたけれども、単に多くの読者を楽しませただけでなく、探偵小説を広めることにもつながっていったのである。都市の雰囲気や探偵の活躍と同時に、そのような乱歩の工夫も味わってもらいたい。

（立教大学江戸川乱歩記念大衆文化研究センター）

監修／落合教幸
協力／平井憲太郎
　　立教大学江戸川乱歩記念大衆文化研究センター

本書は、『江戸川乱歩全集』（春陽堂版　昭和29年～昭和30年刊）収録作品を底本としました。旧仮名づかいで書かれたものは、なるべく新仮名づかいに改め、著者の筆癖はそのままにしました。漢字は変更すると作品の雰囲気を損ねる字は正字体を採用しました。難読と思われる語句には、編集部が適宜、振り仮名を付けました。

本文中には、今日の観点からみると差別的、不適切な表現がありますが、作品発表当時の時代的背景、作品自体のもつ文学性、また著者がすでに故人であるという事情を鑑み、おおむね底本のとおりとしました。

説明が必要と思われる語句には、各作品の最終頁に注釈を付しました。

（編集部）

江戸川乱歩文庫
地獄《じごく》の道化師《どうけし》
著　者　江戸川乱歩《えどがわらんぽ》

2015年3月20日　初版第1刷　発行

発行所　株式会社　春陽堂書店
103-0027　東京都中央区日本橋3-4-16
営業部　電話03-3815-1666
編集部　電話03-3271-0051
http://www.shun-yo-do.co.jp
発行者　和田佐知子

印刷・製本　恵友印刷株式会社

乱丁・落丁本は、ご面倒ですが小社営業部宛ご返送ください。
送料小社負担にてお取替えいたします。

ISBN978-4-394-30149-3　C0193

江戸川乱歩文庫

全巻ラインナップ

『陰獣』

『孤島の鬼』

『人間椅子』

『地獄の道化師』

『屋根裏の散歩者』

『黒蜥蜴』

『パノラマ島奇談』

『蜘蛛男』

『D坂の殺人事件』

『黄金仮面』

『月と手袋』

『化人幻戯』

『心理試験』